*Für meine wundervoll - chaotische Familie
und meine absolut
lebensbereichernde zusätzliche Familie*

Carina Raedlein

Die Legenden des Wolkenreiches
Das Geheimnis der schwarzen Grotte

*Bibliografische Information der Deutschen National-
bibliothek:
Die Deutsche Nationalbibliothek verzeichnet diese
Publikation in der Deutschen Nationalbibliografie;
detaillierte bibliografische Daten sind im Internet
über http://dnb.dnb.de abrufbar.*

© 2016 Carina Raedlein

*Herstellung und Verlag: BoD – Books on Demand,
Norderstedt
ISBN: 978-3-7392-1794-9*

Weißt du, man kann sich seine Familie nicht aussuchen, aber es gibt die Möglichkeit, sich eine zusätzliche Familie zu erschaffen, durch Liebe und Freundschaft. Sie kann die Blutsverwandtschaft nicht ersetzen, aber sie kann dein Leben um einiges verschönern, erleichtern und bereichern

Eva

Prolog

Wir sind schon seit Tagen unterwegs, und die Reise scheint kein Ende zu nehmen. So langsam sehe ich nichts als Wolken, egal wo ich hinschaue. Warum wollte Feuerbart unbedingt diese Schatzkiste finden? Was soll denn in so einer Holztruhe schon versteckt sein? Münzen und Juwelen wahrscheinlich. Davon haben wir doch eigentlich genug. Ich glaube, Feuerbart hat es sich zur Aufgabe gemacht, einfach jeden dieser versteckten Schätze zu finden, der in den Archiven in Piemont beschrieben ist. Oder er versucht, Pietie in den Wahnsinn zu treiben. Der macht immer ein furchtbares Theater, seine Geistergeschichten sind manchmal wirklich anstrengend. „Das birgt eine große Gefahr! Wenn wir diese Goldmünzen nehmen, sind wir alle verflucht! Schon andere sind bei der Suche nach diesem verlorenen Schatz gestorben! Wir werden auch alle sterben!" Und immer sein erschrockenes Gesicht dazu. Er sieht dann aus wie ein Verrückter, das ist echt zum totlachen. Es fehlt dann nur noch, dass er schreiend und mit den Armen fuchtelnd über das Deck rennt. Ich muss grinsen bei dem Gedanken an dieses Bild.

Diego und ich genießen gerade die letzten Sonnenstrahlen, bevor die Sonne ganz untergegangen ist. Wir haben hier mitten im Nirgendwo angehalten, um ein paar Sachen richtig zu verstauen und kurz etwas zu essen. Feuerbart legt immer großen Wert darauf, dass wir alle gemeinsam essen. Ich glaube, er will den Zusammenhalt der Mannschaft stärken. Allerdings heißt das auch, dass wir auf unseren Reisen immer mal wieder irgendwo anhalten müssen. So werden aus Reisen, die normalerweise einen Tag dauern sollten, schnell mal zwei oder drei Tage. Das macht es meistens richtig anstrengend. Außerdem kapiere ich nicht so ganz, was er damit erreichen will. Meiner Meinung nach könnte der Zusammenhalt dieser Mannschaft nicht noch enger sein, wir könnten uns nur noch näher kommen, wenn wir eine Liebesbeziehung eingingen. Ich bin froh, dass wir jetzt erst mal auf dem Weg zurück nach Piemont sind. Ich freue mich darauf, Rosa wiederzusehen und endlich mal wieder woanders als im Speisesaal des Schiffes etwas zu essen. Ich meine, ich bin wirklich gerne auf dem Schiff und ich mag Feuerbart und die anderen, aber manchmal ist es schön, etwas ohne sie zu tun.
Ich bin völlig in Gedanken versunken, daher merke ich zu spät, dass Diego nicht mehr auf meiner Schulter sitzt.

Ich sehe mich an Deck um, doch keine Spur von ihm. Ich beuge mich über den Rand und sehe wie der kleine Kerl gerade in der Dunkelheit verschwindet. Oh nein! Ich schnappe mir ein Seil und schwinge mich über die Reling. Ich lasse mich daran heruntergleiten und tauche ebenfalls in das schwarze Nichts. Ich rutsche immer tiefer, jeden Augenblick müsste ich auf der Erde ankommen. Ich löse meine Hände von dem Seil, als ich mit den Füßen einen weichen Untergrund erreiche. Es schnellt direkt wieder in die Höhe. Das ist eine Sicherheitsvorkehrung, damit niemand der Erdenmenschen auf die Idee kommt, daran hochzuklettern. Zumindest wurde mir das so erzählt. Ich sehe mich in der Gegend um. Die Wiese, auf der ich stehe, ist rundherum von einer großen Hecke eingerahmt. Etwas entfernt befindet sich eine gepflasterte Terrasse, die zu einem Haus führt. Als ich meinen Blick weiter über die Wiese schweifen lasse, entdecke ich ein schlafendes Mädchen. Sie ist wunderschön, ihre langen dunklen Haare sind zu einem Pferdeschwanz zusammengebunden, der neben ihrem Kopf im Gras liegt, und dichte schwarze Wimpern umrahmen ihre großen Augen.

Als ich näher an sie heranschleiche, kann ich sehen, dass ihr Mund leicht geöffnet ist. Ihre Lippen sind schmal und blutrot. Ich erwische mich bei dem Gedanken, wie es wäre, sie zu küssen. Lächelnd schüttele ich den Kopf – das wäre wirklich absurd. Ich höre ihr Schnarchen, es ist ganz leise. Irgendwie ist sie echt süß. Ich suche weiter nach Diego, bewege mich aber so leise wie möglich, damit sie nicht aufwacht. Das Letzte, was ich jetzt brauchen kann, ist eine Auseinandersetzung mit einem Erdenmenschen – noch dazu mit einem Mädchen. Zudem wäre es das erste Mal seit fünfzig Jahren, dass jemand aus dem Wolkenreich offiziell mit einem Erdenmenschen zu tun hätte. Zumindest steht es so in den alten Aufzeichnungen, ich glaube nicht wirklich daran. Ich denke auch nicht, dass sie gefährlich sind oder so, gerade das Mädchen hier auf der Wiese wirkt nicht bedrohlich. Sie wäre bestimmt begeistert, wenn sie das Wolkenreich sehen könnte. Die Einzigen, die regelmäßig nach unten gehen, sind ein paar Händler, um Flugrouten zu aktualisieren oder Medikamente zu besorgen, die sie dann zu horrenden Preisen verkaufen. Allerdings sind wir alle darauf angewiesen, also bezahlt auch jeder. Ich selbst war nur einmal auf der Erde.

Dass ich hier nicht hingehöre, hat damals niemand gemerkt. Ich glaube, die Menschen hier unten sind viel zu sehr mit sich selbst beschäftigt, um auf alles und jeden um sie herum zu achten. Ich habe den ganzen Garten abgesucht, als mein Blick auf die Tür fällt, die ins Haus führt. Sie steht offen, also ist Diego vielleicht da drin. Ich bin einen Moment unachtsam und trete auf einen Ast, der geräuschvoll unter meinem Gewicht zerbricht. Das Mädchen schreckt sofort hoch, und ich gehe instinktiv ein paar Schritte rückwärts, um mich im Gebüsch zu verstecken. Ich nehme mir fest vor, Diego den Hals umzudrehen, wenn ich ihn in die Finger kriege.

1

Ging es euch auch schon mal so, dass ihr in den Himmel geschaut habt und dachtet: Irgendwas stimmt da nicht? Irgendwie ist es anders als sonst? Seit einiger Zeit geht es mir so. Ich habe das ständige Gefühl, mich beobachtet etwas oder jemand von dort. Nicht Außerirdische oder so, an so etwas glaube ich gar nicht. Nein, es wirkt eher freundlich, als wäre da jemand, der mich unbedingt kennenlernen möchte. Dieses Gefühl begann, kurz nachdem sich meine Eltern scheiden ließen. Ich bin nicht traurig über die Trennung, es war Zeit. Meistens haben sie nur noch gestritten. Am Ende konnten sie es nicht mal mehr zusammen in einem Raum aushalten, ohne sich Gemeinheiten an den Kopf zu werfen. Klar, Scheidungskind zu sein, ist nicht wirklich super, aber Mitglied einer kaputten Familie zu sein, ist für mich wesentlich schlimmer gewesen. Mein Vater ist dann sehr schnell ausgezogen. Ich lebe nun immer zwei Wochen bei meiner Mutter in unserem alten Haus und dann zwei Wochen bei meinem Vater und seiner neuen Flamme in ihrem Appartement am anderen Ende der Stadt.

Diese Regelung war meine Idee. Ich wollte mich für keinen der beiden entscheiden. Allerdings habe ich nun das Problem, nirgendwo wirklich hinzugehören. Meine Mutter ist immer unterwegs. Sie arbeitet viel und wirklich hart. Ich glaube, das war mit ein Grund, warum sich die zwei immer wieder so viel gestritten haben.

„Dir ist deine Karriere immer wichtiger als unsere Familie", hat mein Vater ihr bei einem Streit, den ich belauscht habe, mal vorgeworfen.

„Das ist nicht wahr! Ich kann nichts dafür, dass du keinen Ehrgeiz hast, um in deinem Job aufzusteigen", war ihre patzige Antwort. Ich habe mich damals gefragt, wann man entscheidet, so gemein zu jemandem zu sein, den man eigentlich liebt. Als ich kleiner war, hat meine Mutter mir immer Märchen vorgelesen. Damals habe ich immer geglaubt, dass man glücklich ist, sobald man die wahre Liebe gefunden hat. Diese Märchenfiguren hatten nie Streit und waren nie gemein zueinander. Sie hatten sich gefunden, waren glücklich bis ans Ende aller Tage. Die Realität sieht wohl ganz anders aus.

Ich kann mich nicht beschweren: Für meine Mutter bin ich immer noch der Mittelpunkt ihres Lebens, also abgesehen von ihrer Karriere. Sie ist manchmal überfürsorglich. Mein Vater ist eigentlich das genaue Gegenteil. Natürlich ist er auch immer besorgt um mich, ich glaube als Elternteil kann man das auch nicht ablegen. Aber er ist mehr mit seiner neuen Freundin beschäftigt. Also bestanden die letzten zwei Wochen bei ihm hauptsächlich aus Ausflügen und Abendessen mit Silke. Er versucht, uns einander näherzubringen. Ich hoffe, das zwischen denen ist nichts Ernstes. Aber jetzt habe ich ja erstmal zwei Wochen Ruhe bei meiner Mutter.

Nach dem Mittagessen setzt mich mein Vater noch bei Mila ab. Sie ist meine beste Freundin, schon seit dem Kindergarten.

„Ich hoffe, du hattest Spaß mit uns, Schatz. Wir freuen uns auf dich, in zwei Wochen." Er beugt sich zu mir herüber und küsst mich auf die Stirn.

„Ja klar, danke für alles, bis dann", antworte ich, während ich meine Tasche von der Rückbank angele und dann das Auto verlasse. Jetzt redet er schon in der Mehrzahl.

Na super! Mila wartet vor ihrer Haustür und winkt meinem Vater nach, während der davonfährt. „Hi", murmele ich, als ich die letzten Stufen zu ihrer Haustür hochlaufe. Auf der Obersten setze ich mich direkt neben sie.

„Was ist denn mit dir passiert?", fragt sie leicht entsetzt, nimmt eine meiner Haarsträhnen zwischen die Finger und begutachtet sie genau. Ich schubse etwas zu fest ihre Hand weg, aber das ist gerade wirklich ein wunder Punkt.

„Silke ist passiert! Die Neue von meinem Vater. Sie wollte mich unbedingt frisieren. Beim Make-up habe ich aber den Riegel vorgeschoben. Das hier war schon zu viel. Schau dir mal an, wie ich jetzt aussehe", antworte ich und deute mit übertriebenen Gesten auf die Lockenpracht, die meinen Kopf umgibt. Meiner Meinung nach sehe ich aus wie eine explodierte Klobürste. Mila mustert mich und kann sich dabei das Lachen kaum verkneifen.

Wie kann ich auch erwarten, dass sie mich versteht. Sie putzt sich ja auch immer so raus für die Schule. Doch das ist einfach nicht mein Ding. Ich bin morgens viel zu faul, um früher aufzustehen und mich mit Make-up oder überhaupt meinem Äußeren viel zu beschäftigen. Ich verdrehe die Augen bei dem Gedanken daran.

„Mann, Eva, jetzt hab dich mal nicht so! Es gibt wirklich Schlimmeres, als Wert auf sein Äußeres zu legen", antwortet sie unwirsch, weil sie davon ausgeht, dass ich sie verurteile. „Wie ist denn die Neue sonst so?", fragt sie etwas milder. Ich atme tief durch, sonst schaffe ich es nicht, mit ihren Stimmungswechseln mitzuhalten.

„Ach, an sich ganz nett. Nur, dass sie aussieht wie eine blonde Barbiepuppe und viel zu jung ist für ihn. Aber das ist ja nicht meine Entscheidung. Er wirkt auf jeden Fall ziemlich glücklich." Die letzten Worte versuche ich so überzeugend wie möglich rüberzubringen. Natürlich freue ich mich, dass es meinem Vater gut geht und er jemand Neues gefunden hat, doch trotzdem tut es auch ein bisschen weh. Nicht, weil ich hoffe, dass er zurück zu meiner Mutter geht. Nein, das wäre keine gute Idee. Sondern weil ich nicht mehr die Nummer eins für ihn bin. Ich weiß, dieser Gedanke ist furchtbar kindisch, doch ich glaube, so denkt jede Tochter irgendwann mal.

„Na das klingt doch ganz gut", antwortet Mila und ich nicke. „Okay, jetzt mal zu meinem Wochenende. Ich war gestern im Schwimmbad und habe dort den süßesten Typen überhaupt gesehen." Die nächsten anderthalb Stunden verbringt Mila damit, mir alle Vor- und Nachteile von diesem Kerl aufzuzählen, die sie sich in ihrem Kopf zurechtgelegt hat. Das ist immer so, egal was wir besprechen. Mila legt sich erstmal eine Liste in ihrem Kopf, – oder manchmal sogar auf Papier – zurecht. Dann müssen diese Punkte immer wieder besprochen werden, bis ich irgendwann zu viel davon bekomme und sie anschnauze. Dann ist sie kurz beleidigt und das Ganze geht wieder von vorne los. Meistens kommen wir am Ende aber doch auf eine Lösung, mit der sie dann zufrieden ist. Ich hab sie trotzdem lieb. Wenn ich sie brauche, ist sie immer für mich da, auch wenn sie manchmal etwas nervt. Nachdem ich auf die Uhr geschaut habe, unterbreche ich Mila mit der Ausrede, dass ich noch ein paar Hausaufgaben erledigen müsse. Sie scheint zwar überrascht, entlässt mich dann etwas missmutig. Doch das ist mir jetzt erstmal egal. Im Moment will ich mich nicht weiter mit ihren Launen auseinandersetzen. In den nächsten Tagen mache ich das irgendwie wieder bei ihr gut.

Ich schaffe die zwei Straßen, die unsere Häuser voneinander entfernt sind, in gerade mal fünfzehn Minuten und stehe schließlich vor unserem Haus. Als ich die Tür aufschließe, ist es ganz still. Irgendwie bin ich froh, wieder bei meiner Mutter zu sein. Ich laufe die Treppe hoch in mein Zimmer. Nichts hat sich verändert. Na gut, was soll sich in zwei Wochen schon tun? Ich schmeiße meine große schwarze Reisetasche aufs Bett. Auspacken kann ich später noch. Bevor ich das Zimmer wieder verlasse, stelle ich mich vor meinen großen Spiegel. Mit meiner Bürste versuche ich, die Locken auszukämmen und fasse dann meine langen braunen Haare zu einem Pferdeschwanz zusammen. Schon viel besser, das sieht mehr nach mir aus. Schließlich mache ich mich auf den Weg nach unten, zu meinem Lieblingsplatz im Garten. Am liebsten liege ich im Gras und beobachte die Wolken, wie sie vorbeiziehen. Ich habe mich schon oft gefragt, warum sie alle unterschiedlich aussehen. Nie haben sie die gleiche Form, und irgendwie wirken sie auf mich beruhigend. Es ist schon später Nachmittag, als ich mich endlich auf meinen Stammplatz im Gras niederlasse. Die Sonne geht schon langsam unter, trotzdem ist es noch angenehm warm für September. Die letzten Sonnenstrahlen zaubern die Wolken rosarot. Es ist so ruhig und wunderschön, dass ich eindöse.

Ein Geräusch in der Hecke lässt mich hochschrecken. Die Sonne ist mittlerweile ganz untergegangen. Ich blinzele in die Dunkelheit, um zu erkennen wo das Geräusch herkommt. Langsam stehe ich auf und gehe in Richtung Veranda zurück. Sofort geht summend die Lampe an der Hauswand an, ausgelöst durch den Bewegungsmelder. Da sehe ich in der dunklen Ecke des Gartens eine Gestalt stehen. Es scheint ein Mensch zu sein. Direkt kommt mir wieder dieses seltsame Gefühl in den Sinn, dass mich jemand beobachtet.
„Wer ist da?" Meine Stimme zittert ein wenig. Mir schießen sofort Bilder aus etlichen Horrorfilmen durch den Kopf, und alle Härchen meines Körpers stellen sich auf. Instinktiv verschränke ich meine Arme vor dem Körper, um mich wenigstens etwas zu schützen. „Mein Name ist Louis", antwortet eine Stimme aus der Dunkelheit. Soweit, so gut, denke ich mir. Die Mörder in den Horrorstreifen verraten nie ihren Namen. „Was machst du da im Dunkeln? Komm doch hier ins Licht, damit ich dich sehen kann." Meine Stimme zittert immer noch. Mann, ich muss das in den Griff kriegen. Wenn ich ihn sehen könnte, wäre meine Angst vielleicht völlig unbegründet. „Komm du doch ins Dunkel, dann kannst du mich auch sehen", antwortet er gereizt.

Na prima, ein aufmüpfiger potenzieller Mörder in meinem Garten. Das kann auch nur mir passieren.
„Aber im Dunkeln kann ich doch gar nichts erkennen", gebe ich zurück. Endlich finde ich meine innere Stärke wieder, und das Zittern in meiner Stimme verschwindet. Wenn er mir wirklich etwas tun wollte, wäre es sicherlich schon längst passiert.
„Na gut, ich komme zu dir. Bleib, wo du bist, und heb deine Hände hoch, damit ich sie sehen kann, ja? Ich hab nämlich keine Lust darauf, dass du etwas nach mir wirfst, und ich dann noch ein blaues Auge bekomme. Mädchen sind immer so schreckhaft."
Langsam verdrehe ich die Augen und hebe meine Hände nach vorne ausgestreckt in die Höhe. Also definitiv kein Mörder, denke ich mir. Langsam kommt er aus dem Schatten ins Licht, der Junge kann kaum älter sein als ich, vielleicht sechzehn oder siebzehn. Zudem ist er ungefähr einen Kopf größer, trägt eine kurze, abgewetzte Hose, ein paar schwarze Lederstiefel und ein dunkelblaues Shirt. Seine kurzen, schwarzen Haare werden von einem braunen Tuch gehalten. Doch der absolute Wahnsinn sind seine hellgrünen Augen. Noch nie habe ich solche Augen gesehen. Ich bemerke zu spät, dass ich ihn mit offenem Mund anstarre. Oh Mann, wie peinlich! Er ertappt mich dabei und grinst schelmisch.

Ich merke, wie mir die Röte ins Gesicht steigt. Toll, jetzt brauche ich ganz dringend ein Loch, in dem ich versinken kann.

„Wer bist du?", stammle ich, während ich langsam meinen Mund weiter öffne, um so zu tun, als würde ich gähnen.

Doch sein Gesichtsausdruck verrät mir, dass er meinen Täuschungsversuch durchschaut. Sein Lachen wird nur noch breiter.

„Wer bist du denn?" Jetzt bemerke ich, dass er mich von oben bis unten mustert.

„Mein Name ist Eva." Verlegen schaue ich zu Boden.

„Meinen Namen hab ich dir ja schon gesagt. Also, was willst du denn sonst noch wissen?", fragt er mit einem Seufzen. Ich frage mich, warum er so genervt ist, schließlich ist er in meinen Garten eingedrungen und nicht ich in seinen.

„Ich möchte eigentlich nur wissen, was du hier machst. Und wo du herkommst. Eigentlich kann hier nämlich niemand rein", blaffe ich ihn an und bereue es sofort. Das war vielleicht ein bisschen zu unfreundlich. Er sieht mich etwas verdutzt an.

„Ich suche jemanden, und ich komme von dort." Er hebt seinen Zeigefinger über seinen Kopf. Langsam folge ich seinem Finger und schaue in den dunklen Abendhimmel.

„Du meinst also, du kommst aus dem Weltraum? Bist du ein Außerirdischer?", frage ich mit unüberhörbarem Sarkasmus in der Stimme. Das wäre ja wohl der absolute Kracher, wenn er das jetzt behauptet.

„Ein Außer-was? Nein, nie gehört von denen. Ich komme aus den Wolken", antwortet er kopfschüttelnd. Mir bleibt kurz die Luft weg, da er das wirklich voller Überzeugung sagt.

„Du willst mir also erzählen, dass du in den Wolken lebst? Das klingt ziemlich verrückt, wenn du mich fragst." Der ist wohl völlig irre. Vielleicht ist er aus einer Anstalt ausgebrochen. Sollte ich dann nicht besser die Polizei rufen?

„Ich frag dich ja gar nicht!" Auf seinem Gesicht erscheint ein wütender Ausdruck. Oh Mann, der wird aber schnell wütend. Irgendwie erinnert mich dieser schnelle Stimmungswechsel an Mila. Ich verdrehe die Augen beim Gedanken an die unterschiedlichsten Situationen, in denen sie mich mit ihren Stimmungsschwankungen schon zur Weißglut gebracht hat.

„Okay, nehmen wir mal an, du lebst wirklich in den Wolken. Was willst du dann hier unten?", versuche ich ihn zu besänftigen. Bei Mila klappt es auch immer am besten, gar nicht auf die Stimmungsumschwünge einzugehen. Sein Gesichtsausdruck wird weicher und er sieht fast besorgt aus.

„Ich suche Diego. Ich glaube er versteckt sich hier", sagt er schließlich.

„Diego? Wer ist das?", frage ich in einem Anflug von Panik. Ist hier etwa noch jemand? Kommt derjenige gleich aus der Dunkelheit auf mich zugesprungen? So unauffällig wie möglich versuche ich mich im Garten umzusehen.

„Er ist mein Hund", murmelt er, während er schmunzelnd meinen Blicken folgt. Shit! Mein Umsehen ist wohl doch aufgefallen.

„Oh, okay, wie sieht er denn aus? Vielleicht kann ich dir suchen helfen", biete ich an. Ob er dann einfach verschwindet, wenn er seinen Hund gefunden hat? Will ich, dass er verschwindet? Du musst dich vor Fremden in Acht nehmen, höre ich meine Mutter sagen. Aber er ist jetzt ja kein Fremder mehr, oder? Immerhin kenne ich seinen Namen, und er steht in unserem Garten.

Außerdem spüre ich diesen Drang: Ich will mehr von seiner Geschichte hören, wissen, wo er herkommt und was es dort gibt. Ich will bei ihm sein, also kann ich ihn nicht einfach gehen lassen.

„Du kennst dich hier wohl am besten aus von uns Zweien, also wäre es sehr hilfreich, wenn du mitsuchst. Er ist weiß und klein. Ich vermute, er ist im Haus", sagt er nach kurzem Überlegen.

„Wie kommst du denn darauf?", frage ich verwirrt.

„Na, hier draußen habe ich ihn schon gesucht, während du geschlafen hast", erklärt er mit einem zwinkern. Oh nein! Hat er mir etwa beim Schlafen zugesehen? Ist er vielleicht nur ein Irrer, der auf der Suche nach Opfern nachts durch irgendwelche Gärten streift? Doch ein Blick in sein Gesicht wischt diese Gedanken sofort aus meinem Kopf. In seinen Augen steht echte Besorgnis um seinen Hund und nichts anderes. Wenn er mich aber wirklich beim Schlafen beobachtet hat, ist mir das megapeinlich.

Vielleicht habe ich geschnarcht oder – schlimmer noch – gesabbert. Ich merke, wie ich rot werde. Wenigstens kann er das nicht sehen, da er schon auf dem Weg zum Haus ist und ich hinter ihm herlaufe. Wir betreten das Wohnzimmer durch die weit offen stehende Terrassentür. Louis legt seinen Zeigefinger an den Mund. „Pssst!" Ich bin still.

Das einzige, was ich höre, ist das stetige Schlagen meines Herzens und seinen leisen Atem. Ich bin so fasziniert von seinen ruhigen Atemzügen, dass ich fast selbst vergesse zu atmen. Dann klappert es in der Küche. Wir beide schauen zur Küchentür. Mit ein paar großen Schritten haben wir den Raum durchquert. Langsam öffne ich die Tür. Mit einem Affenzahn kommt ein kleiner weißer Knäuel auf mich zu, macht eine Kurve um mich herum und landet direkt in Louis Armen. Das muss dann wohl Diego sein. Er schleckt ihm das ganze Gesicht ab.
„Diego, Schluss jetzt! Wir müssen sofort los, das Schiff wartet nicht mehr lange." Diego hört abrupt auf mit seiner Schleckerei, krabbelt auf Louis Schulter, und beide wenden sich zum Gehen. Als sie ungefähr die Hälfte des Raumes durchquert haben, dreht Louis sich nochmal zu mir um. Ich stehe immer noch wie angewurzelt auf der Türschwelle zur Küche. „Hey, danke für deine Hilfe!", ruft er mir zu und lächelt dabei.

2

Ich nicke nur, während er sich auf den Weg zurück in den Garten macht. Er ist schon an der Terrassentür, als ich endlich meine Stimme wiederfinde.
„Louis!", brülle ich viel zu laut. Mein Herz rast, ich höre das Blut in meinen Ohren rauschen. Was mache ich hier? Ich folge einem potenziell Wahnsinnigen in irgendein kurioses Abenteuer? Wenn meine Mutter oder mein Vater das sehen könnten, würden sie mich an den Haaren zum nächsten Psychiater zerren. Ich kann jedoch an nichts anderes denken als an diesen Jungen und dass ich ihn näher kennenlernen möchte. Louis ist im Türrahmen stehengeblieben. Lässig lehnt er daran, während er mich fragend ansieht. „Ähm ... gibt es eine Möglichkeit, dass ich mit euch kommen kann?", frage ich schnell, bevor mich der Mut verlässt. Er schaut verdutzt, dann breitet sich ein Lächeln auf seinem Gesicht aus. „Willst du das wirklich?", fragt er zurück. Gute Frage! Will ich wirklich mitgehen, oder soll ich ihn gehen lassen? Vielleicht ist seine Geschichte wahr. Was gäbe es Spannenderes als eine Welt über den Wolken? Ich muss es einfach versuchen Dieses Hin und Her in meinem Kopf macht mich noch wahnsinnig.

„Ja, ich würde gerne mitgehen!", sage ich schließlich. „Na gut. Dann los, wir müssen uns beeilen!" Louis geht durch die Terrassentür hinaus in den Garten – Diego immer noch auf seiner Schulter. Ich schnappe mir eine Jacke und folge ihnen nach draußen. Louis und Diego stehen mitten auf der Wiese und starren in den dunklen Nachthimmel. Er steckt zwei Finger in den Mund. Es ertönt ein schriller Pfiff. Ich schaue mittlerweile auch ganz gespannt an die gleiche Stelle am Himmel, aber ich kann nichts erkennen, alles ist dunkel. Doch was ist das denn? Wie aus dem Nichts schlängelt sich ein Stück Wolke vom Himmel hinunter. Es sieht aus wie ein Seil, ganz aus weicher, flauschiger Zuckerwatte. Kurz bevor es den Boden berührt, hält es an. „Na, können wir los?", fragt er und streckt mir seine Hand entgegen, dabei schaut er mir direkt in die Augen. „Hält das überhaupt? Das sieht mir nicht sonderlich stabil aus", flüstere ich und mein Herz schlägt mir bis zum Hals.

„Ich bin daran schon tausendmal hoch- und runtergeklettert, das wird uns schon halten", antwortet er lässig, dann greift er greift mit einer Hand nach dem Seil und hält mir die andere noch immer hin.

„Kommst du jetzt oder nicht? Ich muss echt los. Keine Angst, du kannst mir vertrauen", drängelt er und aus irgendeinem Grund vertraue ich ihm wirklich.
„Okay, ich bin bereit. Lass mich aber nicht fallen!", murmele ich und meine Hand gleitet langsam in seine. In mir breitet sich eine Wärme aus. Sie verteilt sich von meinem Herzen aus in alle Richtungen. Es fühlt sich unheimlich gut an, so als hätte da vorher etwas gefehlt. Er hält meine Hand ganz fest, wirbelt mich einmal herum und drückt meinen Rücken fest an seine Brust. Ich kann seinen Atem spüren, fühle, wie sich seine Brust gleichmäßig hebt und senkt. Er zieht kurz an dem Seil. Mit einem kräftigen Ruck heben wir vom Boden ab und fliegen in Richtung Nachthimmel. Wir steigen immer höher. Der Wind peitscht mir ins Gesicht. Hier oben ist es richtig kalt. Ich habe keine Ahnung, wo wir hinfliegen, ich spüre nur Louis festen Griff um meinen Bauch. Nach kurzer Zeit stoppt das Seil: Wir steigen nicht mehr. Jetzt schweben wir irgendwo zwischen Himmel und Erde. Oh Mann, worauf hab ich mich da nur eingelassen? Wir werden einfach sterben, und das nur, weil irgendein süßer, netter Typ mir irgendwelche Geschichten erzählt hat und ich so neugierig war!

„Jetzt kommt das Beste! Halt dich an meinem Arm fest!" Louis ist ganz nah an meinem Ohr. Ich kralle meine Finger in seinen Arm. Das Seil schwingt plötzlich nach vorne und dann mit einem Ruck wieder zurück. Louis löst seine Hand vom Seil und zieht mich mit sich. Wir machen einen Salto, und ich krache mit dem Hintern auf einen festen Untergrund.

Ich habe meine Augen fest geschlossen, also taste ich mit den Händen den Boden ab. Es fühlt sich an wie Holz. Ich höre Schritte rechts von mir und spüre eine Hand auf meinem Rücken. „Na, alles gut? Tschuldige die unsanfte Landung. Hast du dich verletzt?" Sorge liegt in seiner Stimme. Ich schüttele den Kopf. „Warum petzt du deine Augen dann so zu?", fragt er verwundert. Langsam öffne ich sie und blinzele in ein helles Licht. Louis beugt sich vor und hält mir seine Hand entgegen. Ich ergreife sie und mit einem Ruck stehe ich wieder auf meinen Füßen. „Willkommen auf der Dragonfly! Dem schönsten und schnellsten Schiff im Wolkenreich!", sagt er und strahlt über das ganze Gesicht. Langsam drehe ich meinen Kopf.

Wow, es ist wirklich ein Schiff. Wir stehen genau in der Mitte, auf dem Hauptdeck. Am Heck hinten führen zwei Treppen nach oben zu einem großen Steuerrad. Ich lasse mein Blick weiter schweifen und entdecke drei große Masten. Die sechs großen Segel sind eingeholt. Weiter vorne am Bug erkenne ich eine Verzierung. Sie schimmert golden im Licht der vielen Laternen, die überall aufgehängt sind. Die Reling ist dunkelrot angestrichen, alles andere dunkelbraun. Wunderschön – selbst in diesem schwachen Licht.

„Willst du mir deine Freundin vorstellen?", fragt jemand hinter mir und die dunkle Stimme lässt mich zusammenzucken.

„Ähm, natürlich!", antwortet Louis fröhlich und ich höre einen belustigten Unterton in seiner Stimme. Ich drehe mich langsam um, um den Fremden anzusehen. Vor mir steht ein Mann mit schwarzem Mantel, schwarzen Hosen, schwarzem Hut. Ein kupferroter Vollbart umsäumt seinen schmalen Mund und endet erst auf seiner Brust. Der Mann ist mindestens zwei Meter groß. Oh, das muss der Kapitän sein. Ich schaue ihm direkt in die Augen. Wow, was ist das nur mit den Augenfarben? Seine sind so blau wie das Meer.

Sie leuchten im schwachen Licht der Laternen. Sein Blick ist neugierig und freundlich. „Das ist Eva. Diego hatte sich bei ihr versteckt, und als ich ihn mit ihrer Hilfe gefunden hatte, wollte sie unbedingt mit. Also hab ich sie mitgebracht. Geht doch klar, oder?", fragt Louis in die Stille hinein. Der Kapitän mustert mich von oben bis unten und lächelt mich dann an.

„Eva, es ist mir eine Freude, dich kennenzulernen! Ich bin Kapitän Feuerbart. Willkommen auf der Dragonfly. Fühl dich wie zuhause. Solange du uns begleitest, erwarte ich jedoch, dass du dich hier nützlich machst. Louis wird dir morgen alles zeigen. Jetzt solltet ihr schlafen gehen!", begrüßt er mich freundlich. Er erinnert mich an meinen Großvater. Wenn er mir früher Gute-Nacht-Geschichten vorgelesen hat, habe ich mich immer geborgen und sicher gefühlt.

„Danke Käptn." Louis antwortet für mich. Ich bekomme kein Wort heraus und nicke ihm einfach nur zu. Er wendet sich nochmal an Louis.

„Gute Nacht!", sagt Feuerbart mit Nachdruck, schaut Louis in die Augen und lächelt. Jetzt grinsen sie beide wie kleine Jungs. Was läuft da nur zwischen den beiden? Kaum ist der Kapitän weg, dreht sich Louis zu mir.

„Alles gut bei dir? Hast du dir auf die Zunge gebissen?", herrscht er mich an.

„Was? Nein! Wieso?", stammele ich verwirrt. Warum ist er denn auf einmal so unfreundlich?

„Naja, ich dachte nur, weil du nicht mehr gesprochen hast, seit wir hier sind. Hab mir nur Sorgen gemacht", erklärt er und schaut verlegen auf seine Füße, während er spricht. Er hat sich wohl wirklich nur Gedanken um mich gemacht, und diese Tatsache gibt mir ein gutes Gefühl. Ich bin ihm anscheinend wichtig.

„Es geht mir gut, danke. Ich war nur etwas überfordert. Ich dachte nicht. .. dass es hier wirklich ein Schiff gibt", antworte ich, denn natürlich habe ich gehofft, dass er mir nicht irgendeine verrückte Idee auftischt, aber ein echtes Schiff aus Holz ist doch eine Überraschung.

„Was hast du denn dann gedacht?", fragt er mich mit großen Augen. „Keine Ahnung!" Und das stimmt. Ich habe keine Ahnung, was ich eigentlich erwartet habe.

„Möchtest du zurück?" Seine Stimme klingt besorgt. Will ich wirklich zurück und ihn gehen lassen? Will ich dieses Abenteuer verpassen? Was erwartet mich schon zuhause? Die Eintönigkeit des Alltags. Meine Mutter wird es ein paar Tage ohne mich aushalten, falls sie überhaupt bemerkt, dass ich nicht da bin. Und ich würde Louis nie wieder sehen.

„Nein!", antworte ich voller Überzeugung. Ich will wissen, wo mich dieses Abenteuer hinführt. Und ich will bei ihm sein.

„Wir sollten schlafen gehen. Ich zeige dir, wo du schlafen kannst", murmelt er und nimmt meine Hand. Behutsam zieht er mich mit sich zum hinteren Teil des Schiffes. Wir gehen durch eine große Holztür und eine schmale Treppe hinunter. Dann stehen wir in einem schwach beleuchteten Flur mit vielen Türen. Er zieht mich weiter den Flur entlang und hält schließlich vor einer kleineren Holztür an. Auf der Tür ist ein kleines goldenes Schild angebracht, auf dem „Louis" eingraviert ist. Als er die Tür öffnet, hüpft Diego sofort von seiner Schulter und flitzt in den Raum. Ich hatte ganz vergessen, dass er noch da war. Louis dreht einen Hebel an einer Öllampe, die direkt neben der Tür hängt, und die Flamme wird stärker. Schließlich erhellt sie den ganzen Raum. Ich gehe hinein und er schließt die Tür hinter uns.

Das Zimmer ist überraschend groß. Hier steht ein Schreibtisch, davor ein Stuhl mit rotem Samtbezug. In der Ecke neben dem Bett steht ein Körbchen. Es scheint Diegos Platz zu sein, denn er hat sich bereits eingerollt und gibt ein ohrenbetäubendes Schnarchen von sich. Ich drehe mich zu Louis um.

„Du kannst das Bett haben. Ich schlafe auf dem Sofa.", sagt er mit einem Schulterzucken und zeigt auf das große Bett. Es hat wunderschöne Schnitzereien am Kopfteil. Es ist mir unangenehm, ihm seinen Schlafplatz wegzunehmen. Doch die Vorstellung, in den weichen Kissen zu liegen, gibt mir gerade ein wirklich gutes Gefühl.

„Ich kann auch auf dem Sofa schlafen! Das ist ja schließlich dein Zimmer", biete ich ihm an.

„Nein, das ist schon gut so. Ich würde mich besser fühlen, wenn du es nimmst", antwortet er knapp und ich nicke. Ich bin auf einmal viel zu müde, um mit ihm darüber zu streiten. Außerdem bin ich insgeheim froh, dass ich nicht auf dem Sofa schlafen muss. Es ist ebenso mit rotem Samt bezogen und sieht echt gemütlich aus, aber das Bett ist schon wesentlich besser. Langsam gehe ich darauf zu und krabbele unter die Decke.

Es riecht so anders, irgendwie nach ihm, eine Mischung aus Holz und Regen. Ein Regen, der nach einer langen Trockenzeit fällt, den man schon riechen kann, bevor er da ist. Einfach himmlisch.

Kurz kommt mir der Gedanke, ihm anzubieten, mit in dem Bett zu schlafen. Dieser Gedanke lässt mein Herz höher schlagen, doch ich denke, das wäre eindeutig zu früh. Ich kenne Louis ja kaum. Im Halbschlaf beobachte ich, wie er die Kissen auf dem Sofa zurechtrückt und sich darauf legt. Dann löscht er die Lampe.

„Gute Nacht, Eva", flüstert er in der Dunkelheit. Das ist das erste Mal, dass ich mit einem fremden Jungen im selben Zimmer schlafe. Irgendwie fühlt es sich so wunderbar verboten an, auch wenn wir gar nichts Verbotenes tun.

„Hmm." Mehr bekomme ich nicht mehr raus, denn ich schlafe sofort ein.

3

Das Lächeln meiner Mutter sieht so glücklich aus, als sie meinem Vater tief in die Augen schaut. Irgendwie ist es peinlich, sie zu beobachten, als wäre ich hier ein Eindringling. Ich drehe mich kichernd weg. Dabei fällt mein Blick auf mein Spiegelbild in der blankgeputzten Oberfläche des Kühlschranks. Ich bin erst zehn, denn ich kann die Zöpfe erkennen, die mir meine Mutter immer gemacht hat. Das hier muss ein Traum sein! Ich drehe mich wieder meinen Eltern zu und genieße den Moment. Diesen Tag werde ich wohl nie vergessen. Es war einer unserer Ausflugstage. Wir sind auf den Bauernhof gefahren, und ich durfte das erste Mal auf einem Pferd reiten. Ich war so aufgeregt. Meine Eltern liefen neben dem Pony her, als ich darauf saß. Dieser Tag war wunderschön! Plötzlich verschwindet alles. Eine Dunkelheit zieht auf. Ich bin wieder fünfzehn. Meine Mutter steht etwas entfernt von mir. Sie telefoniert. Mein Vater steht noch weiter weg und hält Silke im Arm. Die beiden drehen sich weg und gehen davon, ohne ein Wort zu sagen.

Ich rufe ihnen nach, doch meine Worte verhallen in der Umgebung. Ich spreche meine Mutter an, doch auch sie scheint mich nicht zu hören.
Langsam laufe ich auf sie zu. Je näher ich an sie herantrete, desto mehr weicht sie zurück. Ich kann sie nicht erreichen. Eine tiefe Traurigkeit ergreift mich. Dieselbe Traurigkeit, die ich schon seit der Scheidung fühle. Grüne Augen leuchten in der Dunkelheit. Sie machen mir keine Angst. Sie machen mir Hoffnung.

Irgendetwas Nasses reißt mich aus dem Schlaf und ich schrecke auf. Zwei kleine schwarze Knopfaugen starren mich an. Ich schreie und schlage wild um mich. Zuerst weiß ich nicht, wo ich mich befinde. Verwirrt lasse ich meinen Blick durch das Zimmer schweifen. Dann bleibe ich am Sofa hängen und die Erinnerung an das Ende des Traumes erscheint vor meinem geistigen Auge.

„Wa ... Was ist los?" Louis rappelt sich langsam vom Sofa auf und schaut mich verschlafen an. „Oh Mann, Diego! Kommst du her!", ruft er, als er die Situation erfasst hat. Der Kleine verkriecht sich unter dem Bett. Wahrscheinlich ist er auch ganz schön erschrocken.

Jetzt schwebt er mit hängenden Ohren zu Louis herüber, versteckt sich aber gleich unter dem Sofa. Moment, er schwebt? Das ist mir gestern gar nicht aufgefallen. Hunde fliegen doch nicht! Er sieht auch viel flauschiger aus. Im Licht wirkt er fast wie eine kleine Wolke.

„Was ist Diego eigentlich genau?", frage ich ihn, während ich mir den Schlaf aus den Augen reibe.

„Wenn er das nochmal macht, bald tot!", blafft Louis in Diegos Richtung und funkelt ihn böse an.

„Ach, du, ich habe einfach nicht an ihn gedacht. Ich meine auch eher, welche Rasse, oder so." Ich muss lachen, weil Louis direkt so aufgebracht ist, wirklich eine etwas übertriebene Reaktion für diese Sache.

„Er ist ein Wiego", antwortet er, während er halb vom Sofa runterhängt um Diego darunter weiter böse anzugucken.

„Ein Wiego? Was ist das?" Oh nein, er ist doch verrückt, tönt eine kleine Stimme weit hinten in meinem Kopf. Jetzt nicht ausflippen Eva, vielleicht hat er ja doch eine plausible Erklärung. Bisher wirkte er ja eigentlich auch ganz normal.

„Die sind echt selten. Der Kapitän hat ihn mir geschenkt, kurz nachdem ich auf das Schiff gekommen bin. Sie bilden sich aus einem kleinen Stück Wolke. Eine Legende sagt, dass sie sich immer ganz besondere Menschen als Freunde aussuchen, jemanden der einen besonderen Schatz in sich trägt. Keine Ahnung, was das bedeutet. Sie können sich bei ihrer Geburt in jedes Tier verwandeln, das es gibt, doch wenn sie sich für eine Gestalt entschieden haben, bleiben sie für immer so. Deshalb ist Diego ein Hund. Er ist mein bester Freund, doch manchmal ist er etwas frech!", erklärt er und setzt sich dabei wieder aufrecht hin, um mich ansehen zu können. „Es ist schon gut! Du musst nicht böse auf ihn sein, ich habe einfach vergessen, wo ich bin. Entschuldige, Diego, ich wollte dich nicht erschrecken!", sage ich beschwichtigend und Diego schaut langsam unter dem Sofa hervor. Seine Ohren stellen sich wieder auf. Er wedelt mit seinem Schwanz und lässt seine Zunge aus dem Maul hängen.

Es sieht fast so aus, als würde er lächeln. Louis schaut von ihm zu mir.

„Na gut, dann verzeihen wir ihm eben. Diesmal!", nörgelt er und lässt sich wieder zurück auf das Sofa fallen. Diego fliegt auf mich zu, kuschelt sich auf meinen Schoß und schleckt mir dabei meine Hände ab.

Ich streichele ihn und schaue mich im Zimmer um. Bei Tageslicht sieht es noch größer aus. Die Sonne strahlt durch die großen Fenster und zaubert lauter bunte Kreise auf den Boden. Die Wände sind alle dunkelbraun, mit einem dunkelroten Streifen, der ungefähr in der Mitte der Wand einmal rundherum führt. Louis beobachtet mich.

„Was denn?", frage ich ihn verlegen. „Warum grinst du so?", ergänze ich schmollend. Ich werde nicht gerne beobachtet. Außerdem ist das wirklich unhöflich, dass er mich so anstarrt. „Nichts, ich frage mich nur, warum du noch nicht ausgeflippt bist", sagt er belustigt. Was meint er denn damit? Ich wusste doch schon vorher, auf was ich mich eingelassen hatte, oder?

„Wieso sollte ich ausflippen?", frage ich ihn erstaunt und doch schwingt nun etwas Unsicherheit in meiner Stimme mit.

„Naja, wir sind nicht mehr auf der Erde. Da dachte ich, du würdest vielleicht überreagieren. Ich bin froh, dass ich da falsch lag. Hast du Hunger?", antwortet er mit einem Schulter zucken. Stimmt, wir sind nicht mehr auf der Erde. „Wo sind wir eigentlich genau?", frage ich vorsichtig.

„Wir sind auf der Dragonfly, das weißt du doch." Er grinst. „Und wo genau befindet sich die Dragonfly?", wiederhole ich meine Frage etwas spezifischer.

Sein Grinsen ist ansteckend und doch irgendwie frech. Er macht sich bestimmt ein bisschen über mich lustig.

„Hm, über den Wolken", antwortet er und sein Grinsen weicht einem neugierigen Ausdruck. Über den Wolken, das muss ich erst mal auf mich wirken lassen. Naja, was hatte ich denn erwartet, nachdem uns das Seil immer höher gezogen hatte? Irgendwie hätte mir schon klar sein müssen, dass wir ziemlich weit oben sein mussten.

„Was genau heißt das denn? Worauf bewegt sich das Schiff? Wasser gibt es hier ja nicht, oder?", sprudele ich los und sein Blick wird weicher.

„Komm mit, ich zeig es dir!", antwortet er und schwingt sich vom Sofa. Er streckt mir seine Hand entgegen.

Ich schiebe Diego von meinem Schoß, und er fliegt direkt wieder auf Louis' Schulter. Das muss wohl sein Stammplatz sein. Ich ergreife Louis' Hand, er zieht mich näher zu sich ran.

„Du musst mir versprechen, dass du in meiner Nähe bleibst. Ich möchte nicht, dass dir etwas passiert!", murmelt er und ich bekomme eine Gänsehaut, die sich kribbelnd auf meinem ganzen Körper ausbreitet. Komisch, wie er das sagt. Er sieht mir ganz tief in die Augen. Bestimmt verschwinde ich gleich in ihnen.

„Okay", stammele ich. Er blinzelt und damit ist unsere Verbindung unterbrochen. Ich blinzele auch und schüttele kurz den Kopf, um meine Gedanken wieder zu sortieren. Schon zieht er mich hinter sich her auf das Deck des Schiffes. Die Sonne sticht mir in die Augen, als wir aus dem Schatten heraustreten. Ich forme mit meiner freien Hand einen Sonnenschutz an meiner Stirn. Auf dem Deck herrscht reges Treiben.

Mindestens zehn Männer arbeiten hier. Manche wickeln Seile auf, andere rollen große Fässer, und wieder andere schrubben das Deck. Wir laufen direkt auf die rechte Seite des Schiffes, das müsste Steuerbord sein. Das weiß ich noch von einem meiner zahlreichen Segelausflüge mit meinem Vater. Als meine Eltern noch verheiratet waren, sind wir bei schönem Wetter jedes Wochenende zusammen rausgefahren.

Dabei hat mein Vater immer versucht, mir alle möglichen Begriffe beizubringen, leider sind mir nicht wirklich viele davon im Gedächtnis geblieben. Mein Vater könnte hier auf jeden Fall mit Wissen glänzen. Wahrscheinlich wäre er vor Begeisterung ganz aus dem Häuschen auf so einem Schiff.

An der Reling bleiben wir stehen. Wieder sieht Louis mich mit diesem eindringlichen Blick an. „Beug dich ein bisschen vor, um hinüberzusehen, aber nicht zu viel, sonst fällst du vielleicht noch runter", fordert er mich auf. Ich tue, was er mir sagt und lehne mich ein wenig über die Reling. Unglaublich! Ich kann an der Außenseite des Schiffes entlangschauen. Es ist wirklich komplett aus Holz, in dunkelbraun und rot, die gleichen Farben wie in Louis Zimmer.

Etwas weiter unten wird das Holz von weißen, flauschigen Zuckerwattewolken abgelöst. Das Schiff scheint darauf zu schweben. Ganz weit in der Ferne sehe ich grüne und braune Flecken. Das muss die Erde sein. Wow! Es ist wirklich richtig weit oben! Ich lehne mich zurück, weil mir sonst noch übel wird. Louis schaut zu mir herüber. In seinem Gesicht spiegeln sich Unsicherheit und Spannung.

„Okay, ist wirklich ziemlich hoch." Meine Stimme ist nur ein Flüstern. „Ist das Schiff eine Wolke?"

„Nein, das Schiff befindet sich auf der Wolke.

Wir bewegen uns mit ihrer Hilfe vorwärts und schützen uns auch vor den neugierigen Blicken der Menschen auf der Erde", antwortet er begeistert. Er macht ein Gesicht wie ein kleines Kind, das ein lang ersehntes Spielzeug bekommen hat.

„Guten Morgen, ihr zwei. Ich hoffe, ihr habt gut geschlafen." Die Stimme des Kapitäns lässt mich vor Schreck zusammenfahren. Wo kam er denn jetzt her? Über Louis Gesicht huscht ein dämliches Grinsen. Na Dankeschön! Als er meinen bösen Blick sieht, versucht er sich zu beherrschen.

„Ja, danke. Ich hab Eva nur herumgeführt", antwortet er lächelnd. „Sehr schön, dann möchte ich euch nicht länger stören. Bis später." Er läuft an uns vorbei, dreht sich noch mal um und nickt mir zu. Ich schenke ihm mein strahlendstes Lächeln.

„Und, was denkst du?", fragt Louis.

„Ich denke, ich muss die Informationen erst mal verdauen. Fliegende Schiffe sehe ich nicht jeden Tag", antworte ich aufrichtig. Was meine Eltern wohl sagen würden, wenn sie mich hier sehen könnten? Ob meine Mutter schon gemerkt hat, dass ich nicht da bin? Vielleicht fällt es ihr auch gar nicht auf, schließlich sehen wir uns sowieso kaum, wenn sie arbeitet.

Na ja, wenn es ihr irgendwann auffällt, kann sie sich ruhig ein bisschen Sorgen machen. Der Traum von letzter Nacht schleicht sich in meine Gedanken. Vielleicht ist diese Trennung gar nicht schlecht für meine Familie. Manchmal lernt man noch mehr zu schätzen, was man hat, wenn man es für eine Zeit nicht mehr zu Gesicht bekommt. Ich bin jetzt erst mal hier, und mal ehrlich: Wer wäre nicht gerne auf einem fliegenden Schiff? Und dann auch noch mit so einem gutaussehenden Begleiter? Ich wollte mich auf dieses Abenteuer einlassen und will es noch. Mal sehen, wo es mich hinführt.

4

„Zeig mir den Rest des Schiffes, bitte." Louis Gesicht hellt sich sofort auf. Er schenkt mir sein entwaffnendes Zahnpasta-Werbung-Lächeln. Ich kann nicht anders als auch zu lächeln. Er ergreift meine Hand und zieht mich mit sich. Zuerst zeigt er mir die Kanonen des Schiffes – es sind mindestens zehn an jeder Seite. Danach stehen wir vor dem großen Steuerrad. Direkt dahinter befindet sich ein großer schwarzer Tisch. Der aussieht wie ein riesiger Computerbildschirm. Darüber hängen ein paar Kästchen darinnen blinken lauter kleine rote und blaue Lämpchen. Ich komme nicht dazu, Louis zu fragen, was es damit auf sich hat, weil er mich weiterzieht, um mir das Innere des Schiffes zu zeigen. Wir gehen in den großen Speisesaal, die Kapitänskabine, und in die Gefängniszellen. Es sind insgesamt vier Zellen auf der rechten Seite, die an einen schwach beleuchteten Flur angrenzen. Angeblich ist hier nie jemand eingesperrt gewesen und gestorben schon gar nicht, trotzdem riecht es verfault. Darüber will ich nicht nachdenken. Am Ende des Rundgangs stehen wir vor einer großen Metalltür, in die ein Bullauge eingelassen ist.

„Das hier ist die Kombüse, ich glaube ihr nennt das Küche. Ich will dich nur warnen, der Koch heißt Steve, und er ist irgendwie eigen", erklärt Louis und ich nicke nur. Mir wird ganz mulmig beim Gedanken an das, was mich hinter dieser Tür erwarten könnte. Mit einem festen Ruck öffnet Louis die Tür. „He, Steve, ich wollte dir jemanden vorstellen", ruft er in den Raum. Daraufhin schleicht ein dicker Mann, aus einer dunklen Ecke, in den Lichtschein der Laterne, die an der Wand hängt. Er scheint die Backen voller Essen zu haben, in seinen Mundwinkeln hängen noch die Reste. Er hat eine Glatze und kleine braune Augen. Seine Kleidung ist ein einfaches weißes T-Shirt, übersät mit Flecken, außerdem trägt er eine schwarze Fransenhose. Eine fleckige alte Schürze ist um seinen Bauch gebunden.

„Was ..illst ..u Lou...is?", nuschelt er und dabei tropft etwas vom Essen aus seinem Mundwinkel. Er wischt es mit einer Handbewegung weg. „Eklig" ist das Einzige, was mir dazu einfällt.

„Das ist Eva. Sie ist für eine Weile als Gast auf unserem Schiff. Ich wollte, dass du sie kennenlernst!", stellt Louis mich vor. Der dicke Koch kaut noch einen Moment und mustert mich dabei von oben bis unten. Nach einer gefühlten Ewigkeit schluckt er den Bissen herunter.

Ich will gar nicht wissen, was er da im Mund hatte! In der Küche verbreitet sich ein furchtbarer Geruch. „Freut mich, ik bin Steve. Wenn de was brauchst, kommste einfach rum, ja? Lous Freunde sin meine Freunde, weißte?", sagt er und ich versuche, mir meinen Ekel nicht anmerken zu lassen. Trotz seines etwas verwahrlosten Aussehens wirkt er eigentlich ganz freundlich, und sein Akzent ist irgendwie lustig.

„Sehr nett, vielen Dank", antworte ich. Er nickt kurz, dann wendet er sich wieder Louis zu.

„Gibt's was Neues da oben? Irgendwas darüber, wann wir in Piemont sin? Die Vorräte sin bald alle", quengelt er.

„Ich hab gehört, dass wir in zwei Tagen in Fort Piemont ankommen sollen." Louis sieht meinen verwirrten Blick. „Das ist die nächste größere Stadt, der nächste Hafen ist dort", ergänzt er schließlich. Jetzt gibt es hier auch noch Städte, was kommt denn als Nächstes? Diese Sache wird wirklich immer verrückter. Ich hätte nicht erwartet, dass es hier oben eine ganz eigene Welt gibt. Allerdings müssen die Menschen hier oben ja auch irgendwo Essen herbekommen, und soweit ich weiß, hat jedes Schiff einen Hafen. „Hey Steve, hast du ein bisschen was zu essen für uns? Wir haben das Frühstück verpasst" , fragt Louis kurzerhand.

„Hab noch'n paar Äpfel un Käse."
Louis schaut kurz zu mir herüber. Mein knurrender Magen gibt ihm die passende Antwort. Lächelnd dreht er sich wieder Steve zu „Das wäre prima!", sagt er und Steve schlurft in die hintere Ecke der Küche.
Nach kurzer Zeit kommt er mit zwei Äpfeln und einem mittelgroßen Stück Käse zurück. „Danke, Steve, wir sehen uns später!" Louis wendet sich zum Gehen. „Tschüss und danke", murmele ich und folge Louis hinaus. „Kein Ding, ne. Bis denne!"
Wir gehen zurück an Deck. Louis steuert direkt auf zwei Fässer zu, die an der Reling aufgestellt sind. Er setzt sich auf das eine und zeigt auf das andere, damit ich mich zu ihm setze. So nah an der Reling zu sitzen macht mich ein bisschen nervös. Allerdings könnte es auch die gesamte Situation sein. Wir sitzen einen Moment schweigend da, während er mit seinem kleinen Messer erst die Äpfel und dann den Käse für uns klein schneidet. Wir fangen an zu essen, selbst Diego scheint ganz ausgehungert zu sein. Louis gibt ihm etwas ab. Es ist sehr witzig, dem kleinen Kerl beim Essen zuzusehen, denn es wirkt so als würde der ganze Knäuel wackeln. Er sieht aus wie eine Wattekugel, die kichert. Ich muss grinsen.

„Was ist denn so lustig?", fragt Louis und sein Blick lässt mich einfach dahinschmelzen.

„Es ist witzig, Diego beim Essen zuzusehen. Außerdem finde ich diese Situation hier immer noch etwas kurios, und wir sitzen hier und essen Äpfel und Käse als wäre alles ganz normal. Aber ich glaube, so langsam gewöhne ich mich daran", antworte ich.

Doch dann lässt ein starker Ruck mich plötzlich nach vorne kippen. Ich lande auf Louis, und wir krachen zusammen ziemlich unsanft auf das Schiffsdeck. Ich liege mit dem Gesicht an seiner Brust und atme tief ein. Oh Mann, er riecht genau so gut wie seine Bettwäsche! Unsere Blicke treffen sich. Wenn ich mich ein wenig nach vorne beugen würde, könnte ich ihn küssen. Wie gerne ich ihn küssen würde, nur um zu wissen, wie es wäre! Ich sollte aufpassen, dass meine Gefühle ihm gegenüber nicht meinen Kopf ausschalten. Diegos aufgeregtes Bellen direkt über meinem Kopf reißt mich aus meinem Tagtraum. Etwas ungeschickt stoße ich mich mit den Händen vom Boden ab und setze mich aufrecht hin.

„Alles gut?", fragt Louis amüsiert, und trotzdem ist da noch etwas anderes in seinem Blick. Ob er auch darüber nachgedacht hat, mich zu küssen? Ich kann es nicht sagen.

Vielleicht ist es besser, nicht so intensiv darüber nachzudenken.

„Ja, nichts passiert. Was war das für ein Rucken?", frage ich ihn, während mir die Situation jetzt doch ein bisschen peinlich wird. „Ich denke, eine Windböe hat die Segel erfasst. Manchmal passiert es dann, dass das Schiff einen Satz nach vorne macht. Entschuldige, ich hätte darauf achten müssen oder dich wenigstens vorwarnen sollen. Hast du dir wirklich nichts getan?" Er mustert mich, doch ich versuche, ihm nicht in die Augen zu schauen, sonst würde ich wahrscheinlich knallrot werden.

„Nein, es ist alles in Ordnung. Ich denke, ich bin nur erschrocken", antworte ich und taste zur Sicherheit gedanklich meinen Körper noch mal ab. Louis springt auf die Füße und hält mir seine Hand hin. Ich ergreife sie, und er zieht mich wieder hoch. „Hey, Lou, komm mal rüber! Du musst mir hier helfen!" Er schaut zur anderen Schiffsseite rüber.

„Ja, ich komme sofort!", ruft er zurück. Dann dreht er sich wieder zu mir. „Kann ich dich kurz hier alleine zurücklassen?"

„Ja, klar", antworte ich schnell. Komisch, dass er ohne mich irgendwohin gehen darf und ich immer in seiner Nähe bleiben soll.

Ich schaue ihm nach, um zu sehen, wo er hingeht. Er steht mitten in einer Gruppe Männer, sie zerren an irgendeinem Seil.
„Hey! Wer bist du? Was machst du hier?" Jemand packt mich am Ellenbogen und zerrt mich von dem Fass. Sofort durchzuckt mich ein stechender Schmerz im Oberarm.
„Au!" Ich kann den Schrei nicht unterdrücken. Ich habe das Gefühl, dass alle um uns herum aufgehört haben zu arbeiten. Es herrscht eine Totenstille auf dem Deck. Ich kann nur noch das Schnaufen von meinem Angreifer hören und meine flatterhaften Atemzüge. Um ihn überhaupt ansehen zu können, muss ich meinen Kopf in den Nacken legen.
Als ich zu ihm hochsehe, schauen mich zwei wirklich finster dreinblickende, schwarze Augen an. Der Mann ist riesig, ziemlich dick. Sein Mund wird zum Großteil von einem braunen Dreitagebart verdeckt, was unter seinem kahlrasierten Schädel ziemlich komisch aussieht.
„Also, wer bist du? Wie kommst du hierher?", bellt er mich an.
„Eva", antworte ich leise. Er macht mir richtig Angst.

„Sie gehört zu mir, Pietie!" Mir fällt ein Stein vom Herzen, als ich Louis' Stimme höre. Er legt seine Hand auf meine Schulter und zieht mich nah an sich heran. „Hör auf, ihr Angst zu machen! Sie ist Gast auf diesem Schiff!" Louis wirkt so selbstsicher! Mich schüchtert dieser Pietie immer noch ein. Er schaut mürrisch zwischen uns hin und her.

„Weiß der Käptn, dass sie hier ist?", brummt er missmutig. „Natürlich weiß ich davon!", antwortet Kapitän Feuerbart der sich nun auch noch dazugesellt hat. Prima, jetzt sind wir sicherlich die Hauptattraktion an Deck! Ich habe das Gefühl, dass hunderte von Augenpaaren nur auf mich gerichtet sind. Zähneknirschend betrachte ich meine Füße, in der kindlichen Hoffnung, dass mich niemand ansieht, wenn ich niemanden anschaue.

„Oh, Käptn, ich hatte sie gar nicht gesehen. Ich hatte nur gedacht, sie hätte sich an Bord geschlichen. Entschuldigung." Pietie wirkt auf einmal sehr kleinlaut. „Sie hat gefragt, ob sie uns begleiten darf, und ich habe es ihr erlaubt. Außerdem sind Louis' Freunde auch meine Freunde. Ich hoffe, das ist für dich in Ordnung", erklärt der Kapitän und Pieties Gesicht hat ein dunkles Rot angenommen. Sein Kopf wirkt jetzt so, als würde er bald platzen.

Er nickt kurz, macht auf dem Absatz kehrt und geht davon. Ich schaue ihm einen Moment nach, dabei fällt mir auf, dass er sein linkes Bein etwas nachzieht. Wahrscheinlich hat er eine alte Verletzung, oder sowas. Louis grinst übers ganze Gesicht. Kapitän Feuerbart nickt uns beiden mit dem gleichen Grinsen im Gesicht zu und geht davon. Während ich ihnen hinterherschaue, reibe ich geistesabwesend meinen linken Arm. Der Schmerz hat zwar nachgelassen, doch ich glaube, das wird ein blauer Fleck. „Hat er dir wehgetan? Wenn ja, dann werde ich ihn mir vorknöpfen." In Louis Augen funkelt der Zorn. „Nein, ist nicht schlimm. Ich glaube, ich hab mich einfach nur erschrocken. Wer ist der Typ?", flüstere ich ihm zu. Die Angst schleicht langsam wieder aus meinem Körper, dieser Typ wirkte richtig bedrohlich auf mich. „Er ist der erste Offizier auf dem Schiff. Eigentlich ist er ganz nett, und manchmal eben ein richtiger Idiot. Darf ich deinen Arm trotzdem mal sehen?", bittet er mich und der wütende Ausdruck in seinem Gesicht weicht einem besorgten.

Ich halte ihm meinen Arm hin, obwohl ich seine Reaktion völlig übertrieben finde. Ich werde schon nicht daran sterben, wenn mich mal jemand grob anfasst. Nach einigen Augenblicken entreiße ich ihm meinen Arm wieder.

„So, jetzt ist es aber gut! Zeig mir, wie ich mich hier nützlich machen kann! Der Kapitän hat gesagt, ich soll mitarbeiten, und das möchte ich auch", sage ich.

5

„Na gut, was kannst du denn?", fragt er und grinst dabei schelmisch. Das macht mich irgendwann noch verrückt. Außerdem finde ich seine Frage irgendwie beleidigend. Sehe ich etwa aus wie ein kleines Dummerchen? Ich glaube, er bemerkt, dass ich ein bisschen eingeschnappt bin, denn sein Grinsen verschwindet.
„Also, du kannst Steve in der Kombüse helfen, wenn du willst. Der braucht immer jemanden. Oder du kannst das Deck schrubben. Die Kabinen müssen bestimmt auch sauber gemacht werden. Und die Ladung muss verteilt und gezählt werden, die ist allerdings ganz schön schwer", erklärt er.
„Was machst du denn so den ganzen Tag?", frage ich, denn eigentlich fände ich es gut, wenn ich irgendwas mit ihm zusammen machen könnte. Der Gedanke, den ganzen Tag von ihm getrennt zu sein, macht mir Angst. Vielleicht sind hier noch andere Männer so wie dieser Pietie. „Ich werde gleich beim Hissen der restlichen Segel helfen, und dann den Kurs im Auge behalten. Navigieren und solche Sachen. Vielleicht kannst du ja erstmal Steve in der Kombüse helfen und nach dem Mittagessen, wenn alle Segel gehisst sind, hilfst du mir beim Navigieren des Schiffes", schlägt er vor.

Na toll, jetzt werde ich also in die Küche abgeschoben. Beim Hissen der Segel bin ich wahrscheinlich auch keine große Hilfe, das habe ich wirklich noch nie gemacht. Wenigstens kenne ich Steve schon. Er mag zwar nicht wirklich so ordentlich und sauber sein, wie ich das gewohnt bin, aber vielleicht kann ich ja etwas Ordnung in die Küche bringen. Schließlich muss ich die nächsten Tage irgendwas Essen, und beim Gedanken an Steve, der das Essen zubereitet, dreht sich mir der Magen um.

„Gut, dann machen wir das so", sagt er schließlich und nimmt meine Hand. Er begleitet mich zur Küche und Steve ist begeistert, dass ich ihm helfen möchte. Louis zieht mich noch mal zu sich heran und schaut mir tief in die Augen. „Bitte bleib hier in der Kombüse, bis ich dich zum Mittagessen abhole. Keine Alleingänge, in Ordnung?", bittet er mich mit forschendem Blick. Ich nicke, obwohl mich natürlich gerade diese Aussage furchtbar neugierig macht. Er beugt sich zu mir und gibt mir einen Kuss auf die Wange. Dann dreht er sich um und verlässt die Küche. Ich schaue ihm noch einen Moment sprachlos nach. Wie in Trance berühre ich die Stelle, an der er mich gerade geküsst hat. Von dort aus geht ein Prickeln über mein ganzes Gesicht. Wie es wohl wäre, wenn er mich richtig küsst?

„Na, könne mer?" Steves schräge Stimme reißt mich aus meinen Gedanken in die Realität zurück. Die nächste Stunde verbringe ich damit, Kartoffeln und Zwiebeln zu schälen, während mir Steve die unmöglichsten Geschichten erzählt. Anfangs höre ich nicht wirklich zu, weil meine Gedanken immer wieder zu diesem Kuss driften, doch dann fängt Steve an, von einer Legende zu erzählen, die meine Aufmerksamkeit auf sich lenkt. Darin heißt es, dass es einen Schatz gibt, der nur gefunden werden kann, wenn man den passenden Schlüssel dazu hat. Dieser Schatz soll so unbeschreiblich wertvoll sein, dass schon sehr viele Wolkenreichbewohner, wohl seit Jahrhunderten, versuchen ihn zu finden. Als ich ihn frage, wo der Schlüssel ist, sagt Steve nur: „Die Legende erzählt, det nur ein Mensch alle hundert Jahre einen besonderen Schatz in sich trägt, und det nur dieser die Schatzkammer öffnen kann, um den Inhalt an sich zu nehmen. Diese Person zu finden, is aber utopisch, denn et könnte wirklich jeder sein."

„Was ist das für ein Schatz, der sich in dieser Schatzkammer befindet?", frage ich ihn neugierig.

„Da gibt et mehrere Möglichkeiten. Manche erzähln von Gold und Reichtümern oder vom Schlüssel zur Macht.

Aber egal, wat et is, et muss ziemlich groß sein, wenn et jeder ham will!" Und damit hat er wohl recht. Ich muss Louis mal fragen, was er darüber weiß.

Mich würde allerdings ehrlich interessieren was sich hinter dieser Legende verbirgt und was in dieser Schatzkammer verborgen ist. Ich glaube, wenn ich die Möglichkeit hätte, würde ich auch danach suchen. Ohne dass ich es bemerke, schäle ich die Zwiebeln und Kartoffeln fertig. Mittlerweile sehen meine Hände aus wie nach einem zu langen Aufenthalt in der Badewanne. Sie sind aufgequollen und schrumpelig. Mein Gesicht kann auch nicht viel besser aussehen. Wenigstens laufen mir nach den ganzen Zwiebeln keine Tränen mehr über die Wangen. Wahrscheinlich bin ich ausgetrocknet. Dafür sehen meine Augen bestimmt aus, als hätte ich die schlimmste Heulattacke meines Lebens hinter mir. Nicht wirklich damenhaft wische ich mir mit dem Handrücken über die Nase und lege die letzte Zwiebel in die Schüssel.

„Okay, fertig!", sage ich erleichtert und mein Blick fällt auf Steve, der mich aufmunternd anlächelt. Ich kann meine Neugier nicht mehr zurückhalten.

„Erzähl mir bitte etwas über dieses Schiff und über die Crew oder über Feuerbart. Was hat er für eine Beziehung zu Louis? Und was ist mit diesem Pietie? Hat der irgendwelche Probleme, oder ist der einfach nur unfreundlich? Und warum gibt es ein Schiff in den Wolken und auch noch eine Stadt?" Die Fragen sprudeln einfach aus mir heraus, ohne dass ich sie stoppen kann. Ich weiß nicht genau, warum ich ausgerechnet Steve frage und nicht Louis, aber gerade jetzt fühlen sich die Fragen richtig an, und ich hoffe hier bekomme ich ein paar Antworten. Wie meine Mutter immer sagt: „Schatz, wenn man eine Chance bekommt, sollte man sie ergreifen. Man weiß nie, ob es noch mal eine geben wird!" Manche Ratschläge scheinen wohl gar nicht so dumm zu sein, wie man anfangs denkt.

„Immer langsam, Kleene! Vielet davon solltest de lieber Lou fragen." Steve wendet sich wieder seinen Töpfen zu. Das war also nicht der richtige Moment, oder er hat etwas zu verbergen. Ich kann es nicht genau sagen. Also versuche ich es lieber etwas vorsichtiger. „Ja, du hast recht. Ich war nur neugierig. Kannst du mir erzählen, wie du hier Koch geworden bist?" Sein Gesicht hellt sich auf, das scheint ein besseres Gesprächsthema zu sein, und wer weiß: vielleicht erfahre ich ja auf diese Weise mehr.

„Ik hab in Piemont in nem Restaurant gekocht, un Feuerbart kam da immer essen. An nem Abend hat er mir erzählt, dat er ne Crew brauch für sein Schiff. Ik wusste bis dahin net, dat er überhaupt en Käptn is. Er erzählte von irgendwelchen Reisen, die er machen will, un dat er Beutezüge plant, wie Piraten halt. Ik dachte erst, er macht en Witz. Ik hatte zwar schon gehört von Piraten im Wolkenreich, aber net in Piemont, zumindest schon seit Jahren net mehr. Trotzdem fand ik die Idee spannend. Als Koch verdient man net viel, un ik hatte noch nix gesehen außer Piemont. Also fragte ik, ob er ach en Koch brauch. Tja, un jetzt bin ik hier. Mittlerweile seit zehn Jahren. Ik hab es bis jetz net einen Tag bereut, hier zu sein", erzählt er auschweifend.

Ich versuche, den Kloß in meinem Hals herunterzuschlucken, der sich im Laufe von Steves Geschichte gebildet hat.

„Piraten?" Meine Stimme ist nur noch ein leises Krächzen. Steve schaut mir direkt in die Augen und ein Schmunzeln umspielt seinen Mund.

„Jap, wat haste denn gedacht, wat wir sin? En paar nette Segler uf em Sonntagsausflug?" Seine Schürze wippt auf und ab. Er lacht laut und kehlig. Mir ist mulmig, aber ich bin auch neugierig. Außerdem fühle ich mich sicher bei Louis. Ich glaube, dass er mich beschützen kann, wenn es sein muss.

„Kleene? Mach dir kene Sorgen, wir sin ganz nett! Du bist Gast hier, kene Gefangene. Lou scheint dich zu mögen, sonst wärst de net hier. Also vergiss net zu atmen! Ik will kenen Streit mit ihm, falls dir in mener Küche wat passiert!" Er zwinkert mir zu und stupst mich leicht an. Ich schaue ihn an und muss dann selbst lächeln, aber mehr über die gesamte Situation in die mich meine Neugier und der Reiz des Verbotenen gebracht haben. Ich bin auf einem fliegenden Piratenschiff! Na, wenn das mal keine passende Reaktion auf die Ignoranz meiner Eltern ist, dann weiß ich auch nicht. „Gibst de mir ma die Zwiebeln?" Ich schüttele die Gedanken an meine Eltern ab und versuche, sie ganz nach hinten in meinen Kopf zu verbannen.

„Klar, hier." Ich reiche Steve die Zwiebeln und er beginnt sie in kleine Stücke zu schneiden bevor er sie in den Topf fallen lässt. Ein Zischen erfüllt den Raum, als sie im Fett landen. „Was brauchst du als nächstes?", frage ich. „Die Kartoffeln. Kannst se schon mal in Stücke schneiden", antwortet er, ohne aufzuschauen. Ich fange an die Kartoffeln zu bearbeiten und meine Gedanken schweifen wieder ab.

Ich sitze auf einem fliegenden Piratenschiff und schneide Kartoffeln, wie verrückt ist das denn? Ich merke zu spät, dass mein Messer abrutscht und spüre, wie die Klinge sich durch meine Haut zieht. Shit! Mein Blut verteilt sich über die Kartoffeln. Ich sehe zu, wie es warm und stetig über meine Handfläche läuft.

„Hey, Kleene, warum so still? Oh, gammeliger Griebelwurz!" Steve drückt mir ein dreckiges Tuch auf meinen blutenden Finger. Ich stehe immer noch an derselben Stelle, meine Füße wollen mir einfach nicht mehr gehorchen.

„Kleene? Allet gut? Du solltest dich vielleicht setzen. Dein Gesicht is so weiß wie die Fliesen." Steve wirkt nervös. Auf seiner Stirn hat sich eine kleine Furche gebildet. Vielleicht hat er die immer, wenn er nachdenkt. Langsam schiebt er mich zu dem Hocker, auf dem ich vorhin gesessen habe, als ich noch Kartoffeln geschält habe.

„Der Schnitt ist bestimmt gar nicht so schlimm. Ich kann nur kein Blut sehen", hauche ich leise. Mir wird auf einmal furchtbar übel. Ich schließe die Augen und versuche tief durchzuatmen.

In dem Moment höre ich, wie die Tür zur Küche aufgeht und wieder geschlossen wird, dann zwei Stimmen, eine davon gehört Louis. Sie reden miteinander und brechen dann in schallendes Gelächter aus.

„Hey Steve, was macht das Essen? Wir haben Hunger, Mann!" Das ist nicht Louis, sondern der Fremde. „Steve? Eva?" Das ist Louis.

„Wir sin hier! Eva hatte nen klenen Unfall. Ik verbind det grad noch." Ich höre schnelle Schritte näherkommen. Als ich die Augen wieder öffne, sehe ich Louis' Gesicht und einen dicken weißen Verband um meinen Finger, den Steve gerade noch fachmännisch verknotet. Wer hätte gedacht, dass er das so gut kann! „Was zum Donner ist passiert?" Louis wirkt angespannt, ich versuche immer noch meinen unruhigen Magen in den Griff zu bekommen, indem ich möglichst langsam tiefe Atemzüge mache.

„Sie hat sich geschnitten, Lou. Nix Schlimmes, sie kann nur keen Blut sehn. Wenn jetzt Rosa da wär, die könnte ...", er stockt bei der Bemerkung kurz und sieht mich mit großen Augen an, dann fällt sein Blick auf Louis.

Doch der scheint gerade gar nichts mitzubekommen und starrt nur stur auf meinen Finger.

„Bleib noch en Moment sitzen, Kleene. Ik hol dir en Wasser." Steve geht zum Wasserhahn und füllt ein großes Glas. Er reicht es mir. Ich nehme dankbar einen Schluck. Das kalte Wasser beruhigt meinen Magen, und endlich höre ich auch auf zu zittern. Louis hat sich vor mich gekniet und schaut mir aufmerksam zu. „Besser?", fragt er. Ich versuche zu nicken, während ich einen zweiten Schluck trinke.

„Ja, jetzt geht es wieder. Ist wirklich nicht so schlimm, nur das ganze Blut hat mich aus dem Konzept gebracht", antworte ich leise und ringe mir sogar ein kleines Lächeln ab. Louis scheint sich sichtlich zu entspannen. „Mir scheint, wir sollten doch noch eine leichtere Aufgabe für dich finden. Wenn du dich schon am ersten Tag in der Kombüse versuchst umzubringen", sagt er nachdenklich. Ich strecke ihm die Zunge raus, was nur dazu führt das er lauthals loslacht. Ich kann nicht anders, als einzustimmen. Dann betrachte ich den wirklich gut angebrachten Verband an meinem Finger. Ich glaube, beim Erste-Hilfe-Kurs in der Schule hätte es der Sanitäter nicht besser gemacht. Louis nimmt mir das leere Wasserglas ab und stellt es auf die Küchenablage.

„Ich nehme Eva jetzt mit, Steve. Den Rest schaffst du doch sicher alleine, oder?" Steve ist schon dabei, die Kartoffeln fertig zu schneiden und die in der Schüssel von meinem Blut zu befreien. Louis schiebt mich durch die Tür in den schmalen Flur, der an Deck führt.
„Jo, klar, Lou. Bis denn, Kleene", ruft er uns fröhlich hinterher. Ich habe ihn in den letzten Stunden wirklich lieb gewonnen. Er scheint ein super Typ zu sein. Falls ich wieder mithelfen muss, werde ich mich auf jeden Fall für die Arbeit in der Kombüse melden.

6

„Bis nachher, Steve, und danke!", kann ich gerade noch rufen, bevor die Tür ins Schloss fällt. Erst jetzt fällt mir auf, dass Louis' vorheriger Gesprächspartner gar nicht mehr da ist. Ich drehe mich so abrupt um, dass Louis fast in mich hineinläuft. „Wer kam eigentlich mit dir in die Küche?", frage ich ihn neugierig. „Ach, das war Richard, einer von der Mannschaft. Er wollte nur fragen, wie lange es dauert, bis er was zu essen bekommt. Der hat immer Hunger. Wie geht es deinem Finger?", fragt er und ich spüre meinen Herzschlag in ihm pochen, sobald ich an meinen Finger denke. Also versuche ich mich abzulenken. „Geht schon wieder!", sage ich schnell. Louis zieht mich jetzt hinter sich her durch den schmalen Flur nach oben an Deck. Hier laufen immer noch viele Männer hin und her und gehen ihren Arbeiten nach. Während ich sie beobachte, fallen mir Steves Worte wieder ein, und ich sehe mir alle mal genau an: Es hätte mir wirklich schon vorher auffallen können, dass es Piraten sind. Sie sehen wirklich so aus, wie man sie aus den Filmen kennt. Der eine hat sogar eine Augenklappe, das fällt mir jetzt erst auf und ich kann nicht anders als zu schmunzeln.

„Was ist so lustig?", fragt Louis und folgt meinem Blick zu dem Mann ... äh, dem Piraten mit der Augenklappe.

„Lachst du etwa über Karl? Manche sagen, er hat sein Auge verloren, weil er zu vielen Mädchen hinterher gestarrt hat. Also nimm dich in Acht, sonst verliert er vielleicht bald auch noch sein zweites." Louis sieht mein entsetztes Gesicht und fängt an zu lachen. Ich kann nicht anders als mit einzustimmen. Diese Geschichte ist auch zu komisch, um wahr zu sein. „Nein, Quatsch, eigentlich war es ein Überfall der daneben ging. Mehr weiß ich darüber auch nicht. Er redet nicht gerne davon, und meistens fragt keiner nach." Louis zuckt mit den Schultern. Wir gehen zusammen zu den Fässern, auf denen wir morgens gesessen haben. Erst jetzt merke ich, wie angenehm der Wind hier oben durch meine Haare weht. Beim Segeln mit meinem Vater war der Wind auf jeden Fall stärker als hier oben.

„Sag mal, Louis, warum weht der Wind hier oben nicht so stark? Und warum hast du mir nicht erzählt, dass du ein Pirat bist? Dass hier alle Piraten sind? Außerdem wüsste ich gerne, wie Feuerbart und du zueinander steht. Ihr seid so vertraut miteinander, fast wie Vater und Sohn. Und natürlich, warum Pietie so drauf ist, obwohl ich glaube, dass er einfach ein alter Miesepeter ist.

Steve hat mir erzählt, wie er auf das Schiff kam. Wie kamst du eigentlich zu dieser Crew?", frage ich und schaue ihn erwartungsvoll an während ich etwas unruhig auf meinem Fass hin und her rutsche.
Warum bin ich auf einmal so nervös?
„Wow, du hast ja auf einmal viele Fragen! Also erst mal hatte ich gedacht, du weißt, dass wir Piraten sind. Ich wollte dich nicht anlügen. Ich dachte, das wäre offensichtlich." Er macht eine Handbewegung, die das ganze Schiff umfasst und schaut dann an sich herunter. Eigentlich hat er recht. Ich habe einfach nicht darüber nachgedacht.
„Und was ist mit Pietie?", frage ich, bevor ich darüber nachdenken kann. Es kam einfach so herausgeplatzt. Allerdings ist die Begegnung mit Pietie auch fest in mein Gehirn eingebrannt.
„Ach so, ja. Das mit dem Miesepeter ist gar nicht so abwegig." Er schaut sich unauffällig auf dem Deck um. Ich ertappe mich dabei, wie ich auch nach Pietie Ausschau halte. Ich möchte nicht, dass er unser Gespräch über ihn mitbekommt. Wer weiß, wie er auf meine Neugier reagiert. „Er hat einfach Schwierigkeiten mit neuen Situationen. Ich glaube, er ist einfach sehr abergläubisch und ängstlich. Es gibt viele Geschichten über das Wolkenreich, über blinde Passagiere von unten, die uns ausspionieren wollen und unsere Existenz bedrohen.

Wenn irgendjemand erzählt, was es hier oben gibt, könnte es passieren, dass unsere Welt zerstört wird. In alten Schriften steht, dass die Menschen aus der Unterwelt, also von der Erde, unsere Welt zerstören, sobald sie davon wissen. Deshalb reagiert nicht jeder positiv auf Besuch von dort." In meinem Hals bildet sich ein dicker Kloß. Ist es gefährlich für Louis oder die anderen, dass ich hier bin?
Denkt er vielleicht, mir könnte jemand gefolgt sein, oder dass ich etwas erzählen könnte? Sollte ich ihn bitten, mich zurückzubringen? Bin ich vielleicht zu egoistisch, nur um meinen Familienproblemen zu entfliehen? Er scheint meine Gedanken zu lesen, denn er nimmt meine Hand in seine und schaut mir fest in die Augen. „Mach dir keine Sorgen. Ich glaube nicht, dass du eine Gefahr für uns bist, Eva. Außerdem sind es nur Geschichten! Irgendjemand hat das vor Jahrhunderten aufgeschrieben. Bestimmt wäre es nicht ungefährlich, wenn es jeder der Erdenmenschen wüsste. Aber ich bin mir sicher, dass wir dir vertrauen können", sagt er beschwichtigend und ich nicke. Natürlich kann er mir vertrauen! Ich würde niemals etwas tun, was ihn in Gefahr bringen würde. Abgesehen davon bin ich mir sicher, dass mir niemand diese Geschichte glauben würde, falls ich sie jemals erzählen sollte.

„So, jetzt zu der Sache mit dem Wind. Das ist wirklich prima. Zwischen der Unterwelt, also der Erde, und der äußeren Schicht dieses Planeten – ich glaube, ihr nennt das Ozonschicht – gibt es ja eigentlich nichts als Luft und Wolken. Wir bewegen uns innerhalb der Wolkengrenze. Hier ist der Wind nicht so stark wie auf der Unterwelt. Ich glaube, das hat etwas mit dem Druck zu tun. Aber für genauere Details müssten wir da mal in den Archiven in Piemont nachsehen. Da arbeiten Wissenschaftler an den verrücktesten Sachen. Auf jeden Fall ist das Tolle daran, dass ihr zwar mit euren Flugzeugen auch manchmal diese Wolkengrenze durchfliegt, wir uns aber dazwischen befinden, auch wenn es gar nicht so wirkt. Wie du siehst, haben wir nämlich strahlend blauen Himmel." Er zeigt nach oben, und ich folge seinem Blick in den blausten Himmel, den ich jemals gesehen habe. Das Blau ist hier viel intensiver als auf der Erde, kräftiger, als hätte jemand noch mal nachgestrichen. „Das ist auch der Grund, warum wir mehr oder weniger versteckt hier oben leben können. Die Menschen der Unterwelt halten sich nie lange genug innerhalb der Wolkengrenze auf, um uns zu entdecken. Was natürlich gut ist für uns." Louis lächelt mich an, und mein Herz macht einen leichten Sprung.

Er ist einfach unheimlich süß, wenn er sich so für etwas begeistert.

„Was hattest du noch? Ah ja, die Beziehung von Feuerbart und mir und wie ich auf die Dragonfly kam, oder?", fragt er. Mein Kopf schwirrt jetzt schon von den vielen Informationen. Aber ich will ihn nicht aufhalten, wenn er schon mal in Erzähllaune ist. Außerdem höre ich ihm wirklich gerne zu. Ich nicke stumm, und er atmet einmal tief durch, bevor er fortfährt. „Also eigentlich gehören beide Sachen irgendwie zusammen. Ich bin in Piemont in einem Kinderheim aufgewachsen. Da war es eigentlich in Ordnung, wenn man nicht viel Wert auf Sauberkeit legt. Wir hatten mindestens dreißig Ratten in dem ganzen Haus. Ansonsten war es ganz nett. Ich habe schließlich meine ganze Kindheit da verbracht. Die Köchin dort – ihr Name ist Rosa, vielleicht lernst du sie in Piemont kennen – hat mir immer etwas extra zu essen gegeben und sich mit mir unterhalten. Sie wurde so etwas wie meine Ersatzmutter, denke ich. Auf jeden Fall gab es kurz vor meinem fünfzehnten Geburtstag Gerüchte in der Stadt, dass Mitglieder für eine Mannschaft gesucht werden und dass sich jeder bewerben kann.

Feuerbart war damals schon legendär, zumindest bei den Leuten auf der Straße. Sie haben uns Kindern immer Geschichten über seine Abenteuer erzählt. Da ging es um Schlachten mit Menschen aus der Unterwelt, die er ganz alleine gewonnen haben soll. Mittlerweile weiß ich, dass die meisten Geschichten erfunden waren, aber damals war ich eben noch ein Kind, und ich war alleine. Ich hatte nichts zu verlieren, also wollte ich bei Feuerbarts nächsten Abenteuern dabei sein." Louis streckt seine Beine aus und verschränkt seine Hände hinter seinem Kopf. Er scheint völlig in Erinnerungen zu schwelgen. Das gibt mir die Gelegenheit, ihn in Ruhe anzuschauen. Unter seinem Shirt zeichnen sich die Muskeln ab, und seine Haut ist sonnengebräunt. Er sieht wirklich gut aus. In meinem Bauch tanzen auf einmal hundert Schmetterlinge. Ich versuche, irgendwo anders hinzuschauen, bevor er merkt, dass ich ihn beobachte. Mein Blick fällt auf Diego, der sich an meinen Füßen zusammengerollt hat. Schließlich atmet Louis tief ein.

„Tja, dann habe ich meine Sachen gepackt und bin zum Hafen. Natürlich nicht, ohne mich bei Rosa zu verabschieden. Sie hatte mir extra einen Schokoladenkuchen zum Geburtstag gebacken. Der war wirklich lecker. Wie gesagt, Rosa ist eine super Köchin. Auf jeden Fall kam ich an den Hafen und bin als erstes Pietie in die Arme gelaufen. Wie du dir denken kannst, war er nicht wirklich begeistert von meinem Auftauchen und wollte mich sofort wieder verjagen. Doch bevor er mich mit einem Tritt wieder vom Schiff befördern konnte, tauchte Feuerbart auf und fragte, was ich wollte. Ich erzählte ihm, dass ich mich seiner Mannschaft anschließen wolle, und er fragte mich, wie ich mich auf dem Schiff nützlich machen könnte. Ich erzählte, was ich alles kann, und er willigte ein, es zu versuchen. Mit der Auflage, dass ich wieder gehen muss, wenn ich nur eine Belastung für die Crew bin. Du kannst dir sicher vorstellen, dass Pietie getobt hat und mir die ersten Stunden nach dem Ablegen zur Hölle gemacht hat. Ich glaube ich musste in meinem Leben noch nie so hart arbeiten wie in den ersten Stunden hier. Aber ich habe es geschafft, und selbst Pietie war an dem Abend beeindruckt. Er hat mich damals sogar gelobt." Louis Mund umspielt ein breites Lächeln.

Pietje versöhnlich oder sogar freundlich erscheint mir im Moment noch etwas abstrakt. „An diesem Abend stand ich noch vorne an der Reling und habe der Sonne zugesehen, wie sie am Horizont verschwunden ist. Feuerbart hat sich zu mir gestellt und mir Diego geschenkt", sagt er verträumt. „Er hat ihn dir einfach so geschenkt?"", frage ich überrascht. Diese Wiegos scheinen ja doch wirklich etwas Besonderes zu sein, da erscheint mir dieses Geschenk ziemlich groß für einen Schiffsjungen. „Tja, ich habe mich halt gut angestellt an meinem ersten Tag. Bestimmt wollte er mir nur eine Freude machen. Auf jeden Fall hatte ich bis dahin immer nur in Geschichten von Wiegos gehört. Ich hätte mir nie träumen lassen, einen eigenen zu haben. Seitdem sind Diego und ich unzertrennlich. Das alles ist jetzt anderthalb Jahre her. Feuerbart hat nach ungefähr zwei Monaten allen verkündet, dass ich ein volles Mitglied der Crew bin und mich alle auch so behandeln sollten. Ich bin also vom Schiffsjungen aufgestiegen und musste nicht mehr nur die Drecksarbeit machen." Nach einem lauten Seufzen rutscht Louis auf dem Fass ein bisschen zurück und setzt sich wieder aufrecht hin. Er sieht mich lächelnd an. „Soweit zu meiner Geschichte. Zufrieden? Neugier fürs Erste befriedigt?", fragt er und ich lächele zurück. „Ja, vielen Dank", antworte ich.

Sein Lächeln wird noch etwas breiter und ich spüre wie mein Herz einen Schlag aussetzt während ich ihm in die Augen schaue. Dann hebt er Diego behutsam auf seine Schulter.

„Wunderbar, dann lass uns was essen gehen. Hoffentlich haben die anderen noch etwas übrig gelassen. Du sollst ja auch was von deiner Arbeit haben, wenn du schon fast einen Finger dafür gelassen hast", gluckst er und betrachtet meinen dick verbundenen Finger

„Haha, sehr witzig!", antworte ich und schubse ihn leicht an der Schulter. Dann machen wir uns auf den Weg zum Speisesaal im Inneren des Schiffes.

7

Ich stehe an Deck der Dragonfly und lasse die letzten Tage noch mal in Gedanken vorüberziehen. Es sind schon zwei Tage vergangen, seit ich Louis begegnet und mit ihm gemeinsam auf der Dragonfly gelandet bin. Mittlerweile habe ich mich ganz gut eingelebt und schon einiges gelernt. Natürlich kann ich bei Weitem noch nicht so gute Knoten wie Louis, aber was nicht ist, kann ja noch werden. Selbst mit Pietie ist es besser geworden. Er schaut nicht mehr ganz so grimmig wie bei unserer ersten Begegnung, wenn wir uns zufällig über den Weg laufen. Heute kommen wir endlich in Fort Piemont an. Ich bin schon ganz gespannt, wie diese Stadt über den Wolken genau aussieht. Louis war keine große Hilfe, als ich ihn fragte. „Eine normale Stadt halt!", hat er geantwortet und dabei die Augen verdreht. Was soll das heißen? Für ihn ist ja auch ein fliegendes Schiff normal! Also muss ich mich wohl gedulden.

„Land in Sicht!", dröhnt eine laute Stimme vom Ausguck. „Los komm!" Louis zieht mich ganz nach vorne zu der großen goldenen Libelle. Die hatte ich mir gestern genauer angeschaut.

Ich hatte sie ja schon bei der Ankunft auf dem Schiff bemerkt. Im hellen Sonnenlicht ist sie noch schöner. Sie ist sehr filigran gearbeitet, mit einem langen Körper und vier Flügeln. Außerdem hat sie zwei rote Rubine als Augen. Einfach wunderschön.
„Da ist es! Fort Piemont! Hier bin ich aufgewachsen!", flüstert er in mein Ohr. Louis steht hinter mir und legt seine Arme um meine Taille. So mit ihm an der Reling zu stehen, lässt meinen Atem schneller werden und mein Herz rasen. In den letzten Tagen sind wir uns immer näher gekommen. Immer wieder habe ich versucht, meinen Kopf über meine Gefühle zu stellen, aber es hat einfach nicht so gut geklappt. Je mehr ich von ihm erfahre, desto mehr gewinnt mein Herz die Überhand. Er hat mir noch ein paar lustige Geschichten über das Leben an Deck eines Piratenschiffes erzählt. Die meisten davon sind wie die Erzählungen aus irgendwelchen Büchern. Viele Reisen und die endlose Suche nach verlorenen Schätzen. Bisher hatten sie wohl meistens Glück, denn die Schatzkammer im Bauch der Dragonfly ist gut gefüllt. Ich habe ihm dafür von meiner Familie und der Scheidung meiner Eltern erzählt. Er hat sich die ganze Geschichte angehört, sein Kommentar am Ende lautete: „Das ist ja totaler Bockmist!"

„Weißt du, man kann sich seine Familie nicht aussuchen, aber es gibt die Möglichkeit, sich eine zusätzliche Familie zu erschaffen, durch Liebe und Freundschaft. Sie kann die Blutsverwandtschaft nicht ersetzen, aber sie kann dein Leben um einiges verschönern, erleichtern und bereichern", habe ich darauf geantwortet, und ich habe das Gefühl, dass meine selbst gewählte Familie ein neues Mitglied gewonnen hat.

„Ich glaube, ich habe es mit meiner selbst gewählten Familie gar nicht so schlecht getroffen", sagt er und zwinkert. Ich bin mir sicher, dass er da vollkommen Recht hat. Louis kann sich das mit der Scheidung nicht vorstellen, da er ja nie wirklich Eltern hatte. Trotzdem hat er recht, es ist totaler Bockmist.

„Kannst du es sehen? Dort in der Ferne. Wir steuern genau darauf zu!" Louis Worte holen mich in die Realität zurück. Tatsächlich, ein großer grauer Berg ragt in den Himmel. Am Fuß des Berges liegt eine Stadt, viele Häuser reihen sich dort dicht an dicht. Der Hafen liegt etwas rechts, abseits von der Stadt. Das Beste ist allerdings, dass die ganze Insel auf einer weißen, flauschigen Wolke sitzt, genauso wie die Dragonfly.

„Ich muss beim Anlegen helfen. Bleib du hier, aber halt dich fest! Manchmal wird das ziemlich wackelig!", sagt er und. Schon ist er weg und mit ihm auch die Wärme. Jetzt erst bemerke ich, dass es ganz schön zieht hier vorne, obwohl die Sonne scheint. Doch die Aussicht ist wirklich unglaublich. Langsam steuert das Schiff auf den Hafen zu. Von hier aus kann man den Marktplatz sehen und die vielen Menschen, die hin- und her rennen. Verrückt! Wer hätte gedacht, dass es hier so viele Menschen gibt? Ich möchte unbedingt besser sehen, also ziehe ich mich an einem Seil hoch auf die Reling. Der leichte Wind bläst mir durch die Haare und bringt den Duft von frischen Brötchen und Fisch mit sich. Ich schließe die Augen und genieße den Moment. Meine Gedanken wandern zu Louis und unserem letzten Gespräch.

„Wie kommt es eigentlich, dass niemand unten auf der Erde von dem Wolkenreich weiß? Oder gibt es jemanden, der davon weiß?", habe ich ihn gefragt.

„Die Menschen hier oben im Wolkenreich leben sehr versteckt. Wir versuchen, so wenig wie möglich mit den Erdenmenschen in Kontakt zu kommen und nur das Nötigste von ihnen zu holen, wie zum Beispiel die Flugrouten der Flugzeuge oder besondere Medikamente. Früher kamen öfter Menschen von unten nach oben ins Wolkenreich.

In den Aufzeichnungen der Archive stehen viele Geschichten über die Zusammenarbeit mit den Erdenmenschen. Doch irgendwann wurden sie habgierig und wollten alle Geheimnisse des Wolkenreiches an sich reißen, die Schätze und Legenden. Damals gab es noch so etwas wie einen König hier oben, der hat sie dann verbannt und verboten, sie jemals wieder nach oben zu lassen. Es gab Gesetze, dass man unter keinen Umständen eine Verbindung zur Unterwelt haben darf. Damals sind viele Leute aus dem Wolkenreich nach unten umgezogen, da sie Beziehungen hatten zu den Erdenmenschen. Das muss eine ziemlich schlimme Zeit gewesen sein. Allerdings ist das schon zweihundert Jahre her, oder so. Vor zwanzig Jahren wurde dann so etwas wie ein Parlament ins Leben gerufen, das vom Volk gewählt wurde. Die kümmern sich aber nur darum, dass die Regeln weitestgehend eingehalten werden. Die haben dieses Gesetz aufgelöst und seitdem darf man zwar wieder Kontakt haben, aber die meisten versuchen es trotzdem zu vermeiden." Louis beendete die Geschichte mit einem leisen Seufzen.

„Gab es denn keine Aufzeichnungen über diese Zeit? Ich meine, die meisten Sachen werden doch irgendwo aufgeschrieben, oder?", lautete meine zweite Frage, nach kurzem Überlegen.

Dass es auf der Erde wirklich niemanden gibt, der das Wolkenreich kennt, kann ich mir kaum vorstellen.
„Soweit ich weiß, wurden alle Schriften auf der Erde zerstört. Dafür hat der König wohl damals persönlich gesorgt. Keine Ahnung, ob es noch irgendwelche Sachen dazu gibt. Aber da du nichts davon gehört hast, bis wir uns begegnet sind, scheint es ja wirklich nichts mehr zu geben, oder eure Regierung hält es einfach geheim", antwortete er schulterzuckend. Ich denke er könnte damit recht haben. Bestimmt werden einige Sachen von der Regierung geheimgehalten, und eine Welt über den Wolken würde garantiert dazugehören.

„Was tust du da?", herrscht er mich an und seine Stimme klingt nicht gerade begeistert. Ich atme noch mal tief durch, bevor ich die Augen öffne und auf sein echt böse dreinblickendes Gesicht herunterschaue.
„Ich genieße die Aussicht! Ich wollte besser sehen, deshalb bin hier raufgeklettert", sage ich mit einem Schmunzeln auf den Lippen.
„Würdest du jetzt bitte wieder runterkommen?", fordert er. Mittlerweile hat er die Arme verschränkt und tippt ungeduldig mit dem Fuß auf den Boden.

Er sieht aus wie ein kleiner, motziger Fünfjähriger, der keine Süßigkeiten bekommen hat. Irgendwie lustig.

Ich springe von der Reling, doch im selben Moment legt das Schiff am Steg an und kommt mit einem Ruck zum Stehen. Daher lande ich etwas unsanft vor Louis' Füßen auf allen Vieren. Oh Mann! Das hat nicht so funktioniert, wie ich es geplant hatte. Mir steigt die Röte ins Gesicht. Na prima, das hat mir gerade noch gefehlt. Louis hält mir die Hand hin, um mir hoch zu helfen. Er versucht sich das Lachen zu verkneifen, als er mich wieder auf die Füße stellt. Ich weiche seinem Blick aus. „Deswegen solltest du dich festhalten! Alles in Ordnung?" In seiner Stimme schwingt Spott mit.
„Alles noch dran! Können wir uns die Stadt anschauen gehen?", frage ich hoffnungsvoll.
„Ja klar! Ich muss nur noch die Taue festmachen, dann können wir los", antwortet er und zieht mich hinter sich her zur Seite des Schiffes. Dort sind schon einige Leute damit beschäftigt, eine Holzplanke auf den Steg hinunterzulassen. Louis zieht mich mit, über die Holzplanke, auf den Steg. Dort lässt er mich stehen, um die zwei dicken Taue zu befestigen.

Das gibt mir die Gelegenheit, mich umzusehen. Die Stadt scheint wirklich groß zu sein. Von hier aus sieht man nur ein wildes Gewirr von Häusern. Es scheint, als wären sie aufeinander gestapelt. Zwischen all den Gebäuden ragt eine goldene Kuppel in die Höhe. Sie glitzert im Sonnenlicht und ist wunderschön, wie ein Schatz zwischen all dem tristen Durcheinander. Hinter der Stadt ragt ein hoher grauer Felsen in die Höhe.
Man kann die Spitze nicht sehen, sie verschwindet im Nebel. Direkt am Ende des langen Stegs führt eine Straße zum Marktplatz. Als Louis endlich mit den Tauen fertig ist, steuern wir geradewegs auf den Marktplatz zu.
„Du musst bitte immer bei mir bleiben", flüstert Louis mir zu. „Du weißt doch, nicht alle Leute reagieren so locker auf Besuch von unten." Er schaut mich eindringlich an. Ich nicke. Na toll, was soll das denn jetzt heißen? Ein Schauer läuft mir über den Rücken. Als wir den Marktplatz erreicht haben, schwärmen die Piraten aus, um Vorräte für das Schiff zu besorgen. Louis zieht mich weiter, an den Marktständen vorbei, und macht vor einem kleinen Laden halt. Im Schaufenster stehen Puppen, die verschiedene Kleider anhaben. Das muss eine Boutique sein, oder zumindest das, was die hier oben darunter verstehen.

„Damit du nicht so auffällst." Er lächelt mich verschmitzt an. Dann öffnet er die Tür und lässt mich vorangehen. In dem kleinen Laden ist es furchtbar dunkel und stickig. Nur ein paar Kerzen sorgen für Licht. Das Schaufenster ist von dieser Seite mit dunklen, schweren Vorhängen bedeckt. Als Louis die Tür schließt, müssen meine Augen sich erstmal an die Dunkelheit gewöhnen. Ich blinzele mehrmals.

Langsam erkenne ich einen Tresen in der hinteren Ecke, an dem eine ältere, kleine Frau steht und uns misstrauisch beäugt. Louis geht direkt auf sie zu und umarmt sie herzlich. Sofort erscheint ein Lächeln auf ihrem Gesicht. „Es ist schön, dich wiederzusehen, Rosa", begrüßt er sie.
„Oh, mein Louis! Du hast dich ja schon ewig nicht mehr blicken lassen", antwortet die Frau mit einer hohen, krächzenden Stimme. Das ist also Rosa! Ich hatte sie mir ganz anders vorgestellt. Steve hat mir am zweiten Tag auf der Dragonfly, als ich wieder zum Küchendienst eingeteilt war, noch mehr über sie erzählt. Ich war so neugierig, weil Louis ja auch schon über sie geredet hatte und Steve sie während meines ersten Küchendienstes schon erwähnt hat.

Also habe ich ihn einfach gefragt, wer sie ist. Steve hat erst ein bisschen rumgedruckst, aber schließlich hat er mir doch etwas erzählt.

„Sie is sowas wie Lous Ersatzmutter, un er hat ja sonst niemand. Aber sie is och so wat ganz Besonderes. Sie kennt sich wirklich mit allen Geschichten aus, un man kann sich immer auf se verlassen. Ik würde ihr mein Leben anvertrauen." Ich dachte, diese fantastische Frau wäre jünger und größer. Doch diese kleine, alte Dame wird ihrem Ruf – zumindest vom Äußeren her – nicht gerecht. Allerdings soll man ja ein Buch auch nicht nach dem Einband bewerten, Steve wird schon seine Gründe haben, so über sie zu sprechen.

„Darf ich dir Eva vorstellen?" Lächelnd tritt Louis neben mich. Die alte Frau kommt einen Schritt auf mich zu und streckt mir eine Hand entgegen. Ich ergreife sie lächelnd. Sie mustert mich von oben bis unten. Ihre Augen wirken freundlich und ehrlich, sie schimmern in einem hellen Violett im schwachen Licht der Kerze.

„Du kommst nicht von hier, oder Kind?" Forschend schaut sie von Louis zu mir. Er schüttelt leicht den Kopf. Ihr Blick wirkt kurz entsetzt, dann fixiert sie Louis' Augen, und es scheint, als würden sie sich nur durch ihre Blicke unterhalten.

Das mache ich manchmal auch mit Mila, wir müssen uns in bestimmten Situationen nur anschauen und wissen, was der andere denkt. Trotzdem komme ich mir langsam sehr unbehaglich vor. Doch ich kann mich nicht umdrehen, denn sie hält immer noch meine Hand fest. Nach einer gefühlten Ewigkeit schließt sie ihre Augen, schüttelt kaum merklich den Kopf. Dann konzentriert sie sich wieder auf mich. „Schön, dich kennenzulernen, Eva. Ich denke, ich weiß, was ihr hier wollt, wartet kurz", sagt sie und löst ihre Hand von meiner bevor sie in der Dunkelheit verschwindet. Ich wende mich Louis zu. „Was war das denn?", flüstere ich. Er schaut mich nicht an und zuckt nur mit den Schultern. „Es ist alles gut. Mach dir keine Sorgen", antwortete er. Schon kommt sie zurück mit einem Stapel Kleidung auf dem Arm, den sie mir übergibt.

8

„Das müsste dir passen, die Umkleiden sind da hinten", sagt sie und deutet auf die andere Seite des Raumes. Dort kann ich zwei Türen erkennen. Langsam bewege ich mich durch den Laden auf die rechte Tür zu und betrete eine kleine Kammer. Sie ist nicht größer als eine Besenkammer. Ich schließe die Tür und atme tief durch. Was hatte dieses „Augengespräch" nur zu bedeuten? Will sie nicht, dass ich hier bin? Mache ich Louis Schwierigkeiten? Ich streife meine Jeans und mein T-Shirt ab und falte sie ordentlich zusammen. Rosa hat mir eine hellbraune Leinenhose ausgesucht. Sie passt wie angegossen und ist an den Füßen ein wenig ausgefranst. Außerdem hat sie mir ein dunkelblaues, eng anliegendes Shirt und ein rotes Tuch dazugelegt. Ich ziehe das T-Shirt an und betrachte mich im Spiegel. Gar nicht mal so schlecht. Ich löse meine Haare aus dem Pferdeschwanz und kämme sie mit meinen Fingerspitzen durch. Das rote Tuch falte ich zu einem Dreieck und knote es an meinem Hinterkopf fest zusammen. Jetzt sehe ich doch aus, als würde ich hier dazugehören.

Ich stecke meinen Haargummi in die Hosentasche, nehme den Stapel meiner alten Kleidung und trete hinaus in den Laden.

Louis steht mit dem Rücken zu mir und diskutiert aufgeregt mit Rosa am Tresen. Ich versuche, ganz leise den Raum zu durchqueren, um etwas mitzubekommen, doch bevor ich etwas hören kann, verstummen sie beide, und Rosa zeigt auf mich. Louis dreht sich sofort zu mir um und mustert mich mit großen Augen. Sein Mund formt ein stummes „Wow", ehe auf seinem Gesicht das vertraute verschmitzte Lächeln erscheint, das ich so gerne an ihm mag.

„Na, das sieht doch super aus." Er nimmt ein paar schwarze Stiefel vom Tresen und kommt auf mich zu. „Hier, die fehlen noch." Dann lehnt er sich nah an mein Ohr. „Mit offenen Haaren siehst du noch schöner aus." Sein Atem an meinem Nacken schickt einen leichten Schauer durch meinen Körper. Ich nehme die Stiefel entgegen, und er nimmt mir die Kleidung ab. Ich setze mich auf den Boden, um meine Sneakers auszuziehen. Sobald ich sie abgestreift habe, hebt Louis sie auf und trägt alle meine Sachen zum Tresen. Die Stiefel passen perfekt.

Woher wusste Rosa nur genau, was sie mir geben muss? Die muss ja echt einen Blick dafür haben. Der Stiefelschaft endet genau unter meinem Knie.

Ich rappele mich wieder auf und gehe langsam zum Tresen. Rosa sieht traurig aus, und auch Louis scheint nicht derselbe zu sein wie heute Morgen.
„Können wir gehen?", fragt er mich schließlich.
„Müssen wir denn nicht erst zahlen?", frage ich.
„Nein, Liebes. Die Sachen gehen heute auf mich! Dafür darf ich ja deine Kleidung behalten." Rosa kommt direkt auf mich zu und drückt mich fest an sich. „Pass gut auf ihn auf! Er wird deine Hilfe brauchen", haucht sie in mein Ohr und löst sich von mir. Dann schaut sie mir noch mal tief in die Augen. Was soll das denn schon wieder heißen? Sie lässt mich frei und wendet sich Louis zu. Auf einmal ist mir hier drinnen furchtbar kalt. Der Raum hat sich schlagartig abgekühlt. Ich will hier einfach nur noch raus, alles wirkt auf einmal so bedrohlich. Ich weiß nicht, was ich davon halten soll. Langsam mache ich mich auf den Weg zur Tür und verlasse das Geschäft.

Draußen atme ich erstmal tief durch. Ich merke, wie sich meine Lungen ausdehnen und die frische Brise willkommen heißen. Alles in diesem Laden wirkte so falsch, so eigenartig. Was wollte sie mir nur damit sagen? Ist Louis etwa in Gefahr? Oder ist die alte Frau einfach nur besorgt, oder gar verrückt?

Bevor ich weiter darüber nachdenken kann, stolpert Louis zur Tür hinaus.
„He, warum hast du nicht auf mich gewartet? Ich hab mich gerade noch verabschiedet, drehe mich um, und du bist einfach weg. Mach das nie wieder!" Er durchbohrt mich fast mit seinem Blick, doch ich halte ihm stand.
„Was fällt dir ein, mir so eine Ansage zu machen?", fauche ich ihn an. „Ich wollte einfach an die frische Luft und weg von dieser Freakshow da drin. Vielleicht kannst du mich ja freundlicherweise das nächste Mal warnen, wenn wir auf jemanden treffen, der alles andere als begeistert ist, mich kennenzulernen." Mit großen Augen schaut er mich an. Langsam hebt er die Hände, als würde ich mit einer Waffe auf ihn zielen.
„In Ordnung, beruhig dich erstmal. Ich hab mir ja nur Sorgen um dich gemacht. Und Rosa musst du einfach ignorieren. Sie ist alt und hat in ihrem Leben zu viele Geschichten und Legenden gehört. Sie macht sich einfach nur Sorgen um mich. Gib einfach nichts drauf! Und ich verspreche dir, dich beim nächsten Mal zu warnen." Er setzt einen Dackelblick auf und ergreift meine Hände. Ich kann ihm nicht böse sein, er kann ja eigentlich nichts dafür. Vielleicht sollte ich wirklich nichts darauf geben.

„Können wir dann jetzt weitergehen?" Das verschmitzte Lächeln taucht wieder um seinen Mund auf. Der Ärger ist schon verraucht, ich muss auch lächeln. Er dreht sich um und kracht prompt in jemanden rein.

„Na, wen haben wir denn da?" Louis wankt ein paar Schritte zurück, bis er direkt vor mir zu stehen kommt und mir die Sicht auf sein Gegenüber versperrt.

„Hallo, Lenni", antwortet Louis mit zusammengebissenen Zähnen, es klingt schon fast wie ein Knurren. Ich gehe einen Schritt zur Seite, damit ich endlich auch etwas sehen kann, und schaue in ein hämisch grinsendes Gesicht. Dieser Lenni scheint nicht wirklich ein Freund von Louis zu sein.

„Und wer ist das?" Er zeigt auf mich, und sein Grinsen wird noch breiter. Ich spüre, wie Louis seine Hand auf meine Schulter legt und mich enger an sich heranzieht.

„Das geht dich ja wohl nichts an!", antwortet er scharf. Lenni schaut amüsiert von Louis zu mir und streckt mir seine Hand entgegen.

„Hallo, ich bin Lenni!" Zögerlich ergreife ich seine Hand und bemerke, wie sich Louis neben mir versteift.

„Eva", murmele ich und versuche meine Hand zurück zu ziehen, doch er lässt sie nicht los. Elegant zieht er sie an seine Lippen und haucht einen sanften Kuss auf meine Fingerknöchel.

„Freut mich, dich kennenzulernen, Eva." Seine Augen suchen meine und fesseln mich für einen Moment, sie sind hellbraun mit einem kleinen schwarzen Streifen rundherum. Sie wirken fast bedrohlich und doch irgendwie magisch anziehend.

„Das reicht jetzt!", schnaubt Louis neben mir. „Was tust du hier, Lenni?" Endlich gibt Lenni meine Hand frei und räuspert sich kurz.

„Ich mache Besorgungen. Es war schön, euch zu sehen!" Mit einem kurzen Nicken verabschiedet er sich, macht auf dem Absatz kehrt und verschwindet in der Menge der Marktbesucher.

„Wer war das denn?", frage ich und versuche ihn in der Menge zu finden, aber er scheint wie vom Erdboden verschluckt zu sein.

„Ein Idiot! Los komm, ich will dir noch etwas zeigen." Louis zieht mich hinter sich her in die Menschenmenge, und wir bahnen uns einen Weg hindurch. Was es wohl mit diesem Lenni auf sich hat? Auf mich wirkte er eigentlich sehr nett, ein bisschen schmierig vielleicht, meine Mutter würde es wahrscheinlich charmant nennen.

Ich fand solche Aktionen wie einen Handkuss schon immer etwas übertrieben. Also nicht, dass ich mich nicht geschmeichelt fühle, aber es wirkte wie eine Provokation Louis gegenüber. Endlich haben wir die Menschenmenge hinter uns gelassen. Louis läuft etwas langsamer neben mir her. Wir schlängeln uns durch schmale Gassen und durch verlassene Hinterhöfe. Die Häuser sind aus festem Stein gebaut. Manche sind schon sehr in die Jahre gekommen. Der Putz bröckelt bei den meisten schon von den Wänden. Alles wirkt so wie ein altes Gemälde aus dem Mittelalter, das ich mal in irgendeiner Ausstellung gesehen habe. Die Stadt ist zwar in die Jahre gekommen, hat aber immer noch einen geheimnisvollen, wunderschönen Glanz. Schließlich bleibt Louis vor einem roten Backsteingebäude stehen. Es ist ein bisschen größer als die Häuser daneben und hat einen schmiedeeisernen Zaun, der rund um das Gebäude führt. Über der Tür hängt ein Schild. Im Laufe der Jahre hat es jedoch so gelitten, dass man es nicht mehr lesen kann. „Hier bin ich aufgewachsen", erklärt er mit leisem Seufzen. „Das dritte Fenster oben rechts – dort war mein Zimmer", schließt er an.

„Hattest du ein Zimmer für dich alleine?", frage ich ihn vorsichtig. Sein Blick ist schwer zu deuten, während er auf das Gebäude schaut. Ich bin mir nicht sicher, ob er wirklich mit mir darüber reden möchte.

„Nein, was denkst du denn? Wir waren zehn Jungs in einem Zimmer. Lenni war einer davon",sagt er und schaut dann stumm auf das Fenster. Also kennt Louis ihn doch schon ziemlich lange.

„Wohnt Lenni immer noch hier?", frage ich und beobachte ihn aus dem Augenwinkel, ich möchte nicht so unhöflich sein und ihn direkt anstarren.

„Nein, das Heim steht seit einem Jahr leer. Der Besitzer ist gestorben, seitdem kümmert sich niemand mehr darum. Lenni ist auch auf einem Piratenschiff gelandet. Er segelt mit Kapitän Sandbart und seiner Bande hirnloser Klabautermänner auf der Liberty. Über die hört man nur üble Geschichten. Viele Diebstähle in der Unterwelt und Schlägereien in den Tavernen am Hafen. Alles Idioten, wenn du mich fragst. Keine Ahnung, was er an denen findet, aber ist ja nicht mein Problem", sagt er und schüttelt angewidert den Kopf.

9

Louis löst den Blick vom Gebäude und sieht mich an. Ich weiß nicht, was ich sagen soll. Das Heim sieht trotz seines Alters sehr schön aus. Sicher hat er hier eine gute Zeit verbracht; zumindest war es bestimmt besser, als irgendwo auf der Straße alleine herumzulaufen. Ich kann nicht anders, als mir einen kleinen Jungen mit dunklen Strubbelhaaren und leuchtend grünen Augen auf der Treppe vor dem Haus vorzustellen, der ganz ehrfürchtig das Gebäude anschaut. Mein Herz wird schwer bei dem Gedanken, dass er jemals alleine war. Ich rücke näher an ihn heran und lege meine Hand in seine.
„Was ist eigentlich mit deinen Eltern passiert?" Die Frage platzt heraus, ohne dass ich richtig darüber nachdenken kann. Ich spüre, wie er sich neben mir versteift. „Also, du musst es nicht erzählen, wenn du nicht willst", murmele ich vorsichtig. Wie blöd von mir, diese Frage zu stellen. Bestimmt ist das nicht gerade eine Geschichte, die er gerne erzählt. Es vergehen ein paar Sekunden, ohne dass jemand von uns spricht. Louis entspannt sich ein wenig. Die Luft entweicht zischend durch seine Zähne.

„Ich weiß es selber nicht, ich kann mich nur an das Heim erinnern. Alles davor ist wie ausgelöscht. Ich war knapp drei Jahre alt, als ich hierhin kam, das hat mir der Heimleiter mal erzählt. Doch er wusste auch nichts Genaues." Er beendet seinen Satz mit einem Schulterzucken, doch ich kann in seinem Gesicht sehen, dass es ihm nicht ganz egal ist. Ich beschließe, nicht weiter nachzubohren. Wenn er sowieso nicht mehr darüber weiß, hat das auch wenig Sinn.

„Es sieht wirklich gemütlich aus. Danke, dass du es mir gezeigt hast", sage ich schließlich. Er wirkt etwas überrascht. Ich glaube, er kann meine Reaktion nicht wirklich einordnen. Schließlich nickt er nur, sieht noch einmal zu seinem alten Zuhause herüber und geht dann in die Richtung, aus der wir gekommen sind. Gemeinsam schlendern wir die schmale Pflasterstraße herunter.

„Hast du Hunger?" In seinen Worten schwingt Hoffnung mit. Entweder hat er Hunger, oder er will mir noch etwas zeigen. Selbst Diego ist bei dem Wort „Hunger" aus seinem Dämmerschlaf erwacht. Er lässt die Zunge aus dem Maul hängen, während er aufgeregt zwischen Louis und mir hin- und her schaut.

Wenn jemand Hunger hat, dann wohl er. Ich könnte aber sicher auch etwas zu essen vertragen. Das Frühstück ist schließlich schon eine Weile her.
„Ja, klar", lautet daher meine knappe Antwort.

„Prima, ich kenne den perfekten Platz zum Mittagessen!" Diego scheint den Weg auch zu kennen, denn er fliegt schwanzwedelnd vor uns her. Durch eine der Gassen, an denen wir vorbei laufen, erhasche ich einen Blick auf den Marktplatz, wir scheinen also in der Parallelstraße zu laufen. Ich fühle mich immer besser, wenn ich wenigstens grob weiß, in welcher Richtung ich unterwegs bin. Doch weil ich nicht nach vorne geschaut habe, laufe ich in Louis rein, der plötzlich wie angewurzelt mitten auf der Straße stehengeblieben ist. Bevor ich mich beschweren kann, hat er Diego unter den Arm geklemmt und hält mir die Hand auf den Mund, während er uns in eine kleinere Seitenstraße bugsiert. Er bedeutet mir, leise zu sein, und späht um die Straßenecke. Ich möchte ja zu gern wissen, wer oder was da seine Aufmerksamkeit auf sich gezogen hat und warum wir uns jetzt hier in einer dunklen kleinen Gasse rumdrücken müssen. Diego lunzt hinter Louis Schulter hervor.

Toll, jetzt bin ich die Einzige, die nicht weiß, wen oder was er da beobachtet!

Als ich gerade auch einen Schritt nach vorne zur Straßenecke machen will, geht Louis einen Schritt zurück und drückt mich mit seinem Arm gegen die Wand. „Psst!", haucht er mir zu. Ich halte den Atem an, als ich Schritte näher kommen höre. Kurz bevor die Personen – es sind mindestens zwei – an unserem Versteck vorbeikommen, höre ich vertraute Stimmen, die aufgeregt miteinander flüstern. Leider kann ich kein einziges Wort verstehen, und Louis scheint es genauso zu gehen. Auf seiner Stirn bildet sich eine tiefe Furche, weil er sein Gesicht vor Anstrengung zusammenzieht. Als sie endlich an uns vorbeilaufen, erkenne ich Pietie und Lenni. Woher kennen die zwei sich denn? Und vor allem: Was haben die miteinander zu flüstern? Als Louis endlich die Hand an meinem Bauch lockert, atme ich tief aus. Er schleicht an die Straßenecke und ist dann verschwunden. Ich schaue ihm einen Moment verdutzt hinterher. Hat er mich gerade allen Ernstes in dieser fremden Stadt einfach stehenlassen? Ich habe keine Zeit, lange darüber nachzudenken, denn wenn ich ihm nicht bald nachlaufe, habe ich keine Ahnung, wie ich wieder zurück zur Dragonfly finden soll.

Ich versuche so leise wie möglich hinter ihm herzurennen. An der nächsten Straßenecke hole ich ihn ein. Er späht gerade um das Haus, wahrscheinlich auf der Suche nach Pietie und Lenni.

„Du hast mich einfach stehen lassen!", zische ich ihn an. Er hört mir gar nicht zu, sondern sucht die überfüllte Straße nach den beiden ab. Ich verschränke die Arme vor der Brust, doch jetzt ist der falsche Zeitpunkt, Grundsatzdiskussionen zu führen. Bestimmt würde er mir überhaupt nicht zuhören, geschweige denn, mit mir darüber reden. Solange er nicht weiß, was die zwei machen, wird er wohl keine Ruhe geben. Ich lasse meinen Blick also auch über die Menschen schweifen und entdecke die zwei gerade noch, bevor sie um die nächste Straßenecke biegen. „Da hinten!" Louis folgt meinem Blick, doch sie sind schon weg. Also übernehme ich die Führung und laufe einfach los, in der Hoffnung, dass er mir folgt. Ich schlängele mich durch die Menschen, die mir entgegenlaufen und spüre auf einmal eine Hand, die mich am Ellenbogen packt und zur Seite zieht. Gerade noch so kann ich einer alten Frau und ihrem Obstkorb ausweichen. Völlig perplex schaue ich mich nach der Person um, die an mir gezogen hat, und bin überrascht, als ich Rosa vor mir stehen sehe.

Sie sieht mich mit großen Augen an. Auf einmal höre ich Louis Stimme durch das Gemurmel der Menge.

„Eva? Wo bist du?", ruft er. Ich will schon antworten, doch Rosa schüttelt den Kopf und hebt einen Finger an die Lippen. Sie will wohl mit mir alleine sprechen. Die Frage ist nur, ob ich das auch will. Ich bin mir nicht sicher, ob ich hören will, was sie zu sagen hat.
„Eva? Wo zum Donner steckst du? Eva!", brüllt er diesmal. Rosa lässt meinen Arm los und hält mir ein eingerolltes Papier entgegen.
„Zeig es ihm nicht! Bitte!" Sie fleht mich fast an. Ich nehme das Papier entgegen und nicke leicht. Louis bahnt sich einen Weg durch die Menge. Ich höre ihn näherkommen und stecke das Papier in den Schaft meines Stiefels. Als ich mich wieder aufrichte, ist Rosa verschwunden und Louis schnauft direkt hinter mir.
„Was sollte das denn? Du warst gerade noch vor mir, ich hab nur kurz weggeschaut, dann warst du auf einmal weg! Und dann kannst du nicht mal antworten, wenn ich dich rufe?", blafft er mir entgegen. Oh, er ist wirklich sauer. Aber das Spiel können auch zwei spielen.

„Komm mir nicht so! Du hast mich in der Gasse da hinten einfach stehengelassen! Da war dir ja auch egal, wo ich bin, also spiel dich nicht so auf!", meckere ich zurück und Louis schaut mich verdutzt an.
„Ich war mir sicher, dass du hinter mir herläufst. Ich finde nicht, dass dir das das Recht gibt, mir nicht zu antworten, wenn ich nach dir rufe. Was wolltest du denn hier?", fragt er etwas milder und schaut an mir vorbei, ich gehe um ihn herum und laufe weiter in die Richtung, in der ich Lenni und Pietie zuletzt gesehen habe. Ich befürchte, dass Louis sonst noch Rosa entdeckt. Wer weiß, wo sie sich versteckt hat. Und ihre Nachricht! Die brennt mir noch ein Loch in den Stiefel, wenn ich sie nicht bald lesen kann.

„He, jetzt warte doch mal! Es tut mir leid, ich wollte dich nicht so anfahren. Ich war nur überrascht, als du auf einmal verschwunden warst, und ich hab mir Sorgen gemacht, dass Pietie oder Lenni dich erwischt haben", erklärt er. Zu meinem Erstaunen wirkt Louis wirklich ein bisschen zerknirscht. Gut so, ich lasse mich ja nicht einfach anmeckern, nur weil seine Freunde mich in irgendwelche Ecken ziehen. Auch wenn er nichts davon weiß und ich ihm auch erst mal nichts davon sagen werde.

Ich biege um die Ecke, hinter der Pietie und Lenni verschwunden sind. Dann bleibe ich stehen und drehe mich zu Louis um.

„Sie sind verschwunden." Er legt mir die Hand auf den Mund und zieht mich mit sich wieder um die Ecke. Wir spähen beide die Straße entlang, und ich entdecke Pietie, wie er gerade aus einem der Gebäude kommt, sich umsieht und dann in Richtung Hafen verschwindet. Von Lenni fehlt jedoch jede Spur. Louis läuft bis zu dem Haus, aus dem Pietie gerade herausgekommen ist. Ich trotte ihm langsam hinterher. Als wir vor der Tür stehen, erkenne ich, dass es wohl eine Kneipe ist. Doch Louis' Versuch, die Tür zu öffnen, bestätigt meinen Verdacht: Die Bar hat geschlossen.

„Was wollte er hier drin?" Louis legt die Hände an die Glasscheibe, die in die Tür eingelassen ist, und versucht etwas im Inneren zu entdecken. Ich kann mir jedoch kaum vorstellen, dass er durch diese verschmierte Scheibe überhaupt etwas erkennen kann.

„Ich habe keine Ahnung, aber ich glaube nicht, dass du die Antwort hinter dieser Scheibe findest. Du kannst ihn ja einfach fragen", schlage ich vor, doch Louis Blick verrät mir, dass er das mit Sicherheit nicht tun wird.

„Was auch immer die zwei miteinander zu tun haben – wenn er wollte, dass es jemand weiß, hätten sie sich sicherlich nicht heimlich getroffen. Ich glaube nicht, dass sie nur Kochrezepte ausgetauscht haben. Irgendwas läuft da, und ich will wissen, was das ist." Louis lässt von der Scheibe ab und geht zurück auf die Straße. „Aber das kann bis später warten. Ich will jetzt etwas essen. Komm, wir gehen zu dem Restaurant von dem ich gesprochen habe."
Er schaut mich erwartungsvoll an, und mir fällt auf die Schnelle kein guter Grund ein, auf die Dragonfly zurückzukehren und mich in dem kleinen Badezimmer einzuschließen, um Rosas Nachricht zu lesen. Also muss ich mich wohl noch etwas gedulden. Diegos kleine schwarze Knopfaugen schauen mich aufmerksam an. Ich weiß, dass auch er unbedingt etwas essen möchte. Ich nicke Louis zu, und wir gehen gemeinsam zu dem Restaurant. Als wir davor stehen, betrachte ich die wunderschönen, blauen Fensterläden. Auch die Tür ist ganz blau gestrichen, alles andere ist in einem strahlenden Weiß gehalten. Irgendwie erinnert es mich an die Häuser die ich mal in einem dieser Urlaubskataloge über Griechenland gesehen habe.

Wir betreten einen kleinen Raum der mit mehreren runden Tischen voll gestellt ist. Auf ihnen liegen rot-weiß karierte Tischdecken, wie in den kitschigen Liebesfilmen die meine Mutter so gerne schaut. In der Mitte der Tische stehen Kerzen, die den Raum in eine düstere und doch romantische Atmosphäre tauchen. Louis sucht einen Tisch in der hinteren Ecke für uns aus. Wir setzen uns und ein junges Mädchen in einem rosafarbenen Kleid nimmt unsere Bestellung auf. Louis hat mir die Flugente empfohlen und dazu gekochte Griebelwurzel. Ich habe keine Ahnung, was das sein soll.

„Was ist eine Griebelwurzel?", frage ich ihn.
„Das ist ein Strauch, der hier wächst. Alles an dieser Pflanze ist pures Gift, bis auf die Wurzel natürlich, die schmeckt fantastisch. Du wirst es mögen, versprochen." Ich bin mir nicht sicher, ob er dieses Versprechen halten kann. Aber als das Essen kommt, sieht es wirklich lecker aus, und es duftet himmlisch. Louis macht sich direkt darüber her. Überraschenderweise bemüht er sich in der Öffentlichkeit, ordentlicher zu essen als auf der Dragonfly. Dort sah sein Teller nach kurzer Zeit aus wie ein Schlachtfeld. Hier benutzt er sogar Messer und Gabel.

Jedes zweite Stück, das er von seinem Fleisch abschneidet, wandert jedoch in Diegos kleine Schnauze. Der freut sich sichtlich darüber. Ich probiere auch ein Stück von meiner Ente. Sie ist wirklich lecker. Die Griebelwurzel schmeckt genauso wie Spargel. Als ich die Hälfte meiner Portion gegessen habe, bin ich schon satt. Louis hat seinen Teller längst leer gegessen.

„Willst du das nicht mehr?", fragt er mit Hoffnung in der Stimme.

„Nein, es gehört ganz dir, wenn du möchtest", antworte ich lächelnd und reiche ihm meinen Teller über den Tisch, und er teilt sich mit Diego den Rest von meiner Portion. Als die zwei meinen Teller auch leer haben, legt Louis ein paar Münzen auf den Tisch und steht auf.

„Lass uns gehen. Wir müssen vor Sonnenuntergang auf der Dragonfly sein." Gemeinsam schlendern wir Hand in Hand die Straße zum Hafen hinunter und erreichen die Dragonfly gerade, als die Sonne den Horizont berührt.

10

An der Holzplanke, die auf das Schiff führt, lässt Louis mich voran an Deck gehen. Ich nehme seine Hand und ziehe ihn mit mir nach vorne zu der goldenen Libelle, um den restlichen Sonnenuntergang zu bewundern. Es ist schon verrückt, wie viel heller und intensiver die Farben hier oben wirken. Selbst die Sonne wirkt hier viel gelber als auf der Erde. Vielleicht hängt es aber auch mit Louis Nähe zusammen, dass hier alles viel prächtiger wirkt. Seit ich ihn kenne, fühle auch ich mich lebendiger.

„Es ist einfach wunderschön", hauche ich ihm zu.

„Jap, das ist es. Ich hole uns noch Wasser für später. Wartest du hier auf mich?", fragt er nach einem kurzen, schweigsamen Moment. Ich nicke und Louis verschwindet. Ich beobachte noch einen Moment die letzten Sonnenstrahlen, bis mir die Nachricht von Rosa wieder einfällt. Ich schaue mich an Deck um. Es ist niemand hier, ich bin alleine. Also krame ich das Stück Papier aus meinem Stiefel und gehe einen Schritt zu der nächstgelegenen Laterne, um das Geschriebene zu lesen.

Eva, wir hatten wohl einen schlechten Start.
Es gibt Einiges, das du nicht weißt,
und ich möchte dir gerne alles erklären.
Triff mich bitte alleine,
heute um Mitternacht,
vor meinem Laden.
Rosa

Ich habe keine Ahnung, was ich davon halten soll. Natürlich bin ich neugierig, aber wie soll ich das Schiff verlassen, ohne dass Louis etwas davon mitbekommt? Ich stecke die Nachricht zurück in meinen Stiefel. Vielleicht kann ich mich ja rausschleichen, wenn Louis schläft. Ich weiß nur nicht, was passiert, wenn er merkt, dass ich weg bin. Oder soll ich ihm nicht doch einfach sagen, dass Rosa mich alleine treffen will? Sie hat mich doch aber darum gebeten, dass ich ihn nicht einweihen soll. Ich weiß, dass sie Louis viel bedeutet, also sollte ich mich wohl besser mit ihr anfreunden, auch wenn sie nicht wirklich nett rüberkommt. Es ist zum Verrücktwerden! Die Sonne ist mittlerweile ganz versunken und der Himmel nur noch ein schwarzer Vorhang – übersät mit vielen kleinen Lichtpunkten. Ich höre schnelle Schritte, die näherkommen.

Es ist Louis, der mit entschlossenen Schritten auf mich zukommt. In den Händen hält er einen Krug, der bis zum Rand mit Wasser gefüllt ist. Bei jeder Bewegung schwappt etwas davon auf die Holzbalken. Ich weiche instinktiv zurück. Er bleibt sofort stehen und sieht mich überrascht an.

„Was denn?", blafft er mich an.
„Ja, das frage ich mich auch. Welche Laus ist dir denn über die Leber gelaufen?" Ich kann meine Unsicherheit nur schlecht verbergen. Sein Auftreten macht mich ein wenig nervös.
„Pietie sitzt im Speisesaal mit Feuerbart. Sie unterhalten sich wie alte Freunde. Wenn der wüsste, wo ich Pietie heute gesehen habe, wäre der wahrscheinlich schon in einer der Zellen, statt beim Abendessen." Louis' Gesicht verzieht sich zu einer bösen Grimasse.
„Warum hast du ihn nicht einfach gefragt, was er mit Lenni wollte?", frage ich. Ich habe mich schon die ganze Zeit gefragt, warum er es nicht einfach klärt.
„Weil er es abstreiten würde. Ich muss erst wissen, was die zwei im Schilde fuhren, bevor ich ihn darauf anspreche oder Feuerbart davon erzähle." Er tritt fest mit dem Fuß auf den Boden.

Ich muss schmunzeln, doch Louis böser Blick lässt mich sofort wieder ernst gucken.

„Und wie willst du das herausfinden?", frage ich schließlich. Diese ganze Sache ist doch absolut verrückt. Wer weiß, was die zwei vorhaben! Beim Gedanken daran, dass sie irgendwelche Gemeinheiten planen könnten, läuft es mir eiskalt den Rücken herunter.

„Ich werde ihn einfach genau beobachten die nächsten Tage", antwortet er nach einer kurzen Pause, in der er sich mehrmals das Kinn gerieben hat. Das scheint wohl eine Geste zu sein, die er macht, wenn er angestrengt nachdenkt. Irgendwie süß. Ich bin mir zwar nicht sicher, ob es hilfreich ist, die zwei zu beobachten, und ich frage mich immer noch, warum er Pietie nicht einfach zur Rede stellt, aber ich nicke trotzdem. Die Diskussion darüber bringt uns wahrscheinlich auch kein Stück voran. Wenn das Louis' Weg ist, mit dieser Situation umzugehen, dann soll mir das recht sein. Immerhin kennt er Pietie auch viel besser. Ich würde den noch nicht einmal unter normalen Umständen ansprechen, also werde ich bei dieser Sache erst recht den Mund halten. Vielleicht gibt mir Louis' kleine Spionage-Aktion ja auch die Gelegenheit, Rosa zu besuchen.

„Gehen wir rein? Oder willst du hier draußen bleiben?", fragt er und die Laternen lassen seine Augen noch grüner leuchten. Ich schmelze förmlich dahin bei seinem intensiven Blick. Außerdem wird es langsam ziemlich kalt hier oben. Seit die Sonne untergegangen ist, weht eine frische Brise. Ich nehme Louis' Hand, um ihm zu zeigen, dass wir losgehen können. Erst jetzt wird mir bewusst, dass wir das schon die ganze Zeit so machen. Egal wo wir hingehen – meine liegt Hand in seiner. Es ist schon zur Gewohnheit geworden, und es fühlt sich gut an. Er lächelt mich an und geht vor. An seiner Zimmertür bleibt er stehen und löst seine Hand aus meiner, um die Tür zu öffnen. Er lässt mich wieder vor, und ich betrete die vertraute Umgebung, die mittlerweile ein echtes Zuhause geworden ist, besonders wenn Louis und ich zusammen hier sind. Ich spüre, wie sich dann die Luft in dem großen Raum verändert. Sie lädt sich auf, ist elektrisierend. Louis scheint es auch zu bemerken, denn sein Blick haftet an meinem Gesicht. Er kommt mit langsamen Schritten auf mich zu und streicht mir eine lose Haarsträhne hinters Ohr. Ich schmiege meine Wange an seine Hand. Sie fühlt sich so rau an und doch wundervoll, so vertraut. Ich atme seinen herrlichen Geruch ein und schließe die Augen in der Hoffnung, dass er mich küsst.

Ein lautes Krachen vor der Tür lässt mich zusammenschrecken und zerstört diesen wunderschönen Moment. Louis Hand ist verschwunden und ich beobachte wie er auf die Tür zuläuft und sie mit einem Ruck öffnet. Ich laufe ihm hinterher. Diego hat wohl auch die Neugier gepackt. Er bellt. Auf dem Flur kauert Steve in einem Haufen Scherben. Er ist gerade dabei, alles aufzusammeln.
„Was ist denn hier los?", fragt Louis überrascht, beginnt aber sofort damit, Steve zu helfen. Ich tue es ihm nach.
„Kene Ahnung, wat dat war. Ik bin hier lang, mit den ganzen Tellern, da hat mich einer umgerannt in so schwarzen Sachen. Kehn Plan, wer dat war. Kurz danach is Pietie hier lang, ohne mal stehn zu bleiben und mich auszulachen, oder so. Echt komisch."
Louis richtet sich abrupt auf. Die Scherben, die er gerade noch in den Händen hatte, fallen zu Boden und zerspringen in weitere kleine Einzelteile.
„Wo sind die hin?", fragt er und hat die Hände zu Fäusten geballt während er Steve finster ansieht.
„Na, in Richtung Deck, aber ik find det ganz nett, dass die weg sin. Dann muss ik mir Pieties Lache nicht anhören", antwortet Steve, doch Louis bekommt den letzten Satz nicht mehr mit.

Kaum hat Steve ihm die Richtung genannt hat, ist er schon verschwunden.

„Entschuldigung, Steve!", rufe ich noch, als ich Louis hinterher renne.

„Wat is denn los?", höre ich ihn fragen, aber ich kann nicht antworten. Louis läuft so schnell, dass ich Mühe habe mitzuhalten. Ich war noch nie wirklich sportlich, aber dass ich so außer Form bin, hätte ich nicht gedacht. Als ich an Deck ankomme, ist Louis schon weg. Ich laufe zur Reling und erkenne ihn auf dem Steg zum Hafen. Ich laufe die Holzplanke herunter und versuche, noch etwas schneller zu laufen. Mein Herz schlägt schon jetzt wie verrückt, und jeder Atemzug hinterlässt ein Stechen in meiner Lunge. Er biegt in Richtung Marktplatz ab. Ich denke kurz darüber nach, ihn zu rufen, damit er auf mich wartet. Doch während einer Verfolgung kommt mir das ziemlich blöd vor. Ich will uns ja nicht verraten. Als ich in die Straße abbiege, die zum Marktplatz führt, habe ich Louis verloren. Er ist nirgendwo zu sehen. Ich bleibe am Anfang des Platzes stehen.

Ich stutze meine Hände auf den Knien ab und sauge gierig die frische Luft ein. Als sich mein Herzschlag wieder einigermaßen normalisiert hat, gehe ich noch ein paar Schritte über den Marktplatz.

Hier ist alles ruhig. Die Stände sind leer, und auf dem Platz liegen nur vereinzelt ein paar Männer, die ihren Rausch ausschlafen. Von Louis oder den anderen fehlt jede Spur. Ich überlege, was ich jetzt machen soll. Da höre ich ein Geräusch hinter mir. Meine Nackenhaare stellen sich auf. Ich weiß, dass mich jemand beobachtet. Einfach wegzulaufen oder mich gar nicht mehr zu bewegen und die Augen zu schließen, sind die ersten Ideen die mir in den Sinn kommen.

„Hallo, Eva?" Rosas Stimme lässt mich kurz aufatmen. Wenigstens ist es nicht Pietie. Ich drehe mich um, und schaue in ihr vertrautes Gesicht. Kurz überkommt mich ein Anflug von Freude, bevor mir ihre Nachricht wieder einfällt. „Was machst du hier alleine, Kind?" Sie blickt mich erst neugierig an und schaut sich dann um.

„Ich bin auf dem Weg zu unserem Treffen", lüge ich. Denn ich glaube nicht, dass es gut wäre, ihr die Details unserer Verfolgung zu erklären. Louis will sicher nicht, dass ich ihr davon erzähle. Er war ja schon nicht bereit, Feuerbart einzuweihen oder Pietie direkt darauf anzusprechen, also halte ich Rosa lieber ganz aus der Sache raus.

„Das ist doch erst in einer Stunde." Sie sieht mich misstrauisch an. Ich brauche schnell eine gute Erklärung.

„Ich weiß, aber ich wollte nicht zu spät kommen und war mir nicht sicher, ob ich den richtigen Weg auf Anhieb finde. Also bin ich früher los." Meine Stimme klingt überzeugender als erwartet. Ich habe trotzdem ein schlechtes Gewissen. Sie zu belügen fühlt sich nicht richtig an.

„Ach so. Dann lass uns doch zusammen zu meinem Laden gehen, er ist gleich da vorne." Sie deutet in eine Richtung und ich nicke leicht.

Rosa geht vor und ich folge ihr. Ich hoffe, dass Louis jetzt nicht hinter irgendeiner Ecke hervorkommt und uns zusammen sieht. Ich wüsste nicht, wie ich ihm das erklären sollte. Wir kommen an der kleinen Boutique an. Rosa öffnet mir die Tür. Ich schlüpfe an ihr vorbei in den Laden. Es ist stockdunkel und stickig hier. Rosa schließt die Tür und dreht das Rädchen der Öllampe so, dass sie den Raum in ein schauriges Licht taucht. Die Schaufensterpuppen ohne Gesicht verstärken die gruselige Atmosphäre. Mir läuft ein Schauer über den Rücken, und ich schüttele mich kurz.

„Oh, Kind, ist dir kalt? Ich glaube, ich mache uns erst mal Tee." Rosa verschwindet hinter einer Tür zu meiner Rechten. Ich bleibe alleine im Laden zurück.

11

Louis

Nachdem ich Steves Geschichte gehört hatte, wusste ich genau, wer der Kerl in den dunklen Sachen war. Ich musste einfach hinterher. Hoffentlich ist Eva auf der Dragonfly geblieben. Aber sicher bin ich mir da nicht. Doch ich kann mich jetzt wirklich nicht mit diesem Gedanken auseinandersetzen. Ich muss sehen, wo die zwei hinwollen. An der Reling bleibe ich kurz stehen, um nach ihnen Ausschau zu halten. Diego hat mittlerweile zu mir aufgeschlossen und setzt sich auf meine Schulter. Ich sehe zwei dunkle Gestalten, die in Richtung Marktplatz davonlaufen. Der eine davon ist Pietie, ich erkenne ihn an seiner Statur und seinem Laufstil. Ich springe über die Reling und lande sanft auf den Planken des Stegs, der zum Hafen hinüber führt. Dann fange ich an zu rennen. Ich muss näher an die zwei herankommen. Ich darf nicht riskieren sie zu verlieren, sonst habe ich keine Chance zu erfahren, was sie im Schilde führen.
Als ich endlich die Häuser an der Straße erreicht habe, versuche ich mein Tempo noch zu steigern. Die zwei sind schon halb über den Marktplatz.

Wer hätte gedacht, dass Pietie so schnell laufen kann. Ich dachte immer, er wäre eher der faule Typ, und jetzt das! Am anderen Ende des Marktplatzes biegen sie nach rechts ab. Das ist die gleiche Richtung, in der wir sie heute Mittag schon haben laufen sehen. Ich springe über zwei Betrunkene, die sich mitten auf den Marktplatz zum Schlafen ausgebreitet haben – unglaublich, dass die hier überhaupt schlafen können! –, und erreiche die Ecke. Dort bleibe ich einen Moment lang stehen. Das Seitenstechen ist fast unerträglich. Ich schaue um die Ecke, um zu sehen, wo sie hin wollen. Es ist genau dieselbe Gasse, an der Eva mich heute Mittag eingeholt hat. Ich beobachte die zwei, wie sie sich hektisch umsehen und dann langsamer weiterlaufen. Ich schleiche mich an.

„Ich habe dir gesagt, du sollst nicht auf das Schiff kommen! Was sollte das, du Spinner?", brüllt Pietie und sein Kopf wird dabei, knallrot wie eine Tomate. „He Mann, reg dich ab, ja? Sandbart wollte dich sprechen, und ich sollte dich holen!", antwortet sein Gegenüber. Ich habe gewusst, dass er es ist. Lennis genervter Unterton ist nicht zu überhören. Aber was will Sandbart von Pietie? Was läuft hier überhaupt? Dieses ganze Theater macht mich noch wahnsinnig.

„Dann hätte Sandbart bis morgen warten müssen, da war sowieso ein Treffen ausgemacht. Wenn dich einer erwischt hätte, dann …", zischt Pietie ihn an. Er ist völlig außer sich.
„Ist ja gut, war vielleicht nicht die beste Idee. Wenn Sandbart was will, ist er aber nicht gerade zimperlich, das weißt du genau! Und der dicke Koch wird es schon überleben, dass er ein paar Scherben aufsammeln muss!" Im schwachen Licht der Laterne blitzen Lennis Zähne, als er seinen Mund zu einem dümmlichen Grinsen verzieht.
Diego stößt mit seinem Schwanz an eine Mülltonne. Eine Metalldose fällt scheppernd auf die Pflastersteine. Ich schaffe es gerade noch, ihn zu schnappen und hinter den Tonnen in Deckung zu gehen, bevor die zwei in die Richtung schauen, aus der das Geräusch gekommen ist. Lenni zückt ein Messer und läuft auf mich zu. Ich halte die Luft an, drücke Diego fest gegen meine Brust. Wenn Lenni uns jetzt entdeckt, habe ich keine Idee, wie ich hier unversehrt wieder rauskommen soll. Mein Herz schlägt mir bis zum Hals, als ich ihn näher kommen höre. Er ist nur noch ein Paar Schritte entfernt. Das schwache Licht der Laterne lässt seinen Schatten an der Hauswand immer größer und bedrohlicher werden. Ich mache mich innerlich bereit auf einen Kampf.

Wenn es sein muss, prügele ich die Informationen aus ihm raus.

„Das war bestimmt nur ne Katze! Komm, lass uns weitergehen. Sandbart wartet", ruft Pietie und geht weiter die Gasse entlang, Lenni bleibt an den Mülltonnen stehen, packt sein Messer weg und versetzt der Tonne neben meinem Versteck einen festen Tritt.
„Mistviecher!", murmelt er und folgt Pietie.
Ich atme erleichtert aus und schaue, ob die Luft rein ist, um die beiden weiter zu verfolgen. Diego setze ich zurück auf meine Schulter und bedeute ihm, ab jetzt ganz leise zu sein. Zur Bestätigung schleckt er mir über die Nase, wie er es immer macht. Ich schleiche aus meinem Versteck und laufe ihnen mit etwas Abstand hinterher. Wo wollen die zwei denn hin? Ich folge ihnen um die nächste Straßenecke und verstecke mich in einer kleinen Gasse, als sie vor dem Kinderheim stehen bleiben.

„Wo ist er denn jetzt?" Pietie klingt nervös. Das Tor öffnet sich quietschend. Eine Gestalt geht auf die beiden zu. Das muss Sandbart sein. Ich kann ihn zwar nicht richtig erkennen, aber ich sehe es an den Reaktionen der beiden.

Pietie weicht erschrocken ein paar Schritte zurück, nicht auffällig sondern mehr instinktiv und Lennis Grinsen wird immer breiter. Er ist einfach ein Trottel. Das ist der einzige Gedanke, den ich mit Lenni in Verbindung bringen kann.
„Hallo Pietie, ich freue mich, dass du es geschafft hast, meiner nächtlichen Einladung Folge zu leisten." Sandbarts Stimme klingt rauer, als ich erwartet hatte. Doch die Art und Weise wie er die Worte klingen lässt, hört sich furchtbar arrogant an.
„Das war so nicht abgemacht, Sandbart! Dein kleiner Straßenköter hier hat uns beinahe auffliegen lassen. Das geht so nicht!" Pietie macht einen Schritt auf Sandbart zu, doch der weicht kein bisschen zurück. Sandbart schaut zu Lenni. Ich kann seinen Gesichtsausdruck jedoch nicht erkennen.

„Ja, tschuldigung, ich hatte keine Wahl. Sonst hätte das Treffen bis morgen warten müssen." Sandbart gebietet ihm mit erhobener Hand zu schweigen.
„Ich entschuldige mich natürlich für die Unannehmlichkeiten, die er verursacht hat. Aber jetzt zum Geschäft. Wie weit bist du mit unserer Abmachung vorangekommen?", fragt er Pietie.
„Feuerbart will sich nicht darauf einlassen." Pieties Stimme klingt irgendwie ängstlich, so habe ich ihn noch nie gesehen.

„Er will den Jungen beschützen. Es ist ihm zu gefährlich. Doch ich weiß, dass er Angst hat. Seit das Mädchen an Bord ist, hat sich die Situation verändert. Feuerbart hat nicht mit dieser unvorhersehbaren Gefahr gerechnet. Er kann es jetzt schlechter kontrollieren. Also denke ich, sie ist der Schlüssel, um den Jungen dazu zu bringen, das zu tun was, man von ihm will."

Mir fällt die Kinnlade runter. Was ist denn das für eine verrückte Geschichte? Ich habe genug gehört, ich muss nachsehen, ob es Eva gut geht. Selbst Diego wirkt angespannt. Ich verlasse die kleine Zusammenkunft. Beim Weglaufen höre ich ihr Lachen, es begleitet mich in meinem Inneren noch ein Stück auf dem Weg zurück und jagt mir einen Schauer durch den Körper. Als ich das Ende der Gasse erreicht habe, laufe ich schneller. Ich mobilisiere alle Kräfte, um so schnell wie möglich zur Dragonfly zurück zu kommen.

12

Eva

Ich bin eine kurze Zeit alleine, bevor Rosa wieder aus dem Nebenraum zurückkommt. Sie hält zwei dampfende Tassen in den Händen. Eine davon hält sie mir entgegen. „Komm, wir setzen uns da drüben hin", sagt sie freundlich und zeigt auf zwei alte Lehnsessel in der Nähe des Verkaufstresens. Ich gehe voran und setze mich auf einen davon. Sie macht es sich auf dem anderen gemütlich. Ich hebe meine Tasse an die Nase, um zu riechen, was das für eine Teesorte ist. „Es ist Wildbeere. Ich hoffe, du magst ihn. Wenn nicht, habe ich auch noch andere Sorten", beantwortet sie meine unausgesprochene Frage. Ich fühle mich ertappt und nehme einen Schluck. Er ist wirklich lecker, süß und frisch zugleich. Er schmeckt nach Himbeeren und Johannisbeeren, mit ein bisschen Minze.
„Nein, er ist wirklich gut. Danke", antworte ich leise. Sie lächelt freundlich und nickt. Ich nehme noch einen Schluck und versuche, mich ein bisschen zu entspannen. Die Situation hier macht mich nervös. Ich weiß immer noch nicht, was hier auf mich zukommt.

„Du fragst dich sicher, was ich von dir will." Sie schaut mir direkt in die Augen. ich versuche ihrem Blick stand zu halten. Das ganze erinnert mich an die erste Begegnung mit ihr, als Louis und sie sich so angestarrt haben. Ob sie in meinen Kopf schauen kann? Nein, das kann ich mir nicht vorstellen, ich schüttele den Gedanken sofort wieder ab. Das wäre echt zu verrückt. Sie wirkt wirklich besorgt, ich kann es in ihrem Gesicht sehen. Ich nicke erst nur, doch dann fällt mir meine Erziehung wieder ein.

„Ja, eigentlich schon." Bisher verläuft dieses Treffen überhaupt nicht so furchtbar, wie ich es mir vorgestellt habe. Sie wirkte bei unserem ersten Treffen viel distanzierter. Jetzt ist sie eher fürsorglich und offen.

„Ich hatte das Gefühl, dass wir einen unglücklichen Start hatten. Ich wollte dir gerne erklären, warum ich so auf deinen Besuch reagiert habe. Ich gehe nämlich davon aus, dass Louis dir nichts erzählt hat", sagt sie mit einem Seufzen. Ich konzentriere mich auf das Innere meiner Teetasse um ihr nicht in die Augen sehen zu müssen. Was hat Louis mir nicht erzählt? Vielleicht möchte er ja einfach nicht, dass ich es erfahre. Doch warum will sie es mir unbedingt sagen? In meinem Kopf tauchen immer mehr Fragen auf.

Ich versuche sie in Gedanken nach hinten zu schieben. Erstmal will ich wissen, was sie mir sagen will. Sie deutet mein Schweigen wohl als Bestätigung und spricht einfach weiter.

„Er ist einfach zu leichtsinnig! Louis hat sich noch nie gerne mit den alten Legenden des Wolkenreichs beschäftigt. Aber jetzt kann er sich nicht mehr verstecken. Es wird passieren, und dann geht es um Leben und Tod." Ich spüre wie mein Herz immer schneller schlägt. Es hämmert von Innen gegen meine Rippen. Ich habe das Gefühl es springt gleich aus meiner Brust. Wessen Tod? Louis? Das darf auf keinen Fall passieren. Aber was habe ich damit zu tun? Kann ich es verhindern? Bin ich in der Lage ihn zu retten?

„Welche Legenden? Und was kann ich tun?" Die Fragen platzen einfach aus mir heraus. Meine Stimme klingt wie ein Quietschen, durch die Anspannung die mich zu verschlucken droht.

„Es gibt eine Legende über eine schwarze Grotte. Im Inneren dieser Grotte soll es eine Höhle geben, in der man vier Prüfungen bestehen muss, um an das Wertvollste zu gelangen, was das Wolkenreich je gesehen hat. Es heißt, dass nur derjenige die Prüfungen bestehen kann, der selbst einen besonderen Schatz in sich trägt.

Seit Jahren versuchen düstere Gestalten, das Innere der Höhle zu erreichen und den Schatz zu heben. Niemand hat es bis jetzt geschafft. Und nur wenige sind überhaupt von der Reise zurückgekehrt. Doch jetzt ist die Sache anders. Vor Kurzem ist die Legende gestohlen worden. Mittlerweile ist sie zwar wieder in den Archiven, aber das heißt, irgendjemand hat seine Strategie geändert und versucht, die Person zu finden, die in der Legende benannt wird, um den Schatz endlich zu erreichen. Ich glaube, der Schatz besteht nicht nur aus Gold und Edelsteinen. Es muss etwas ganz Besonderes sein, vielleicht ein viel größeres Geheimnis, als wir uns überhaupt vorstellen können", erzählt sie.

Mein Küchendienst auf der Dragonfly kommt mir in den Sinn. Steve hatte mir doch damals auch diese Legende erzählt. Warum kann es nicht mal einfach sein in meinem Leben? Ich wollte vor meinen Problemen fliehen, und jetzt habe ich die nächsten am Hals. Das einzig Positive ist, dass meine kaputte Familie fast gänzlich verblasst im Angesicht dieser Gefahr.

„Wie du dir denken kannst, ist Louis der Schlüssel zu dem Schatz." Natürlich habe ich mir das gedacht, aber ich will es einfach nicht glauben.

„Es könnte doch auch jemand anderes gemeint sein. Wer weiß das schon mit Sicherheit? Hier gibt es doch bestimmt noch mehr Leute, die einen Schatz in sich tragen, was auch immer das zu bedeuten hat", hauche ich leise.

„Das dachte ich auch erst. Glaub mir, Kind, ich wünschte immer noch, es wäre so. Bei meinen Recherchen zu den alten Legenden ist mir vor Jahren Louis' Familiengeschichte in die Hände gefallen", beginnt sie traurig. Zwischen all den Ängsten in meinem Inneren, ploppt die Frage auf, warum sie etwas über Louis Vergangenheit weiß und er so rein gar nichts? Hat sie ihm nie etwas darüber erzählt? Sie lässt mir keine Gelegenheit sie zu fragen, da sie direkt weiter spricht.

„Viele seiner Verwandten waren schon in diese alten Legenden verstrickt. Auch diese Leute hatten diesen besonderen Schatz in sich. Ich wollte dann natürlich auch wissen, was das genau ist. Und in einer sehr alten Schrift wird erklärt, dass dieser besondere Schatz durch die Güte und Reinheit, den Gerechtigkeitssinn und die Liebe des betreffenden Menschen deutlich wird. Louis ist all das und noch mehr, wie du sicher auch schon gemerkt hast.

Durch seine Familiengeschichte und diese Beschreibung kann diese Legende uns nur noch den letzten eindeutigen Beweis geben:

Ein Junge wird kommen rein und gut,
Er nur kann haben das wertvolle Gut.
Seine Augen so grün wie die Wasser der Grotte.
Und sein Herz nicht so flatterhaft wie eine Motte.
Er wird es sein, der die Prüfungen besteht.
Und als Herrscher des Wolkenreichs aufersteht.

Ihre Augen füllen sich mit Tränen, als sie die Legende zitiert. Ich habe einen Kloß im Hals.
„Was kann ich jetzt tun?" Meine Stimme ist nur noch ein Flüstern.
„Du bist eine unvorhergesehene Gefahr. Louis ist ein starker Junge und hat starke Verbündete. Doch deine Anwesenheit schwächt ihn. Wer auch immer die Schriften gestohlen hat, wird versuchen, Louis zu erreichen, um sich den Schatz zu holen. Wenn es sein muss, auch mit Gewalt", sagt sie schließlich und ihre Worte klingen gepresst.
Ich bin eine Gefahr für ihn? Ich würde nie etwas tun, das ihn verletzen könnte. Meine Gefühle fahren Achterbahn und mein Kopf schwirrt.

Ich will ihn nicht verlassen! Ich habe doch gerade erst einen Platz gefunden, wo ich mich zuhause fühle, und jemanden, der mir wichtig ist. Warum muss das jetzt so kompliziert sein?

„Du musst nach Hause gehen, dann kann er sich vielleicht selbst schützen." In ihren Augen sehe ich Schmerz und Trauer. Ihr scheint es nicht leicht gefallen zu sein, mich darum zu bitten. Trotzdem schaue ich sie entsetzt an. Ich habe den Eindruck, dass sie mich loswerden will. Ich habe zwar selbst daran gedacht, zu gehen, aber der Gedanke war ganz klein und leise irgendwo im hintersten Teil meines Gehirns. Ihn jetzt so laut zu hören, versetzt mir einen Stich. Meine Augen füllen sich mit Tränen. Das kann sie nicht ernst meinen! Ich überlege kurz, ob ich mich auf die Knie werfen und sie anflehen soll, ihre Worte zurückzunehmen. Sicherlich, würde es nichts an der Situation ändern. Still läuft mir die erste Träne die Wange herunter. Trotzig wische ich sie weg. Ich muss hier raus! Ich will mir das alles nicht mehr anhören! Ich muss Louis finden. Er soll mir dasselbe sagen wie sie, dann können wir das gemeinsam entscheiden. Ihn dabei zu übergehen erscheint mir nicht richtig.

„Eva, versprich mir, dass du darüber nachdenkst. Ich will ihn nur beschützen, und ich weiß, dass du das auch willst." Sie steht auf und stellt ihre Tasse auf den Tresen. „Würdest du noch einen Moment warten, bevor du gehst? Ich möchte dir gerne noch etwas geben", fragt sie vorsichtig" Ich nicke stehe auf und stelle meine Tasse auch auf dem Tresen ab. Was für ein Tag das war! Verfolgungsjagden, geheime Treffen und der Vorschlag all das hinter mir zu lassen, und vor allem Louis zu verlassen! Rosa kommt mit einer kleinen Schachtel zurück und stellt sich vor mich. Sie öffnet sie. Mein Blick fällt auf ein aufwendig verziertes Amulett an einer bronzefarbenen Kette. In der Mitte des herzförmigen Anhängers ist ein grüner Smaragd eingefasst, von dem aus sich viele kleine goldene Fäden zu einem Nest verbinden. Es ist wirklich schön. „Ich möchte es dir gerne schenken!" Ich schaue sie überrascht an. Jetzt kommt sie mit Geschenken? Direkt nachdem sie mir vorgeschlagen hat, zu verschwinden? Das ist ja mal an Dreistigkeit nicht zu überbieten! Doch die Stimme meiner Mutter hallt in meinem Kopf wider: „Geschenke nimmt man an und bedankt sich freundlich." Das mag ja sein Mutter, doch gerade möchte ich ihr diese Schachtel zu gerne an den Kopf werfen.

Prima, jetzt drehe ich völlig durch. Ich streite schon in Gedanken mit meiner Mutter, obwohl sie gar nicht in der Nähe ist.
„Danke." Ich nehme mir fest vor, sie einfach niemals anzuziehen.
„Darf ich sie dir umlegen?", fragt sie freundlich Das war's schon mit meinem Plan. Ich nicke und drehe ihr den Rücken zu, damit sie den Verschluss an meinem Hals schließen kann. Das Amulett liegt auf gleicher Höhe wie mein Herz. Verdammt, warum muss das Geschenk von ihr auch noch so schön sein? Sie umarmt und drückt mich fest. Überrascht erwidere ich ihre Umarmung.
„Ich habe ihn noch nie so glücklich gesehen wie mit dir", flüstert Rosa in mein Ohr. Na toll, was soll ich denn jetzt damit anfangen? Ich verabschiede mich und verlasse den kleinen Laden. Ich brauche einfach Abstand und frische Luft. Vor der Tür bleibe ich einen Moment stehen und sauge die kalte Nachtluft ein. Ich betrachte erneut das Amulett. Der Stein leuchtet so grün wie Louis' Augen. Aber ich kann es nicht tragen, es fühlt sich falsch an. Hinter der nächsten Ecke nehme ich es ab und stecke es in meine Hosentasche. Ich beschleunige meine Schritte, um zur Dragonfly zurückzukommen. Vielleicht ist Louis schon wieder da.

Ich weiß nicht, wie ich dieses Gespräch über meine eventuelle Abreise mit ihm beginnen soll. Aber Rosa hat recht: Ich möchte nicht, dass ihm etwas zustößt. Schon gar nicht, wenn es nur passiert, weil er mich beschützen muss. Ich erreiche die Dragonfly und schleppe mich in Louis Zimmer. Der Flur ist mittlerweile wieder sauber. Steve hat echte Arbeit geleistet, es sieht ordentlicher aus als zuvor. Ich öffne die Tür, nur um festzustellen, dass das Zimmer leer ist. Ich setze mich auf das große Bett und denke kurz darüber nach, noch einmal loszugehen, um Louis zu suchen. Doch mich überkommt eine schreckliche Müdigkeit. Ich ziehe meine Stiefel aus und rolle mich unter der Bettdecke zusammen. Nach kurzer Zeit bin ich eingeschlafen.

13

Louis

Ich stolpere durch den Flur, der zu meinem Zimmer führt, und bleibe vor der Tür stehen, bis ich wieder zu Atem gekommen bin. So leise wie möglich öffne ich die Tür und atme erleichtert auf, als ich Eva zusammengerollt unter der Decke schlafen sehe. Ich setze mich auf die Bettkante und beobachte einen Moment ihre langsamen, gleichmäßigen Atemzüge. Sie ist so schön, wenn sie schläft, wie schon auf der Wiese in ihrem Garten. Ich muss lächeln, wenn ich an das entsetzte Gesicht denke, das sie gemacht hat, als ich erwähnt habe, dass sie geschlafen hat. Ich glaube, wenn sie wüsste, dass ich sie beobachtet habe, würde sie ausflippen.
Ich streichle über Diegos Kopf, der sich schon in seinem Körbchen zusammengerollt hat, und lege mich auf das Sofa. Eines ist mir klar: Ab jetzt muss ich besonders gut auf Eva aufpassen. Ich kann sie nirgendwo mehr alleine hingehen lassen. Ich könnte es nicht ertragen, wenn ihr etwas passiert. Sie wird es einfach akzeptieren müssen, ob es ihr gefällt oder nicht. Was sie wohl die ganze Zeit gemacht hat, als ich weg war? Mit diesem Gedanken schließe ich die Augen und schlafe ein.

Ich habe das Gefühl, dass ich gerade erst eingeschlafen bin, als mich die ersten Sonnenstrahlen schon wieder wecken. Sie scheinen hell und erbarmungslos durch die großen Fenster. Mein Kopf brummt wie verrückt, und ich drehe mich noch mal um. Ich ziehe mir die Decke über den Kopf um wenigstens etwas von dem hellen Licht auszusperren.

„Hast du gut geschlafen?" Evas Stimme klingt gedämpft durch die dicke Decke.

„Hmm", lautet meine knappe Antwort. Ich habe noch keine Kraft und vor allem keine Lust, für ein Verhör. Nicht nach so wenig Schlaf und mit einem brummenden Schädel.

„Na, du bist ja gut gelaunt heute morgen. Ich habe auch gut geschlafen, danke der Nachfrage." Na toll, jetzt ist sie auch noch sauer. In meinem Kopf ist der Trotz schon in Hochform, doch ich kann mir nicht vorstellen, dass Trotz jetzt die richtige Reaktion wäre. Also schlucke ich ihn einfach runter. Feuerbart sagt auch immer, dass ich so launisch sei. Vielleicht sollte ich daran mal arbeiten. Ich habe außerdem keinen Bedarf, mit der mies gelaunten Eva zu reden. Die ist bestimmt noch weniger begeistert von meinem neuen Beschützer-Programm. Ich atme noch einmal unter der Decke tief durch, dann schubse ich sie zurück und setze mich aufrecht.

„Guten Morgen, Eva. Es freut mich, dass du gut geschlafen hast. Was möchtest du denn heute gerne unternehmen?", sage ich überschwänglich und versuche es mit meinem schönsten Lächeln. Ihr Gesicht hellt sich auf. Na also, schon viel besser. So lässt sie sich bestimmt von meiner Sache überzeugen.

„Vielleicht erst mal etwas frühstücken. Und dann würde ich mir gerne die Archive ansehen, von denen du gesprochen hast. Wenn das geht." Keine Ahnung, warum sie auf einmal so verlegen auf ihre Hände sieht, aber ich ignoriere das einfach mal. Diesen Wunsch kann ich ihr erfüllen. Die Archive sind gut bewacht, und der Weg führt mitten durch die Stadt. Da sind immer viele Leute unterwegs, das wird also ein Kinderspiel, sie dort zu beschützen.

„Na gut, also erst mal Frühstück. Ich hole uns etwas bei Steve. Du wartest hier, ja?", bitte ich sie. Ich springe vom Sofa auf und mache mich auf den Weg zur Kombüse, bevor sie widersprechen kann. Mir kommt kurz der Gedanke, meine Zimmertür abzuschließen, doch ich verwerfe ihn sofort wieder. Ich darf jetzt nicht durchdrehen! Tagsüber ist sie hier sicher. Dass ich alleine gehe, gibt mir außerdem die Gelegenheit, mit Steve zu reden und ihn noch ein paar Sachen über gestern Nacht zu fragen.

Als ich an der Tür angekommen bin, staune ich nicht schlecht. Ich kann Pietie in der Kombüse hören, der auf Steve einredet. Ich verstehe nur nicht, was er sagt. Also stoße ich die Tür auf und platze mitten in das Geschehen. Pietie schaut mich wütend an. Steve wirkt ziemlich unbeeindruckt.

„Guten Morgen, alles klar hier drin?", frage ich mit aufgesetzter Freude. Pieties Wut verschwindet aus seinem Gesicht und er setzt ein künstliches Lächeln auf. „Ja sicher, wir haben uns nur über den Essensplan der nächsten Wochen unterhalten. Bis nachher", sagt er, nickt uns beiden zu und verschwindet durch die Tür. Steve zieht eine Grimasse hinter seinem Rücken. Ich kann mir mein Lachen nicht verkneifen.
„Was wollte er wirklich?", frage ich ihn.
„Ach, der Spinner wollt wissen, ob ik jemandem von letzter Nacht erzählt hab. Ik hab natürlich nee gesagt.", antwortet Steve und zuckt dabei mit den Schultern.
„Das habe ich mir schon gedacht, dass er das wissen will. Er hat Angst aufzufliegen", murmele ich mehr zu mir selbst, doch Steve schaut mich fragend an. Ich will ihn aber lieber nicht in diese ganze Sache einweihen. Ich komme schon alleine damit klar.

Außerdem habe ich das Gefühl, dass erstmal Feuerbart erfahren sollte, was hinter seinem Rücken läuft. Vielleicht bekomme ich von ihm auch noch ein paar Informationen darüber, was die überhaupt von mir wollen. Ich zucke nur mit den Schultern und Steve konzentriert sich wieder auf seine Arbeit. „Hast du was zu essen für Eva und mich?", frage ich schließlich.
„Klar, bedien dich einfach bei de Kammer da drüben." Das mag ich an Steve am liebsten: Er bohrt nicht nach, wenn er merkt, dass jemand nicht weiterreden will. Dann ist das für ihn vollkommen in Ordnung. Er hat mir mal gesagt, dass die Leute, die ihm was erzählen wollen, kommen, wenn sie dazu bereit sind. Alles andere muss er nicht wissen. Ich finde, damit hat er recht. Vielleicht weiß er aber auch viel mehr, als er zugeben will. Ich nehme soviel Essen, wie ich tragen kann, und mache mich auf den Weg zu meinem Zimmer. Als ich die Tür öffne, ist es leer. Ich lege das Essen auf den Tisch und schaue mich besorgt in dem Raum um.

„Eva?", brülle ich viel zu laut. Wo ist sie hin? Hat Pietie es vielleicht geschafft, sie mitzunehmen? Ich hätte nicht gedacht, dass er es am helllichten Tag versuchen würde. Ich muss sie suchen! Sie können noch nicht weit sein!

Als ich mich umdrehe, um das Zimmer zu verlassen, geht die Tür auf und Eva steht vor mir. Ihre Haare glitzern feucht im Sonnenlicht. Die Wut kriecht langsam in mir hoch und ich versuche sie mit aller Kraft zu unterdrücken. Ich muss mich unbedingt beruhigen. Sie jetzt anzuschreien, nur weil sie im Badezimmer war, ließe sie nur misstrauisch werden.

„Was ist denn los? Man hört dich bis in den Waschraum rumbrüllen. Ich war nur kurz Haare waschen und hab meine Zähne geputzt. Nur weil ihr alle so gut wie keinen Fuß in diesen Raum setzt, heißt das nicht, dass ich das auch tun muss", sagt sie mit genervten Unterton. Ich entspanne mich wieder. Das kann ja heiter werden, wenn ich jedes Mal in Panik verfalle, sobald sie kurz verschwindet! Wahrscheinlich kann ich mich aber darauf einstellen, dass es so laufen wird. Ich gehe zum Tisch und setze mich auf einen der Stühle, nachdem ich das Essen ausgebreitet habe. Diego hat sich schon über ein paar der Sachen hergemacht. Er knabbert gerade genüsslich an einem Apfel. Ich nehme mir auch einen und lehne mich zurück. Eva flechtet in der Zeit ihre langen Haare zu einem Zopf und setzt sich dann zu uns. Eigentlich schade, ich mag es lieber wenn ihre Haare offen sind.

Wir essen einen Moment, ohne dass jemand etwas sagt.

„Hast du die zwei heute Nacht noch einholen können?", fragt sie zwischen zwei Bissen. Ich habe keine Ahnung, ob ich ihr die Wahrheit sagen soll.

„Nein, ich hab sie aus den Augen verloren und bin dann noch ein bisschen rumgelaufen um sie zu finden, aber keine Spur von ihnen", sage ich. Sie nickt. Ob sie merkt, dass ich ihr nicht die Wahrheit sage? Aber ich glaube, es ist besser so, die Sache würde sie bestimmt nur verunsichern. „Hast du Steve noch geholfen gestern?", frage ich sie, ohne genau zu wissen, warum ich das frage. Irgendwas in mir will sichergehen, dass sie hiergeblieben ist.

„Ja, klar. Wirst du Pietie fragen, was er mit Lenni gemacht hat?", fragt sie und scheint einfach nicht lockerzulassen.

„Nein, ich wollte gleich mit Feuerbart reden, wenn sich eine Gelegenheit bietet", antworte ich jetzt etwas genervt. Pietie wird mir sowieso nichts erzählen, er steckt da ja selbst mit drin. Allerdings ist mir seine Rolle in der ganzen Sache noch nicht klar. Vielleicht kann Feuerbart ja die Wolkendecke etwas lichten.

Als wir aufgegessen haben, machen wir uns auf den Weg zu den Archiven von Piemont.

Das alte Gebäude ist ganz aus grauem Stein und hat eine massive braune Holztür. Zehn Stufen führen von der Straße aus zum Eingang. Eva hat seit unserer Unterhaltung beim Frühstück nichts mehr gesagt, sie wirkt völlig in Gedanken versunken. Als wir die Tür erreicht haben, schaue ich ihr direkt in die Augen. „Alles in Ordnung bei dir?" Sie wirkt so nachdenklich.

„Ja sicher, ich bin nur gespannt, was uns da drin erwartet", antwortet sie lächelnd.

„Gut, kurz ein paar Sachen dazu. Die Dame am Empfang heißt Lilly, ich kenne sie schon ewig. Sie kann dir alles zu jeder Schrift erzählen, die sich in diesem Gebäude befindet. Also, wenn du etwas Bestimmtes suchst, bist du bei ihr richtig. Aber natürlich kann ich dir auch einiges erklären oder zeigen."

Ich nehme ihre Hand, und wir betreten gemeinsam den großen Vorraum. Die Steinmauern erstrecken sich hier gut zehn Meter hoch und enden in einer großen goldenen Kuppel, die aufwändig verziert ist. Mehrere goldene Fäden bilden eine Blume, die mit buntem Glas ausgefüllt ist. Die Sonne zaubert durch sie ein riesiges Spiegelbild auf den kargen grauen Boden. Ich beobachte Eva, wie sie fasziniert an die Decke schaut. Sie ist wirklich begeistert von dem Gebäude und das ist erst der Eingang.

Ich nehme sie mit an das hintere Ende des Raumes, an dem der große braune Empfang steht. Lilly steht dahinter und strahlt uns mit ihren großen gelbgrünen Augen fröhlich an. „Hallo Lilly, es ist schön, dich wieder zu sehen. Darf ich dir Eva vorstellen? Sie möchte sich hier gerne mal umsehen.", begrüße ich sie.
„Louis, es ist wirklich eine Freude. Hallo Eva, mein Name ist Lilly. Suchst du etwas Bestimmtes?" Die beiden geben sich die Hand und ich schaue Eva erwartungsvoll an. Ich habe keine Ahnung, ob sie hier etwas sucht oder einfach nur neugierig ist.
„Ich möchte gerne etwas über die Legenden des Wolkenreichs lesen. Louis hat mir erzählt, es gäbe hier ein paar Schriften dazu." Ihre Worte erinnern mich an das Gespräch an Deck der Dragonfly. Also ist sie wirklich einfach nur neugierig. Ich kann mir ein Lächeln nicht verkneifen, bei dem Gedanken daran, dass sie sich wirklich für mich und mein Zuhause interessiert.

„Die Legenden findet ihr in Gang 33. Louis kennt den Weg. Viel Spaß. Falls du Fragen hast, ich bin hier vorne." Lilly zeigt auf die schwarze Holztür zu ihrer Linken, und wir gehen hindurch. Der Raum dahinter ist riesig.

Ich kann mich erinnern, dass mich der Anblick beinahe erschlagen hat, als ich das erste Mal durch diese Tür gegangen bin. Bis zur Decke hoch stehen hier die schweren, schwarzen Metallregale voller Schriftrollen, Pläne und Bücher. Die Wände bestehen fast nur aus bunten Glasfenstern, jedes erzählt eine eigene Geschichte. Das eine Fenster mochte ich als Kind immer am liebsten. In der Geschichte geht es um den Jungen Sven, der sich auf den Weg macht, den geflügelten Löwen zu töten, um die Frau seines Herzens zu gewinnen. Doch als er den Löwen erreicht hat, bemerkt er, dass dieser eigentlich ganz nett ist, und Sven beschließt, ihn am Leben zu lassen. Er bekommt am Ende trotzdem die Frau, weil er jetzt einen mächtigen Verbündeten hat und sich alle vor ihm fürchten. Die Geschichten der anderen Fenster kenne ich nicht so gut. Doch ich denke, es sind alles Märchen, die darauf zu sehen sind. Die Sonne lässt die bunten Farben hell leuchten. Als ich kleiner war, fand ich diesen Raum einfach magisch. Heute sehe ich das gleiche Gefühl in Evas Augen.
Ich nehme ihre Hand und laufe zielsicher zu Gang 33. Die Nummern stehen auf kleinen, goldenen Schildern, die an den Regalen angebracht sind. Ein paar Leute sitzen in den Gängen, an denen wir vorbeikommen, und stecken ihre Nasen in alte Bücher.

Als wir an dem Gang angekommen sind, lasse ich Evas Hand los und gehe voran. Ich setze mich auf einen großen Lehnsessel, der zwischen den Gängen 33 und 34 aufgestellt ist. Ich beobachte Eva, wie sie langsam an den Regalen vorbei läuft und sich jeden Titel der Legenden genau anschaut. Nach ein paar Minuten hat sie drei Schriftrollen aus dem Regal gezogen und macht sich auf den Weg zu dem großen Tisch rechts von mir. Sie setzt sich auf einen der Stühle und rollt die erste Schriftrolle auf. Ich beobachte sie noch einen Moment und schlendere schließlich zu ihr.
„Welche hast du rausgesucht?" Sie ist völlig ins Lesen vertieft, also schaue ich auf das Etikett, dass an der Rolle befestigt ist. Es ist die Legende der zwei ungleichen Brüder. Ich weiß noch, was darin steht.

Zwei Brüder von der Art verschieden,
Einer nur durch Bosheit getrieben,
Der andere rein vom Herzen und gut,
Werden brauchen all ihren Mut.
Die Rätsel der Bucht, sie wiegen schwer,
Nur zusammen kann man es schaffen, seht nur her.
Wenn die Jahre siebzehn zählen,
Muss einer dem anderen sich ergeben.
Der Tod ist beiden sonst gewiss,
Wenn sie nicht beilegen ihren Zwist.

Feuerbart hat sie mir früher mal erzählt. Ich hab mich immer gefragt, was die zwei Brüder wohl für einen Streit miteinander haben könnten. Ich habe zwar keinen Bruder, doch ich dachte immer, Geschwister stehen sich sehr nahe, egal was kommt. Diese zwei in der Legende scheinen sich allerdings alles andere als nahezustehen. Eva hat schon die nächste Schriftrolle ausgebreitet. Mein Blick wandert hinüber zu dem Etikett, und mir bleibt kurz die Luft weg. Die Legende der schwarzen Grotte, die kenne ich nur zu gut. Warum musste sie ausgerechnet diese aussuchen, dieses furchtbare Gewäsch scheint mich wirklich zu verfolgen. Rosa hat sie mir immer erzählt, als ich noch in dem Heim gewohnt habe. Sie hat immer gesagt, dass ich der Junge bin, der darin gemeint ist. Ich halte allerdings nicht viel davon. Derjenige, der es aufgeschrieben hat, hat sicherlich nicht an mich gedacht. Eva schaut von der Schriftrolle auf und sieht mich direkt an.

„Kennst du diese Legende?", fragt sie mich neugierig.

Ich nicke, da ich nicht sicher bin, worauf sie mit dieser Frage hinaus will. „Glaubst du das, was hier steht?", schließt sie an und macht eine Handbewegung die den ganzen Raum erfasst.

„Ich glaube, dass diese Legenden von irgendjemandem vor sehr langer Zeit aufgeschrieben wurden. Ich bin mir sicher, dass manche davon auch schon wahr geworden sind, doch ich glaube nicht, dass sie nur auf eine Person abgestimmt sind. Ich bin mir sicher, dass die meisten davon auf mehrere Leute zutreffen", antworte ich.

14

Eva

Ich schaue ihm noch einen Moment direkt in die Augen, um zu sehen ob er auch selbst glaubt, was er da sagt, Er ist aufrichtig. Er könnte damit Recht haben. Die Frage ist nur, was passiert, wenn er sich irrt? Ich muss ständig daran denken, ob er wirklich in Sicherheit wäre, wenn ich zurück nach Hause ginge. Diese Legenden und Geschichten, die sich bis unter die Decke stapeln, können doch nicht alle ohne tieferen Sinn sein. Sie werden schon auf bestimmte Personen zutreffen, ich hoffe nur, dass diese hier nicht von Louis handelt. Warum muss das so kompliziert sein? Ich rolle das Papier wieder zusammen und stecke es zurück in die Stoffhülle. Die letzte Schriftrolle hat mich neugierig gemacht, weil ich hoffe, dass „Die Liebenden" irgendetwas Schönes bedeutet. Doch nach den letzten zwei Legenden bin ich mir nicht so sicher, ob es hier überhaupt eine einzige schöne Legende gibt. Ich hole die Seite aus der Schutzhülle und breite sie auf dem Tisch aus. Die verschnörkelte Handschrift auf dem alten Papier ist in einem Bronzeton. Er schillert im Licht und sieht wirklich schön aus.

Ein Mädchen wie ein Diamant,
Rein und schön, hat ihr Glück noch nicht erkannt.
Der Junge, den sie schließlich trifft,
Ihre Weltansicht durchbricht.
Zusammen sind sie stark und frei,
Alleine nur Trauer und Einsamkeit es sei.
Durch ihre Liebe ewig verbunden,
Im Herzen aneinander gebunden.
Das Wolkenreich wird strahlen in hellstem Licht,
Wenn niemand es schafft, dass dieses Band bricht.

Das klingt eigentlich ganz nett, wenn man mal von der düsteren Seite absieht. Doch: „Wo Licht ist, gibt es auch Schatten", kommt mir da in den Sinn. „Solange man gemeinsam den Weg in das Licht zurückfindet, ist jeder Schatten überwindbar." Ich glaube, ich verstehe jetzt, was das bedeutet. In dieser Legende wird es wohl ähnlich sein. Was auch immer zwischen diesen beiden steht – es scheint eine Möglichkeit zu geben, die Sache zu überwinden. Schade, dass meine Eltern es nicht geschafft haben, ihre letzte Dunkelheit zu überwinden.
Ich packe die Schriftrolle zurück und lege alle drei wieder ins Regal. Mich überkommt eine unendliche Traurigkeit. Rosa hatte recht: Die Legende existiert, und Louis nimmt sie wirklich nicht ernst.

Ich will hier raus, dieser Ort ist auf einmal viel bedrückender geworden.

„Lass uns gehen", sage ich zu Louis und mache mich auf den Weg zur Tür. Im Vorbeigehen fordert eine Tür, die in den kargen Stein eingelassen ist, kurz meine Aufmerksamkeit. Vorhin ist sie mir gar nicht aufgefallen, sie schillert in verschiedenen Silbertönen. Als ich noch mal genauer hinschaue, ist sie aus einfachem schwarzem Holz. Komisch! Meine wirren Gedanken spielen mir bestimmt einen Streich. Kurz bevor ich den Ausgang erreiche, hat Louis mich eingeholt. Er legt seine Hand in meine und zwingt mich dazu, stehenzubleiben. Ich muss weinen, versuche aber, meine Tränen zurückzuhalten. Er legt seine Hand unter mein Kinn, hebt mein Gesicht an, sodass ich ihm direkt in die Augen sehen muss.

„Was ist los? Bitte rede mit mir." Seine Worte sind mehr ein Flehen. Der Druck um mein Herz wird nur noch stärker. Wie kann ich ihm sagen, dass er mich gehen lassen muss, ohne zu verraten, dass ich mit Rosa darüber gesprochen habe? Ich hatte ihr versprochen, unsere Begegnung geheim zu halten, und daran will ich mich vorerst auch halten.

„Was hat es mit dieser schwarzen Grotte auf sich?", frage ich ihn ganz dirckt.

Sein Augenrollen verheißt nichts Gutes.

„Wie gesagt, es ist nur eine Geschichte, Eva, nichts weiter. Du musst dich damit wirklich nicht beschäftigen." Er beendet den Satz mit einem dramatischen Seufzen. Seine sture Ignoranz macht mich wütend. Wie kann er nur so darüber denken? Hat er denn keine Angst, dass sich diese Legende bewahrheitet?

„Was ist, wenn es nicht nur eine Geschichte ist? Was, wenn es wirklich passiert und du wirklich in Gefahr schwebst? Verschwendest du gar keinen Gedanken daran?", frage ich und verstehe nicht, warum ich mehr Angst um ihn habe als er um sich selbst. Mir bleibt keine andere Wahl, als ihn wirklich zu verlassen. Wenn er sich nicht selbst schützen will, dann muss ich wohl alles versuchen, um ihn zu schützen. Er sieht mich mit aufgerissenen Augen an und fährt sich dann mit den Händen durch seine Haare.

„Eva, es ist …" Doch ich lasse ihn nicht zu Wort kommen, so kommen wir nicht weiter. Ich habe das Gefühl, dass er seine Einstellung zu diesen Legenden nicht ändern kann oder nicht ändern will. Aber ich kann etwas tun und das werde ich.

Doch ich muss ihn belügen, sonst wird er mich nicht einfach gehen lassen, und die einzige Idee, die mir sofort in den Kopf kommt, ist der Gedanke an meine Eltern.

„Eigentlich habe ich nur Heimweh", sage ich. Was für eine banale Ausrede, ich kann selbst nicht glauben, dass ich das gesagt habe. Ich habe keinen Gedanken mehr an meine Eltern verschwendet als unbedingt nötig. Ich bin ehrlich gesagt heilfroh, sie nicht sehen zu müssen. Ich sehe in seinen Augen, wie ein kleiner Teil von ihm daran zweifelt. Doch ich lasse zur Bestätigung einfach meine Tränen laufen. Eigentlich sind sie nicht für den Inhalt dieser Lüge bestimmt, sondern für die komplette Verzweiflung über den bevorstehenden Abschied von Louis. Im ersten Moment wirkt er leicht überfordert mit der Situation. Er sieht sich hilfesuchend in den nächstgelegenen Reihen um.
Da wird er jedoch kein Glück haben, wir sind hier alleine. Ich kann ihm daraus auch keinen Vorwurf machen, wahrscheinlich tröstet er nicht oft jemanden. Gerade als ich mir mit der Hand die Tränen wegwischen will, tritt er ein Stück näher an mich heran und streicht mit seinem Daumen zärtlich über meine Wangen. Ich schließe die Augen und schmiege mein Gesicht an seine Hände. Als er noch ein Stück näher kommt, spüre ich seinen Atem auf meiner Haut. In dem Moment öffnet sich die Tür neben uns, und mit einem lauten Poltern kracht sie gegen die Wand.

Im Türrahmen steht ein kleiner Mann mit einem Stapel Bücher auf dem Arm. Wir rücken auseinander, um den Mann durchzulassen, und ich gehe durch die offene Tür. Es war wahrscheinlich ein glücklicher Zufall, dass der Mann uns unterbrochen hat. Wenn Louis mich wirklich geküsst hätte, wäre der Abschied nur noch schlimmer geworden. Jetzt muss ich nur noch Louis davon überzeugen, mich nach Hause zu bringen.

Ich beschleunige meine Schritte in der großen Eingangshalle und laufe durch die Tür. Draußen bleibe ich auf der Hälfte der Treppe stehen und sauge die frische Luft in meine Lunge. Okay, jetzt oder nie. Ich muss es so schnell wie möglich hinter mich bringen, sonst verliere ich noch ganz den Mut dazu. Hinter mir geht die Tür auf, und Louis läuft die Treppen runter, bis er genau auf der Stufe unter mir zum Stehen kommt.
„Eva, ich …" Mit meiner erhobenen Hand bedeute ich ihn, still zu sein. Denn egal was er jetzt sagt, es bringt mich nur ins Wanken. Doch ich muss das durchziehen, um ihn zu retten. Auch wenn mein Herz in tausend Teile zu zerspringen droht.

„Ich möchte nach Hause, Louis. Bitte bring mich wieder zurück." So es ist raus, ich beiße mir auf die Zunge, um die Tränen zurückzuhalten. Ich sehe Louis völlige Überraschung. Als hätte ich ihm eine Ohrfeige verpasst.

„Gefällt es dir hier nicht bei mir", fragt er leise. Mein Herz blutet.

„Das ist es nicht, ich will einfach wieder nach Hause. Meine Mutter braucht mich." Was eine furchtbare Ausrede. Als würde sie es überhaupt interessieren, was ich den ganzen Tag mache. Sein Gesichtsausdruck wechselt plötzlich in puren Trotz.

„Warum bist du dann überhaupt mitgekommen, wenn du da unten so wichtig bist?", blafft er mich an. Das scheint seine Art zu sein mit schlechten Situationen umzugehen. Wie er mir die Worte so an den Kopf knallt, tut trotzdem weh. Ich kann mich nicht zurückhalten und fauche zurück.

„Das ist doch völlig egal! Jetzt will ich zurück!", sage ich.

„Tja, dann hast du wohl Pech gehabt. Feuerbart wird niemals einfach wieder losfahren, nur um dich nach Hause zu bringen. Du musst also warten bis wir wieder losfahren, oder du suchst dir jemand anderen der dich zurückbringt", antwortet er, verschrankt die Arme vor der Brust und funkelt mich böse an.

Jetzt reicht es aber! Ich hätte nicht gedacht, dass er so darauf reagiert. Ich frage Feuerbart einfach, selbst wenn Louis sich jetzt aufführen will wie ein kleines Kind. Aber erst mal lasse ich ihn hier stehen.

„Gut, dann mache ich das!" Ich mache auf dem Absatz kehrt und verschwinde in der Menge der umherlaufenden Leute. Ich renne, als ich die Tränen nicht länger aufhalten kann. Dieses Mal soll er meine Tränen nicht sehen. Er soll nicht wissen, wie sehr mich seine Worte verletzt haben.

Ich renne, bis ich nicht mehr kann. An einer Straßenecke lehne ich mich an und sauge gierig die Luft ein. Mein Herz hämmert stetig von Innen gegen meine Brust. Was sollte das? Ich verstehe ja, dass er wütend ist oder es nicht versteht, aber das habe ich nicht verdient. Ich wische mir die letzten Tränen vom Gesicht. Jetzt kann er schmoren, ich habe zwar keine Ahnung, wo ich hingehen soll. Aber direkt zur Dragonfly will ich jetzt auch nicht zurück. Vielleicht laufe ich ihm dann in die Arme. Vor ein paar Tagen war er mir noch völlig fremd. Kaum zu glauben, dass ich mittlerweile fast ununterbrochen an ihn denke. Ich habe noch nie für jemanden so empfunden, schon gar nicht für einen Jungen.

Immer wieder sehe ich sein Gesicht vor meinem geistigen Auge. Wie sehr wünsche ich mir gerade, dass er nicht so stur wäre und die Gefahr erkennen würde, oder die Gefahr einfach gar nicht existieren würde. Das Leben könnte dann so viel einfacher sein. In diesem Moment schweifen meine Gedanken zu meinen Eltern ab. Bis jetzt habe ich kaum an sie gedacht. Es ist einfach zu viel passiert. Die Hoffnung, die ich in im Traum empfunden habe, ist in Louis' Gegenwart immer stärker geworden. Ich habe mich so geborgen und zuhause gefühlt. Auch wenn wir uns nicht so lange kennen, habe ich das Gefühl, dass wir zusammengehören. Und gerade jetzt, in diesem Durcheinander, möchte ich noch mehr bei ihm sein als zuvor. Ich schüttele den Kopf bei diesem schrägen Gedanken. Immer wenn man etwas nicht haben darf, will man es umso mehr.

Als ich mich von meiner Straßenecke entferne, merke ich, wie leer die Straßen auf einmal sind. Nur noch wenige Menschen laufen auf und ab. Die Stadt war gerade noch so lebendig, so farbenfroh. Jetzt ist es still und grau, irgendwie trist. Als hätte man ihr alle Farbe ausgesaugt.

Ich passe mich der Geschwindigkeit der Leute um mich herum an. Sie schlendern im Schneckentempo durch die schmalen Gassen.

Plötzlich finde ich mich auf dem Marktplatz wieder. Hier sind nur noch ein paar Stände geöffnet, und der Platz wirkt ebenso leer wie der Rest der Stadt. Als würde meine Umgebung mein Innerstes widerspiegeln. Ich bin ganz in Gedanken versunken, als sich meine Nackenhaare aufstellen. Irgendjemand scheint mich zu beobachten. In mir steigt Panik auf. Ist Louis mir vielleicht bis hierhin gefolgt? Ich überlege kurz, ob ich einfach losrennen soll, ich hätte jedoch keine vernünftige Erklärung für mein Verhalten, wenn er mich später darauf anspricht. Außerdem wünsche ich mir gerade nichts sehnlicher, als seine Hände an meinem Gesicht zu fühlen und ein paar tröstende Worte von ihm zu hören. Ich drehe mich langsam um und staune nicht schlecht, als ich erkenne, dass die Augen, in die ich schaue, nicht grün sind, wie erwartet, sondern braun-schwarz.

15

Louis

Sie hat mich einfach stehen lassen! Ich kann es immer noch nicht glauben. Und sie will mich verlassen! Ihre Worte hallen wie ein stetiges Echo in meinem Kopf wieder. Es ist doch einfach unfassbar, dass sie überhaupt darüber nachdenkt wieder zurückzugehen. Ich kann ja verstehen, dass sie ihre Eltern vermisst, wenigstens ein bisschen. Auch wenn sie erzählt hat, wie furchtbar es dort für sie ist: Familie bleibt eben Familie. Aber sie gehört hierhin, zu mir. Ich habe sie einfach weglaufen lassen und schon vermisse ich sie wie verrückt. Für einen kurzen Moment schien mir das die beste Idee. Jetzt bin ich mir da nicht mehr so sicher, aber etwas Abstand könnte uns gerade gut tun. Bevor noch jemand etwas sagt, das er später bereut.

Ich mache mich auf den Weg in Richtung Dragonfly. In Gedanken versunken laufe ich durch die Menge, als mich plötzlich jemand an der Hand berührt. Ich drehe mich abrupt um, in der Hoffnung, dass es Eva ist. Doch ich schaue in ein anderes vertrautes Gesicht. Rosa lächelt mir zu.

Ich lächle zurück. Sie zu sehen hebt meine Stimmung etwas. Ehe ich mich versehe, zieht sie mich in eine ihrer herzlichen Umarmungen. Ich genieße ihre Nähe für einen Augenblick. Genau das habe ich vermisst. Allerdings wird mir das auch immer nur dann bewusst, wenn ich sie wiedersehe.
„Wollen wir in meinen Laden gehen? Dann kannst du mir erzählen, was dich bedrückt", sagt sie sanft. Sie hat mir schon immer angesehen, wenn irgendwas passiert ist. Als ich mich schließlich aus ihrer Umarmung gelöst habe, folge ich ihr zu ihrem Laden. Dort setze ich mich auf einen der alten Lehnsessel, die schon früher im Kinderheim in ihrer Stube standen. Sie sind nur zwei der Überbleibsel, die ich Rosa damals in ihren Laden geschleppt habe. Das war wirklich ein verrückter Tag. Wir waren gerade für einen Zwischenstopp in Piemont angekommen, und ich wollte sie unbedingt besuchen gehen. Kaum hatte ich das Heim betreten, hatte sie mich schon mit dieser absolut abstrakten Idee überfallen. Ich war damals wirklich nicht begeistert davon. Außerdem passte dieser plötzliche Lebenswandel nicht wirklich zu ihr. Dass es dann eine Boutique sein musste, fand ich noch komischer. Vom Kochen zum Verkauf? Dieser Sprung erschien mir schon immer etwas außergewöhnlich.

Ich musste ihr den ganzen Tag helfen, die Möbel hierhin zu tragen. Damals dachte ich nicht, dass dieser Laden erfolgreich werden könnte. Aber immer wenn ich sie besuche, sagt sie mir: „Es reicht zum Leben", und ich denke, mehr braucht sie nicht. Sie hat mittlerweile neben mir Platz genommen und mustert mich. Sie wartet auf meine Geschichte.
„Eva will wieder nach Hause. Was ja wohl eine absolut verrückte Idee ist. Ich habe ihr gesagt, dass sie Feuerbart fragen muss, ob wir sie heimbringen können. Ich weiß nicht, warum ich das gemacht habe, aber ich will einfach nicht, dass sie geht. Auch wenn Sandbart diesen verrückten Plan hat, ich kann sie beschützen! Ich weiß, dass ich das kann! Außerdem weiß sie ja gar nichts von diesem Plan. Sie sagt, sie hätte Heimweh, aber ich weiß, dass sie lügt. Sie wird ihre Eltern sicherlich vermissen, aber dass sie wirklich zurück will, ist doch absurd. Bisher wirkte sie glücklich hier, bei mir. Ich will nicht, dass sie geht!"
Ich verschränke die Arme vor der Brust und starre stur an die Wand gegenüber während ich versuche wieder zu Atem zu kommen. Nachdem alles mal laut gesagt wurde, fühle ich mich irgendwie besser, auch wenn es sich jetzt wieder realer anfühlt.

In meinem Kopf drohte Evas Idee ihrer plötzlichen Abreise und unser Streit darüber, schon fast zu verblassen. „Welcher Plan von Sandbart?" Rosa schaut mich aufmerksam an. Mist! Das wollte ich ihr eigentlich gar nicht erzählen. Sie wird sich nur die schrecklichsten Sachen ausmalen.

„Denkst du nicht auch, dass ihr Plan abzureisen, überraschend kommt? Denkst du, sie will wirklich wieder nach Hause?", sage ich und ignoriere ihre Frage einfach.

„Louis, welcher Plan von Sandbart?", fragt sie eindringlicher. Na gut, das hat wohl nicht wirklich funktioniert.

„Sie wollen Eva als Köder für mich einsetzen. Ich habe aber keine Ahnung, um was es dabei geht." Rosas Augen werden auf einmal größer.

„Weißt du etwas darüber?", frage ich. Sie wirkt verlegen.

„Ich wollte noch …" Sie springt auf und fängt an, irgendwelche Kleidungsstücke zu sortieren, obwohl sie in meinen Augen schon perfekt sortiert sind. Sie weiß definitiv mehr. „Ich habe da eine Vermutung, aber ich bin mir nicht sicher", sagt sie schließlich, mit dem Rücken zu mir gewandt.

„Sag es mir einfach, bitte!", fordere ich sie auf. Unglaublich, dass sie mir nicht einfach sagt was sie weiß. Ich spüre die Wut langsam in mir hochkommen. Ich meine, weiß sie nicht, dass es hier potenziell um mein Leben gehen könnte, oder sogar um Leben und Tod. Wenn etwas hinter meinem Rücken geplant wird, will ich wenigstens die Gelegenheit bekommen mich darauf vorzubereiten.

„Es geht bestimmt um die schwarze Grotte." Oh nein! Nicht schon wieder diese Legende. Irgendwie habe ich das Gefühl dieser Mist verfolgt mich. „Rosa, ich glaube nicht an diesen Quatsch, das weißt du genau", stoße ich hervor. Das kann doch nicht wahr sein, dass sich heute alles um diese blöden Geschichten dreht.

„Nur weil du nicht daran glaubst, Louis, heißt das nicht, dass es nicht andere Menschen doch tun. Es gibt viele Leute im Wolkenreich die von diesem Quatsch sehr viel halten." Sie ist beleidigt, das war nicht mein Ziel. Ich versuche mir zusammenzureimen was das Ganze mit Sandbarts Plan zu tun haben soll. Diese Geschichten sind doch einfach zu verrückt. Wieso sollte man an etwas glauben, dass vor Jahren oder Jahrhunderten aufgeschrieben wurde?

„Entschuldige, Rosa, ich wollte nicht gemein sein. Aber Sandbart wirkt auch nicht wie jemand, der in den Archiven herumirrt, um alte Legenden zu lesen", sage ich. Wenn es nämlich wirklich um diese Legende geht, rutscht mir das Herz in die Hose. Immerhin sind einige, die sich auf die Suche nach dieser Höhle begeben haben, nie wieder zurückgekehrt. Es wurden schon früher die seltsamsten Dinge über diese Grotte erzählt. Erdenmenschen, die sich in der Dunkelheit verstecken und nur darauf warten, dir deine Geheimnisse zu entlocken, – natürlich nicht mit einer Tasse Tee und Kuchen, nein. Da soll es heiß her gegangen sein. Ich habe von Messerstechereien und Toten gehört. Einem sollen sie sogar die Zunge rausgeschnitten und dann vor seinen Augen gegessen haben. Beim Gedanken daran schüttelt es mich vor Ekel.
„Ist schon gut, mein Lieber, ich weiß, dass du es nicht böse meinst. Aber ich muss dir sagen, dass es vielleicht keine schlechte Idee ist, Eva nach Hause gehen zu lassen", antwortet sie. Ich bin so überrascht, das ich einen Moment brauche um zu kapieren, dass mein Mund offen steht. Das hat sie gerade nicht wirklich gesagt, oder?

„Das ist nicht dein Ernst, oder?", frage ich sie entsetzt. Ich kann nicht glauben, dass sie mir so in den Rücken fällt! Mir wird auf einmal ganz kalt, aber im Inneren. Es fühlt sich an wie Eis und verteilt sich mit jedem Herzschlag in meinem Körper.

„Ich weiß, dass du es nicht wahrhaben willst. Aber wenn Sandbart wirklich vorhat, sie als Köder zu benutzen, dann ist sie zu Hause wohl am sichersten. Auch wenn du denkst, dass du sie beschützen kannst, für euch beide wird deine Kraft nicht reichen. Einer von euch wird am Ende ungeschützt sein." Ihre Worte treffen mich wie ein Schlag. Ich weiß gar nicht wie ich darauf reagieren soll.

„Das ist ein Scherz oder? Das kannst du nicht ernst meinen! Warum sollte ich sie nicht beschützen können?", blaffe ich ihr entgegen, während die Wut in einem Rutsch durch meinen Körper saust. Ihre Augen verengen sich zu Schlitzen während sie mich anschaut.

„Vergreifst du dich nicht gerade ein bisschen im Ton? Ich kenne zwar deine Stimmungsumschwünge zur Genüge, aber das hier lasse ich mir nicht gefallen!" , sagt sie scharf und hebt dabei drohend einen Zeigefinger.

„Wenn du so einen Schwachsinn von dir gibst, bleibt mir ja wohl nichts anderes übrig.", ich verschränke die Arme vor der Brust und schaue sie wütend an.
„Louis, sei doch vernünftig! Du kannst sie nicht davon abhalten zu gehen. Und du solltest nicht dein Leben aufs Spiel setzen für irgendein Mädchen – egal wie wichtig sie dir im Moment erscheint." Während sie ganz ruhig spricht, versucht sie meinen Arm zu berühren. Ich gebe ihr keine Gelegenheit, mich anzufassen. Mit einem Satz stehe ich auf meinen Füßen und balle die Hände Zu Fäusten Ich weiß genau, dass ich sie grün und blau schlagen würde, wenn es nicht Rosa wäre, die gerade mit mir spricht. Ich habe das Gefühl, der Raum hier wird immer kleiner und enger. Ich brauche Luft, ich muss hier raus! Ich laufe zur Tür. Kurz bevor ich sie erreicht habe, drehe ich mich noch mal zu Rosa um.
„Ich habe keine Ahnung, wer dir gesagt hat, dass du alles weißt! Aber diesmal irrst du dich. Eva ist nicht irgendein Mädchen. Sie gehört zu mir, und ich werde sie beschützen. Ich kann uns beide beschützen." Meine Stimme ähnelt mittlerweile einem knurrenden Hund. Ich verlasse den Laden fluchtartig, um Rosa keine Möglichkeit zu geben, etwas zu erwidern.

Die Traurigkeit die, ich in ihrem Blick gesehen habe, lässt mich vor der Tür einen Moment innehalten. Doch ich kann und will ihr gerade nicht verzeihen oder mit ihr weiterreden. Ich denke, wenn sie noch etwas sagt, drehe ich völlig durch. Dann nimmt das hier wahrscheinlich kein gutes Ende. Diego schleckt mir sanft über die Wange. Ich glaube, auch er ist entsetzt über die letzten Minuten. „Tja, Kleiner, das war ja mal eine heftige Debatte", flüstere ich ihm zu und kraule kurz seinen Kopf.
Hoffentlich ist Eva auf der Dragonfly. Ich muss sie jetzt unbedingt sehen und in den Arm nehmen. Ich wünsche mir gerade nichts mehr ‚als sie festzuhalten und ihre Wärme zu spüren. Um dieses kalte Gefühl in mir loszuwerden, das mich von Innen erfrieren lässt.
Ich renne so schnell ich kann und begrüße die frische Luft in meinen Lungen. Jeder schmerzende Atemzug treibt mich weiter voran, näher zu Eva, weiter hin zu ihrer Wärme, meinem Rettungsanker in dieser eisigen Kälte.

Außer Puste erreiche ich den Hafen und stolpere den Steg zur Dragonfly entlang. Als ich die Holzplanke erreicht habe, die auf das Schiff führt, ist Karl gerade dabei, Kisten herunterzuschleppen.

Muss das denn wirklich gerade jetzt sein, wenn ich es eilig habe? Ich versuche, mich an ihm vorbeizuschieben und laufe direkt zur Tür, die ins Innere des Schiffes führt. An meinem Zimmer angekommen, bleibe ich kurz stehen. Ich muss mir erstmal im Kopf zurechtlegen, was ich ihr sagen kann. Sie wird immer noch ziemlich sauer sein. Das Ganze ist wirklich eine verzwickte Situation. Ich sollte sie vielleicht zuerst reden lassen, das ist doch sowieso eher so ein Mädchen-Ding, das Reden. Also, das ist der Plan: Sie erzählt, und ich versuche, verständnisvoll zu sein. Und dann sage ich ihr, dass sie auf keinen Fall gehen kann. Ja, das klingt doch gut. Diego hechelt aufgeregt neben meinem Ohr. Ich öffne die Tür und betrete den Raum. Ich beobachte Diego, wie er aufgeregt im ganzen Zimmer herumschwebt und sie sucht, doch sie ist nicht da. Ich lasse mich frustriert auf mein Bett sinken. Wo ist sie nur hin? Da fällt mir ein, dass sie ja Feuerbart fragen wollte, ob wir sie nach Hause bringen, vielleicht ist sie also noch bei ihm. Ich pfeife kurz, Diego flitzt zurück auf seinen Stammplatz, und wir machen uns auf den Weg zur Kapitänskajüte.

Ich klopfe an und warte auf Feuerbarts Antwort.
„Ja, herein!", tönt es gedämpft durch die Tür. Ich öffne sie und bin erstaunt, als ich Feuerbart alleine an seinem großen Schreibtisch sitzen sehe.

Vor ihm liegt die Karte des Wolkenreiches ausgebreitet. Ich bin immer wieder erstaunt, wie weit sich die verschiedenen Städte und Geheimnisse erstrecken, und die meisten Teile dieser Karte sind noch gar nicht erforscht. Es gibt immer noch Stellen, an denen nichts eingezeichnet ist. Feuerbart hat in Blautönen jede Reiseroute eingetragen, die er in den letzten Jahren gefahren ist. Die verschiedenen Städte, in denen auch Menschen leben, sind grün eingezeichnet, und die Schätze sind mit einem roten Kreuz gekennzeichnet. Die Karte nimmt den ganzen, zwei Meter breiten Schreibtisch ein. Darauf liegen verschiedene Papiere und Bücher, die ich schon mal in den Archiven gesehen habe. Das eine davon erzählt die ganze Geschichte des Wolkenreiches. Wirklich alle wichtigen Sachen der letzten Jahrhunderte stehen da drin, zum Beispiel auch die verschiedenen Könige. Als ich noch jünger war, habe ich diese Bücher unheimlich gerne gelesen. Ich fand es wirklich spannend zu erfahren, wie das Wolkenreich zu dem wurde, was es heute ist. Ich denke, Feuerbart plant wohl die nächste Reise. Wenn ich nicht gerade andere Sorgen hätte, würde mich brennend interessieren, was er vorhat. Er sieht zu mir auf, als ich den Raum betrete.
„Hallo Louis, kann ich etwas für dich tun?", fragt er überrascht.

„Hallo, ich suche Eva, ist sie dir in letzter Zeit hier begegnet?" Ich glaube nicht, dass sie hier war. Mein Herz fängt an schneller zu schlagen. „Nein, wieso? Ist irgendwas passiert? Ich dachte, sie ist mit dir unterwegs", sagt er verblüfft. Sie war auch mit mir unterwegs, aber wir haben uns gestritten. Ich bin davon ausgegangen, dass sie zu dir kommt, um dich etwas zu fragen. Doch jetzt mache ich mir große Sorgen, weil sie nicht hier ist und ich echt keine Ahnung habe, wo sie hin ist."

Wo zum Donner kann sie nur stecken? Mich überkommt ein furchtbares Gefühl. Was, wenn ihr etwas passiert ist? Warum habe ich sie weglaufen lassen? Ich könnte mich gerade selbst ohrfeigen für diese Dummheit. Feuerbart schaut mich genauso verwirrt an, wie ich mich gerade fühle. Ich muss sie suchen. Ich will gerade den Raum verlassen, als Feuerbarts Worte mich aufhalten.

„Wo willst du hin? Was wollte Eva mich fragen? Was ist hier überhaupt los, Louis?" Als ich mich umdrehe bemerke ich, dass er aufgestanden ist. Er sieht angespannt aus. Ich freue mich, dass er über ihre Abwesenheit genauso aufgeregt ist wie ich. Das macht uns zu Verbündeten.

„Ich muss sie finden! Sie wollte fragen, ob wir sie nach Hause bringen können. Ich war so blöd ihr zu sagen, dass sie selber fragen muss. Ich hätte direkt ja sagen sollen. Doch mein verdammter Stolz war mir im Weg. Jetzt muss ich sie finden, bevor Sandbart sie findet", sage ich schnell. Ich drehe mich wieder um und lasse Feuerbart in dem großen Raum zurück. Ich habe gerade erst zwei Schritte auf dem Flur zurückgelegt, als Feuerbart mich an der Schulter packt.

„Was hat Sandbart damit zu tun?", fragt er. Sein Blick ist einschüchternd, er durchdringt mich, und ich fühle mich auf einmal ganz klein.

„Er will sie als Köder für mich benutzen." Kaum habe ich das gesagt, verdüstert sich Feuerbarts Blick. Er sieht jetzt fast unheimlich aus. Ich wollte mich jetzt gerade nicht mit ihm anlegen und bin heilfroh, dass er nicht auf mich sauer ist, sondern auf ihn.

„Woher weißt du das?" Seine Worte sind nur ein Zischen zwischen zusammengebissenen Zähnen. Das alles hier scheint größer zu sein, als ich anfangs dachte. Vielleicht hätte ich mich doch mehr mit diesen Legenden auseinandersetzen sollen.

Mittlerweile schleicht sich auch der Gedanke in meinen Kopf, dass alle um mich herum mehr wissen als ich und mir keiner auch nur ein Sterbenswörtchen darüber erzählt hat. Kurz überkommt mich ein Anfall von Trotz, doch ich kämpfe ihn nieder. Ohne meine Verbündeten habe ich keine Chance, Sandbart oder irgendjemanden aufzuhalten. Also muss das erstmal warten. Ich habe Feuerbart bisher nie so gesehen, ich habe ihn immer nur ruhig und beherrscht erlebt. Ich kann mich nicht erinnern, dass er jemals so aggressiv war wie gerade.

„Ich habe ihn bei einem Gespräch belauscht. Da hat er das Lenni und Pietie gegenüber erwähnt", sage ich und seine Augen werden groß, als ich Pieties Namen erwähne.

„Seit wann weißt du das? Weiß Pietie, dass du es weißt?", fragt er. Seine Gefühle sind nicht wirklich zu deuten, aber ich glaube er versucht sich Pieties Rolle innerhalb dieser verworrenen Geschichte auszumalen. Ich selbst weiß ja auch noch nicht wirklich was ich davon halten soll, dass er mit denen gemeinsame Sache macht. Doch die Beweise sprechen einfach gegen ihn.

„Ich bin ihnen letzte Nacht gefolgt, als sie sich heimlich mit Sandbart an dem alten Kinderheim getroffen haben. Dort habe ich sie bei ihrem Gespräch belauscht", antworte ich schließlich.

„Ich wusste, dass er die Legende nicht einfach so erwähnt hat bei unserem gemeinsamen Abendessen. Wie konnte ich nur glauben, dass er aus reiner Neugier mit mir darüber spekuliert, was sich in dieser Grotte für ein Schatz verbirgt? Wenn ich Pietie erwische, kann er was erleben!"
Feuerbarts Augen funkeln vor Zorn und Enttäuschung.
„Ich kann mir nicht vorstellen, dass Pietie mitbekommen hat, dass ich ihnen gefolgt bin." Sonst hätte er mich sicherlich schon ausgequetscht.
„Gut, lass uns losgehen. Wir müssen Eva finden, und vielleicht haben wir Glück und laufen Pietie über den Weg. Bestimmt kann er etwas Licht in die Sache bringen."
Feuerbart läuft an mir vorbei in Richtung Deck. Ich folge mit etwas Abstand. Ich hoffe, dass wir Eva in der Stadt finden und sie sich nur verlaufen hat, oder so etwas. Doch innerlich wappne ich mich schon für die schreckliche Vorstellung, dass sie Pietie oder Lenni in die Arme gelaufen ist und diese sie entführt haben. Ich schwöre mir selbst, dass ich die beiden töte, wenn sie ihr etwas angetan haben. Feuerbart wartet an Deck auf mich, und wir teilen uns die Stadt untereinander auf. Ich mache mich mit Diego auf den Weg in den westlichen Teil von Piemont.

Feuerbart übernimmt den östlichen Teil, und wir verabreden, in zwei Stunden zurück am Schiff zu sein. Hoffentlich mit Eva und Pietie. Das ist auch der einzige Gedanke, der mir die ganze Zeit im Kopf herumgeht: Eva endlich wiederzusehen. Ich habe das Gefühl, sie tagelang nicht gesehen zu haben. In meiner Brust klafft ein Loch, das nur ihre Anwesenheit schließen kann. Als ich die Häuser an der Straße erreicht habe, fange ich an zu rennen, um meinen Schmerz zu betäuben.

16

Eva

Ich starre Lenni einen Moment lang mit offenem Mund an, weil ich nicht weiß, was ich sagen soll. Dann fällt mir wieder ein, dass ich gerade geheult habe, und ich wische mir mit gesenktem Blick über mein Gesicht. Er macht einen Schritt auf mich zu, ich gehe instinktiv einen zurück.

„Eva? Was machst du hier ganz alleine?" Seine Frage klingt neugierig, fast mitleidig. Ich weiß nicht, was ich von ihm halten soll. Auf mich wirkt er ganz nett, doch Louis Erzählung über Sandbart und seine Crew macht mich nervös. „Geht es dir nicht gut?", fragt er vorsichtig. Ich hebe meinen Kopf und schaue ihm in die Augen, doch darin ist keine Gehässigkeit, sondern aufrichtiges Mitgefühl. Ich glaube, dass er sich wirklich Sorgen um mich macht. Tja, Louis, wer hätte das gedacht? Der Typ, den du hasst, ist derjenige, der mich jetzt trösten will.

„Ja, geht schon." Meine Stimme klingt heißer von all den Tränen der letzten Zeit.

„Willst du mir erzählen, was passiert ist?", fragt er und seine Frage versetzt mir einen Stich im Herzen.

Ich beiße mir auf die Zunge um nicht gleich wieder los zu heulen. Der Streit mit Louis steckt mir einfach zu tief in den Knochen. Der Gedanke an seine Augen, der Schmerz der in ihnen lag und meine blöde Ausrede. Warum kann das hier nicht alles einfacher sein? Die Gedanken in meinem Kopf fahren Achterbahn, während Lenni mich weiterhin fragend ansieht. Ich bin mir nicht sicher ob ich ihm wirklich vertrauen kann und ob es eine gute Idee wäre, ihm von dem Streit mit Louis zu erzählen. Doch ein Blick in seine aufrichtigen Augen lässt mich alle Zweifel vergessen. Was soll schon passieren, wenn er es weiß? Er wird wohl nicht zu Louis laufen und ihn zur Rede stellen. Vielleicht ist eine objektive Meinung zu der Sache gar nicht verkehrt.
„Louis und ich haben gestritten. Ich möchte gerne nach Hause, doch Louis will mir dabei nicht helfen. Er scheint es einfach nicht zu verstehen und sagt, ich müsse Feuerbart selbst fragen, ob er mich hinbringt. Die fahren nicht extra nur für mich hier weg. Oder ich muss jemanden finden, der mich zurückbringt. Er ist richtig sauer geworden, da bin ich weggelaufen. Tja, und dir begegnet." Die Legende lasse ich lieber unerwähnt. Wer weiß, wer uns hier zuhören kann. Ich will lieber nichts riskieren.

Lenni scheint meine Worte in seinem Kopf abzuwägen. Man kann es richtig in seinem Gesicht beobachten, wie er über irgendwas nachdenkt.

„Wollen wir uns irgendwo hinsetzen? Dann können wir darüber reden?", sagt er schließlich. Ich nicke und folge ihm durch die schmalen Gassen, bis wir schließlich vor einer Art Café anhalten. Zumindest glaube ich, dass es ein Café ist. Vor dem alten Steingebäude stehen mehrere runde Tische und wild zusammengewürfelte Stühle. Manche der Tische sind besetzt mit Leuten, die aus großen Tassen wahrscheinlich Kaffee trinken. Lenni steuert zielsicher auf den Eingang zu. Ich bin ihm dankbar, dass er drinnen sitzen will. Ich weiß zwar nicht, ob Louis hier vorbeilaufen würde, aber dieses Risiko will ich nicht eingehen. Im Inneren wiederholt sich in einem kleinen Raum die Anordnung der Tische und Stühle. An der rechten Wand ist eine lange Theke aufgebaut. Lenni bleibt kurz davor stehen und flüstert irgendwas mit dem Mann, der dahinter steht. Ich höre ihnen nicht zu, sondern schaue mich in dem Raum um. Hier sitzt nur ein Gast, ganz allein in der hintersten Ecke. Er hat ein großes Glas vor sich stehen, an dem er regelmäßig nippt.

Ich vermute, es ist Bier, zumindest hat es die gleiche Farbe. Ich zucke zusammen, als Lenni seine Hand auf meine Schulter legt. Er zieht sie sofort weg und sieht mich etwas überrascht an. „Wir können uns setzten, ich habe Limo bestellt. Die machen hier wirklich die beste. Ganz frisch und nur mit Zutaten, die sie hier außerhalb von Piemont pflücken können. Ich hoffe, das war okay." Er sieht mich zerknirscht an. Ich schenke ihm ein kleines Lächeln.
„Klar, das klingt wundervoll", antworte ich denn trotz allem, was mir so im Kopf herumgeht, möchte ich nicht unhöflich sein. Lenni war bisher richtig nett, ohne dass er das gemusst hätte. Außerdem bin ich froh, dass er keinen Kaffee bestellt hat. Den hätte ich nicht getrunken. Ich habe ihn zwar bisher erst einmal probiert, doch seitdem kann ich mir nicht erklären, warum alle so darauf abfahren. Lenni geht zu einem der Tische und deutet auf den Stuhl neben sich. Ich entscheide mich lieber für den, der ihm gegenüber steht. Ich fühle mich nicht wohl, so nah neben ihm. Ich kann nicht sagen warum, aber gegenüber ist mir einfach lieber. Wir sitzen schweigend da, bis unsere Limo von einer jungen Frau serviert wird. Sie lächelt uns freundlich an und zwinkert Lenni zu, als sie wieder davonläuft.

Sie scheint ihn also zu kennen oder findet ihn einfach nur süß, keine Ahnung. Ich nippe an meiner Limo. Sie schmeckt wirklich gut. Lenni hat nicht zuviel versprochen. Irgendwie frisch, nach Zitrone und ein bisschen scharf, aber nur ganz leicht, so wie Ingwer. Ich nehme direkt noch einen Schluck,
und bemerke Lennis Blick auf meinem Gesicht.
„Und? Gut?", fragt er, als ich ihn anschaue.
„Ja, lecker", murmele ich zurück, während ich einen Eiswürfel in den Mund nehme und ihn lutsche. Die Kälte fühlt sich angenehm an in meinem Mund und verteilt den intensiven Geschmack von Zitrone weiter auf meiner Zunge. Lenni entwickelt sich zu einem angenehmen Gesprächspartner, er erzählt mir witzige Geschichten aus dem Kinderheim, in dem er und Louis früher gewohnt haben, obwohl er immer wieder versucht, seinen Namen nicht zu erwähnen. Ich höre ihm aufmerksam zu und erzähle ein bisschen von meiner Familie und meinem Leben in der Menschenwelt. Währenddessen nippen wir regelmäßig an unserer Limo. Nach meiner Geschichte über die letzte Klassenfahrt, bei der einem aus der Parallelklasse die Hose am Hintern aufgerissen ist, als er sich gebückt hat, läuft Lenni vor Lachen die Limo aus der Nase. Was uns natürlich nur noch mehr lachen lässt.

In diesem Moment lässt der Druck in meinem Inneren endlich etwas nach. Ich muss mir den Bauch halten vor Lachen, als er versucht, die Limo mit einem Tuch aufzuwischen und dabei etwas rot wird.

Dann schaut er mich wieder ernst an. „Wir fahren heute raus, du kannst bestimmt mitkommen. Wir bringen dich nach Hause", sagt er als wir uns wieder etwas beruhigt haben. Wow! Das kam überraschend. Damit hatte ich nicht gerechnet. Die Frage ist nur, ob ich dieses Angebot annehmen sollte. Es ist klar, dass Louis mich niemals mit Lenni mitgehen lassen würde, aber hierzubleiben ist auch keine Option. Wenn Sandbart wirklich Piemont verlassen will, wird er wohl auch keine Gefahr mehr für Louis sein. Vielleicht kann ich einfach mit ihnen von hier verschwinden, ohne dass Louis etwas davon erfährt. Er hat ja schließlich gemeint. ich solle mir jemanden suchen, der mich nach Hause bringt. Mit ihnen zu fahren wäre daher eine annehmbare Lösung, denn ich bin mir sicher, dass ich es mir anders überlege, wenn ich Louis noch mal in die Augen schauen kann. Es wäre ein Leichtes für ihn, mich zu überzeugen zu bleiben, aber ich will keine unvorhersehbare Gefahr für ihn mehr sein.

„Meinst du es ernst? Also, dass ihr mich nach Hause bringt?", frage ich ihn und trinke den Rest meiner Limo aus.

„Ja sicher, sonst würde ich es dir nicht anbieten. Wenn du willst, können wir uns sofort auf den Weg zum Schiff machen."

Er steht auf, streckt seine Hand nach mir aus und guckt mich erwartungsvoll an. Was soll schon passieren? Ich nicke und reiche ihm meine Hand, während ich auch aufstehe. Doch als sich unsere Finger berühren, ziehe ich meine Hand wieder zurück. Das fühlt sich nicht richtig an. Louis ist der Einzige, bei dem mir dieses Händchenhalten nichts ausmacht, auch wenn ich ihn nicht richtig kenne. Wir sind verbunden, seitdem wir uns das erste Mal gesehen haben; es fühlt sich an wie ein unsichtbares Band. Mit Lenni fühlt sich das anders an, zwischen uns fühle ich nicht diese Verbindung wie bei Louis, es ist einfach anders.

„Geh voran, ich folge dir." Er steckt seine Hand in die Hosentasche, dreht sich um, und wir verlassen das Café. Beim Vorbeigehen drückt er der Bedienung noch ein paar Münzen in die Hand. Draußen wendet er sich in Richtung Hafen. Ich folge ihm mit etwas Abstand.

Was mache ich hier? Jetzt laufe ich dem nächsten fremden Jungen hinterher, wie ein kleiner Schoßhund. Klar sieht auch er wirklich gut aus, seine markanten Gesichtszüge bilden fast einen perfekten rechten Winkel und auf seinen Wangen liegt ein leichter Bartschatten, der ihn etwas älter wirken lässt, als er ist. Als ich ihn vorhin fragte, sagte er mir, dass er noch sechzehn ist und in den nächsten Wochen wohl schon siebzehn wird. In seinen Augen schwingt immer etwas Geheimnisvolles mit. Er ist nett, doch er ist eben nicht Louis. Es ist verrückt, wie ich in meinem Kopf die Vorzüge der beiden vergleiche. Auch bei ihm kann ich die Muskeln erkennen, die sich unter seinem eng anliegenden Shirt mit jedem Schritt rhythmisch bewegen. Seine braunen Haare reichen ihm fast bis zu den Schultern. Sie schauen unter dem roten Kopftuch hervor, das er genauso trägt wie ich meines. Louis gewinnt schließlich den Vergleich. Er ist einfach mehr, soviel mehr als nur eine schöne Erscheinung.

Ich wende den Blick von ihm ab, als wir am Hafen ankommen und ich die Dragonfly entdecke. Es wäre ein Leichtes, mich jetzt einfach von Lenni zu verabschieden und das Schiff zu betreten.

Aber dann begegne ich Louis, und dieses ganze Hin und Her über meine geplante Abreise geht wieder von vorne los. Nein, ich werde jetzt mit Lenni nach Hause fahren. Stumm verabschiede ich mich von Steve, Feuerbart, Diego und sogar von Pietie. Ganz zum Schluss auch von Louis. Wer weiß, was aus uns geworden wäre, wenn die Dinge anders wären. Jetzt sehe ich ihn wahrscheinlich nie wieder. Ich versuche, die Tränen herunter zu schlucken, während ich weiter hinter Lenni herlaufe. Wir verlassen den Teil des Hafens, an dem die größeren Schiffe festgemacht sind. Lenni führt mich zu einem kleinen Boot. Es ist ein Motorboot, nur hat es anstatt eines Motors einen kleinen Propeller am Heck. Auch wenn mir gerade gar nicht danach ist, muss ich grinsen bei dem Anblick. Es bietet gerade mal Platz für zwei Leute. Ich gehe näher ran und erkenne die kleine weiße Wolke, die den unteren Teil des Bootes verdeckt.

„Damit fahren wir raus zum Schiff", durchbricht Lenni meine Gedanken. „Die Liberty liegt etwas weiter draußen, die Plätze am Hafen waren schon alle besetzt." Lenni zuckt mit den Schultern.

Irgendwie schleicht sich Misstrauen in meine Gedanken: Sind wirklich alle Plätze im Hafen besetzt oder will hier niemand, dass dieses Schiff zu nah an die Stadt heran kommt? Schnell verwerfe ich den Gedanken wieder und steige mit Lennis Hilfe in das kleine Boot. Er macht sich kurz an dem Propeller zu schaffen, der dann schließlich surrend zu Leben erwacht. Mit einem Ruck bewegt sich das Boot vom Hafen und Piemont weg. Ich muss mich an der Holzbank festhalten, um nicht nach hinten zu kippen. Als wir etwas weiter von den anderen Schiffen entfernt sind, dreht Lenni den Propeller weiter auf, und wir sausen mit enormer Geschwindigkeit in den Himmel hinaus. Ich drehe mich noch einmal um und schaue mir die Stadt an, die immer kleiner wird. In den letzten Tagen habe ich hier soviel erlebt und endlich einen Platz gefunden, an dem ich mich wohlgefühlt habe. Was aus uns geworden wäre, wenn diese Legende nicht ein Teil von Louis' Leben wäre? Ich spüre die Tränen in meinen Augen, die Piemont nur noch in einem verschwommenen Nebel erscheinen lassen.

Ein perfektes Abbild meiner Gefühle. Ich drehe mich schließlich um, und der Wind bläst meine Tränen davon. „Da ist die Liberty!", ruft Lenni mir zu und zeigt auf ein hellbraunes Schiff, das in der Ferne immer größer wird. Ich lege den Kopf in den Nacken und sauge den Fahrtwind auf – als Vorbote eines neuen Anfangs oder als Ende einer wunderbaren Zeit.

17

Lenni umrundet die Liberty einmal und hält dann an der linken Seite an. Hier hängt eine wackelige Strickleiter, die hinauf zum Deck des Schiffes führt. Das untere Ende verschwindet in der Wolke, die das Schiff umgibt. Ich hoffe, dass das nicht der einzige Weg an Bord ist, doch Lennis Gesicht verrät mir, dass ich wohl daran hochklettern muss. Ich gehe zum Rand unseres kleinen Bootes und versuche die Strickleiter zu erreichen, ohne darüber nachzudenken, dass unter mir nichts ist als endlose Tiefe. Ich schaffe es, meinen Fuß auf eine der Sprossen zu stellen und mich an einer anderen weiter oben festzuklammern. Ich steige langsam etwas höher. Die ganze Leiter bebt unter meinen zitternden Händen. Nach zwei weiteren Stufen bewegt sich die Leiter noch stärker, und ich klammere mich noch fester an sie. Mir schießen tausend Gedanken durch den Kopf und zahlreiche Bilder, wie ich falle und unten auf der Erde aufklatsche. Ich versuche gleichmäßig zu atmen, bevor mich noch eine Panikattacke erfasst. Die könnte ich jetzt wirklich nicht gebrauchen.

„Eva, du hast es fast geschafft. Es sind nur noch ein paar Stufen bis zum Deck. Denk einfach nicht drüber nach und klettere weiter." Lenni redet beruhigend auf mich ein, doch seine Worte haben keinen Effekt. Die Panik steigt einfach weiter in mir auf. Unter mir ist nichts als eine Wolke, und danach folgt ein unendlich tiefer Fall, mit dem sicheren Tod als Belohnung, wenn ich auf die Erde krache. Ich schiebe diese Gedanken beiseite und schaffe es mit den Händen bis zur Reling, doch dann verlieren meine Füße den Halt. Ich rutsche ab. Für den Bruchteil einer Sekunde zieht mein Leben an mir vorbei, meine Eltern, Louis, die letzten Tage, und ich bereue auf einmal so viel. Doch am meisten bereue ich, dass ich Louis nicht geküsst habe. Das ist der einzige Gedanke, der mich gerade beschäftigt. Plötzlich spüre ich, wie ich an den Händen hochgezogen werde. Ich kann nicht erkennen wer es ist, der mich da über die Reling zieht, doch ich bin ihm unendlich dankbar.

Als ich endlich wieder festen Boden unter den Füßen habe, geben meine Knie nach. Ich starre vor mir auf die Holzplanken. Hinter mir höre ich Lenni, der gerade aufs Deck springt. Er legt seine Hand auf meine Schulter, doch von ihr geht keine Wärme aus wie bei Louis. Lenni ist mir einfach noch zu fremd.

„Du hast es geschafft, Eva, du bist in Sicherheit. Willkommen auf der Liberty", flüstert er mir zu. Ich blinzele eine Träne weg und sehe dann, dass vor mir jemand steht. Vermutlich der Mann, der mich an Bord gezogen hat. Ich atme tief durch und stehe vom Boden auf. Lennis Hand verschwindet von meiner Schulter, und er stellt sich neben den Mann. Er ist groß und breit gebaut, seine Augen sind grauschwarz, seine Kleidung ist untypisch für das Wolkenreich. Er trägt so etwas wie einen der schicken Anzüge meines Vaters, so einen schwarzen Frack und eine schwarze Anzugshose. Auf jeden Fall overdressed für einen Piraten. Die Hälfte seines Gesichtes ist hinter einem sandfarbenen Bart versteckt. Jetzt fällt der Groschen: Das muss Sandbart sein! Sein Blick ist freundlich und neugierig, doch ich erkenne auch etwas anderes. Er versucht offenbar, mich zu durchschauen. Ich will seinem direkten Blick ausweichen, vergesse aber trotzdem nicht meine gute Erziehung. Also gehe ich einen Schritt auf ihn zu und strecke ihm meine Hand entgegen.
„Hallo, ich bin Eva. Vielen Dank für Ihre Hilfe gerade." Ich werde rot vor Scham. Das kann auch nur mir passieren, dass ausgerechnet der Kapitän mir auf das Schiff helfen muss. Zu meiner Überraschung lächelt er mich freundlich an.

„Eva, es ist mir wirklich eine ausgesprochene Freude, dich kennenzulernen. Nur, was führt dich auf mein Schiff?" Seine Stimme vibriert in meinem Inneren, er spricht sehr tief. Er gehört wohl zu den Menschen, die einem nur durch ihre Stimme Respekt einflößen. Ich habe auf jeden Fall jetzt schon eine Gänsehaut.

„Ich habe sie in der Stadt getroffen. Sie braucht eine Mitfahrgelegenheit nach Hause. Ich habe ihr angeboten, mit uns zu fahren, da wir heute noch aufbrechen wollten. Ich dachte, das wäre in Ordnung." Lenni wirkt eingeschüchtert neben dem Kapitän. Ich hatte eigentlich das Gefühl, dass er nicht wirklich etwas auf Autoritäten gibt. Doch hier scheint die Sache anders zu sein. Sandbart sieht ihn einen Moment abschätzend an, dann wendet er sich mir wieder mit einem Lächeln zu.

„Sicher kannst du mit uns fahren. Wir lassen dich einfach unterwegs raus. Wir fahren in einer Stunde los. Lenni kann dir in der Zwischenzeit alles zeigen, unter anderem auch einen Platz zum Schlafen. Ich hoffe, du fühlst dich wohl bei uns. Bis nachher." Sandbart nickt uns beiden zum Abschied zu und geht in Richtung Heck davon. Das gibt mir die Gelegenheit, das Schiff genau anzuschauen.

Es scheint genauso groß zu sein wie die Dragonfly, doch alles hier ist aus hellem Holz, nur die Reling und die Türen, die in das Innere des Schiffes führen, sind schwarz.

„Bist du bereit, dir das Schiff anzusehen? Oder möchtest du zuerst dein Zimmer sehen?", fragt er und unterbricht so meinen visuellen Rundgang an Deck.

„Nein!", antworte ich mit heftigem Kopfschütteln. Alles, nur nicht das! Mit all meinen Gedanken an Louis und meine spontane Abreise, ohne mich zu verabschieden, will ich jetzt nicht in einem Zimmer alleine sein. „Zeig mir bitte das Schiff." Lenni wirkt amüsiert. Mein Gesicht spiegelt wohl meine Gedanken wider. Er versucht es zwar zu verbergen, aber ich sehe es an seinen Augen.

„Gut, dann komm!", sagt er und geht voran in Richtung Bug des Schiffes. Dort zeigt er mir die Galionsfigur der Liberty. Es ist eine bronzefarbene Frau. Sie sieht sehr schön aus, sie trägt nichts außer einem Tuch, das ihre Blöße bedeckt. Ihre Haare wehen im Wind, und sie hält auf ihrer ausgestreckten Hand einen Vogel. Sie sieht glücklich aus, wenn man das von einer Bronzefigur behaupten kann. Ich ertappe mich dabei, wie ich sie mit der Libelle an der Dragonfly vergleiche.

Doch da kann sie nicht mithalten, die Libelle war viel aufwändiger verarbeitet. Als nächstes zeigt Lenni mir die Räume im Inneren des Schiffes. Aus den Gefängnisräumen bin ich jedoch direkt rückwärts wieder rausgestolpert. Der Geruch darin ist furchtbar. Dort verfault bestimmt gerade etwas – oder jemand. Ich möchte nicht darüber nachdenken. Bevor wir zu meinem Zimmer kommen, zeigt Lenni mir noch seines. Es ist etwas kleiner als Louis' Zimmer, und es steht nichts drin, außer einem großen Bett. Es wirkt unfreundlich und kalt. Bei Louis war mehr Wärme zu spüren. Warum kann ich nicht aufhören, die zwei zu vergleichen? Jeder Gedanke an Louis versetzt mir einen kleinen Stich im Herz. Ich muss endlich damit aufhören!

Schließlich stehen wir vor einer weiteren schwarzen Holztür. Sie liegt nicht weit von der Kapitänskajüte entfernt. Ich hatte eigentlich gar nicht damit gerechnet, ein eigenes Zimmer zu bekommen, aber ich bin froh, dass ich weder mit den anderen Piraten noch mit Lenni ein Zimmer teilen muss. Er öffnet die Tür und lässt mich vorangehen. Das Zimmer ist klein und praktisch eingerichtet. Es gibt ein großes Bett und einen kleinen Schreibtisch, auf dem ein hübscher Strauß Wildblumen steht.

Durch ein kleines Fenster fallen die letzten Sonnenstrahlen und erhellen den Raum.
„Ich lasse dich jetzt mal kurz alleine, ich muss beim Ablegen helfen. Ich hole dich in einer halben Stunde zum Abendessen wieder ab." Ich nicke, und Lenni schließt die Tür hinter sich. Das erste Mal, seit meiner spontanen Idee, einfach mit ihm mit zu gehen, bin ich alleine. Alle Gedanken und Zweifel brechen über mich herein. Ich sinke auf das Bett und gebe mich einer intensiven Heulattacke hin.

Ich habe nicht das Gefühl, dass eine halbe Stunde vergangen ist, als es plötzlich an der Tür klopft. Ich wische mir mit meiner Bettdecke die letzten Tränen aus dem Gesicht. Doch ich befürchte, ich sehe trotzdem schrecklich aus. Als Lenni unaufgefordert eintritt, bestätigt sein Gesichtsausdruck meine Vermutung.
„Ist bei dir alles in Ordnung?", fragt er vorsichtig. Was denkst du denn? Wie sieht es denn aus? Ich beherrsche mich, um ihm diese Sachen nicht an den Kopf zu knallen. Er ist ja nicht schuld an der Situation. Es war schließlich meine Entscheidung wegzugehen. Ich versuche den Kloß in meinem Hals herunter zu schlucken, bevor ich gleich wieder anfange zu weinen.

„Ja, geht schon. Bist du schon fertig?", frage ich ihn. Vielleicht gibt es ja schon etwas zu essen, mein Magen meldet sich gerade grummelnd. Wenigstens habe ich bei alledem meinen Appetit nicht verloren.

„Jap, wir sind losgefahren. Das Essen wäre auch fertig, aber wenn du lieber hier essen willst, kann ich dir auch etwas bringen." Oh nein, bloß nicht! Ich will nicht noch länger hier alleine sitzen und mir die Augen ausheulen. Ein bisschen Ablenkung in einem großen Speisesaal mit der ganzen Crew ist jetzt das Beste. Ich stehe vom Bett auf und streiche meine Kleidung glatt, dann gehe ich auf die Tür zu und verlasse mein Zimmer. Ich schaue durch die offene Zimmertür und sehe, wie Lenni mir aufmerksam nachschaut. Dann zuckt er mit den Schultern und geht voran durch den schmalen Flur.

Als wir näher an den großen Speisesaal kommen, höre ich Stimmen gedämpft durch die Tür dringen. Vielleicht wäre das Essen alleine in meinem Zimmer doch keine so schlechte Sache gewesen? Lenni bleibt vor der Tür stehen und sieht mich eindringlich an.

„Bereit, der Meute zu begegnen?" In seiner Stimme schwingt Sarkasmus mit. „Sie sind eigentlich ganz okay. Mach nur keine zu schnellen Bewegungen." Er zwinkert mir zu, doch ich muss schlucken.

Was sind denn das für Gestalten, die hier auf mich warten? Ich mache mich auf das Schlimmste gefasst. Als Lenni schließlich die Tür aufreißt, verstummen alle. Als wir den Raum betreten sind alle Augen auf mich gerichtet, doch die meisten sehen nicht feindselig aus, sondern neugierig. Die Crew unterscheidet sich massiv von den Piraten auf der Dragonfly. Die meisten hier haben große Narben im Gesicht oder an den Armen. Mehr als zwei haben eine Augenklappe und einer sogar nur noch einen Arm. Dem Großteil fehlen Zähne, und gewaschen haben sie sich auch schon länger nicht mehr. In dem Raum steht eine Wolke aus furchtbarem Gestank. Ich unterdrücke meinen Brechreiz. Sandbart sitzt am Kopf des Tisches und sieht gerade zu uns auf. Wahrscheinlich wundert er sich über die plötzliche Stille im Raum.

„Ach, Leute, das ist Eva. Sie ist jetzt Gast auf unserem Schiff, also benehmt euch. Wir wollen, dass sie sich hier sehr wohlfühlt." Seine Stimme ist ruhig und bestimmt. Ich bin mir sicher, dass keiner der Anwesenden sich trauen würde, ihm zu widersprechen. Lenni ist mittlerweile an den Tisch getreten und zeigt jetzt auf einen Platz direkt neben sich. Ich setze mich dazu und lade mir Essen auf den Teller.

Es gibt Flugente und Klöße, außerdem sehe ich verschiedenes Obst in einem Korb, allerdings habe ich die meisten Sachen davon noch nie zuvor gesehen. Weiter hinten stehen noch Käse und Brot. Ich stelle den Teller vor mir ab, greife nach dem Krug, der vor mir steht, und trinke einen kräftigen Schluck. Die Flüssigkeit brennt wie Feuer, als sie meinen Hals hinunter läuft. Ich huste wie verrückt und schnappe nach Luft. Was ist das denn für ein furchtbares Gesöff?

„Das war mein Becher, Kleine! Der Rum scheint dir wohl nicht zu schmecken!" Der Pirat neben mir lächelt mich an und zwinkert mir zu. Das war Rum? Ich habe keine Ahnung, warum jemand so etwas freiwillig trinkt. Mein Hals brennt immer noch. Lenni reicht mir einen Becher, und ich rieche erstmal daran, damit ich nicht wieder den gleichen Fehler begehe.

„Das ist Wasser", flüstert er mir zu. Ich leere das Glas mit einem Zug. Das Brennen in meinem Hals lässt ein bisschen nach. Um mich herum fangen die anderen auch wieder an zu essen. Wenigstens hören diese peinlichen Beobachtungen endlich auf. Ich fuhle mich sowieso schon wie die Hauptattraktion des Tages – und jetzt auch noch leicht schummerig von diesem Rum.

Als die Geräuschkulisse, wieder auf ein normales Niveau angestiegen ist, traue ich mich endlich auch etwas zu essen. Lenni schaut währenddessen immer mal wieder zu mir, doch sobald ich ihn anschaue, guckt er schnell in eine andere Richtung. Die Piraten am Tisch reden nur wirres Zeug, zumindest verstehe ich kein Wort davon. Ich habe auch das Gefühl, dass die meisten betrunken sind, da sie nuscheln und lallen. Als ich satt bin, lehne ich mich zurück, um die Situation weiter zu beobachten. Lenni hat sich auch zurückgelehnt und rutscht jetzt ein Stück näher an mich heran.
„Hast du Lust, mit mir an Deck zu gehen? Wir könnten die Sterne beobachten, oder so was." Er wirkt verlegen, als er dieses Angebot laut ausspricht. Aber ich glaube nicht, dass er es auf eine romantische Art und Weise meint. Ich denke, er will mich nur nicht wieder alleine zurücklassen zum Heulen. Dafür bin ich ihm gerade sehr dankbar.
„Ja, sicher, gehen wir jetzt gleich?" Sein strahlendes Lächeln erinnert mich an Louis' Lächeln. Ich schiebe den Gedanken direkt wieder ganz nach hinten in meinem Kopf.

„Ja, lass uns gehen. Henri und Mick haben heute Küchendienst, also können wir einfach alles stehenlassen", erklärt er, während er von seinem Stuhl aufsteht.

„Küchendienst?" Das gab es auf der Dragonfly nicht, da haben alle mit angepackt und Steve unter die Arme griffen.

„Ja, bei uns wechselt das täglich. Wir haben keinen Koch, also muss jeder mal ran." Er zuckt mit den Schultern. Wir verlassen den Speisesaal. Ich folge Lenni ans Deck der Liberty. Die Segel stehen voll im Wind, die Sterne funkeln um die Wette. Lenni legt sich ungefähr in der Mitte des Schiffes auf den Boden und klopft auf den Platz neben sich. Ich lege mich neben ihn und schaue in den Himmel.

„Das ist der große Wagen." Er zeigt hinauf zu den Sternen. Oh, Sternbilder waren nie so mein Ding. Mein Vater hat mir auch immer versucht welche zu zeigen, ich habe sie nie erkannt. „Siehst du, die drei Sterne links bilden so was wie eine Linie, und dann bilden die vier Sterne rechts ein Trapez. Es sieht fast aus wie ein Drache mit einem Schwanz dran. Etwas weiter oben leuchtet der Polarstern, er gehört zum kleinen Wagen. Kannst du es erkennen?" Er klingt begeistert. Er wird sich die Sterne wohl sehr oft anschauen.

Ich versuche seiner Beschreibung zu folgen und die zwei Bilder zu erkennen und ich schaffe es, den großen Wagen zu erkennen. Mein Herz macht einen kleinen Sprung. Nach der ganzen Traurigkeit heute ist das eine willkommene Abwechslung.

„Ja, jetzt sehe ich es auch", jubele ich begeistert. Als ich ihn anschaue, huscht ein Lächeln über sein Gesicht.

18

Louis

Ich renne, bis ich keine Luft mehr bekomme und das Seitenstechen unerträglich wird. Ich habe die Stadtmitte von Piemont erreicht, doch bisher keine Spur von ihr. Hier im westlichen Teil der Stadt steht das Archiv, dort werde ich wohl als erstes nachsehen. Ich gehe die breiten Stufen zum Gebäude hoch, doch ein Rütteln an der Tür bestätigt meine Vermutung: Es ist geschlossen. Ich lasse meine Stirn gegen das Holz sinken und versuche mich zu beruhigen. Wie konnte das alles nur passieren? Warum habe ich sie nicht einfach aufgehalten, bevor sie weggelaufen ist?
„Eva, wo bist du?", flüstere ich leise vor mich hin. Ich löse mich von der Tür und mobilisiere meine Kräfte erneut. Hier gibt es noch das Restaurant, in dem wir zusammen waren, und das Kinderheim. Also versuche ich dort mein Glück. Das Restaurant weckt sofort die Erinnerung an die schöne Zeit, die wir dort verbracht haben. Ich betrete den kleinen Raum, suche die Umgebung nach ihrem Gesicht ab. Diego flitzt in einem Affenzahn im ganzen Raum herum, doch auch er hat kein Glück.

Sie ist nicht hier. Die Verzweiflung steigt in mir hoch, verteilt sich im ganzen Körper und droht mich zu ersticken. Ich lasse das Restaurant hinter mir und mache mich auf den Weg zum Kinderheim. Ich schlängele mich durch die schmalen Gassen, die zu meinem alten Zuhause führen. Als ich die letzte Gasse fast durchquert habe, bleibe ich wie angewurzelt stehen. Am anderen Ende erkenne ich zwei von Sandbarts Männern, die eilig in Richtung Hafen unterwegs sind. Diego knurrt auf meiner Schulter. Ich bedeute ihm, still zu sein. Ich schleiche mich näher an die zwei heran, um mitzubekommen, was sie reden.

„Warum müssen wir denn jetzt so schnell losfahren? Sandbart hat doch gesagt, wir segeln nicht vor morgen weiter", fragt der große Hagere von den zweien.

„Sie scheinen irgendwas früher erreicht zu haben als gedacht. Deshalb geht es heute weiter. Wir müssen uns beeilen, sonst kommen wir noch zu spät. Du weißt, dass wir dann zum Küchendienst verdonnert werden, und ich war gestern schon dran. Ich habe keine Lust, das heute wieder zu machen", antwortet der Dicke mit der Glatze. Sie beschleunigen ihre Schritte. Kann das etwas mit Eva zu tun haben? Ich muss es darauf ankommen lassen und versuche sie einzuholen.

Die Menschen auf dem Marktplatz erschweren mir meine Verfolgung. Ich versuche, die zwei in dem Getümmel zu finden, doch ich kann sie nirgends entdecken. Wenn sie zur Liberty wollen, werden sie sowieso zum Hafen laufen. Also renne ich los, durch die schmaleren Gassen, um eine Abkürzung zu nehmen. Ich spüre Diegos Krallen in meiner Schulter. Im Moment kann ich ihn nicht beruhigen. Dieser kleine Schmerz lenkt mich ganz gut von den Gefühlen ab, die aufkommen, wenn ich mir vorstelle, dass Sandbart es wirklich geschafft hat, Eva zu entführen. Ich erreiche den Hafen und suche die Anlegestellen nach der Liberty ab. Doch sie ist nirgendwo zu sehen.

In der Ferne sehe ich die zwei Piraten, die gerade mit einem kleinen Motorboot hinausfahren. Die Liberty muss also irgendwo weiter draußen liegen. Mist! Also habe ich erst mal keine Chance, das Schiff zu erreichen. Ich muss Feuerbart finden, vielleicht hat er Eva gefunden und alles wird gut. Es gibt ja immer noch eine verschwindend geringe Möglichkeit, dass sie hier in Piemont ist und nicht auf der Liberty. Ich will mich gerade auf den Weg in den östlichen Teil der Stadt machen, um Feuerbart zu finden, als er an der Straßenecke zum Hafen erscheint.

Er wirkt abgehetzt und stützt sich mit den Händen an den Knien ab. Ich laufe zu ihm.

„Hast du sie gefunden? Bitte sag, dass du sie gesehen hast", flehe ich, doch er schüttelt nur leicht mit dem Kopf, während er die Luft zischend in seine Lungen zieht. Ich sinke auf die Knie. Das bedeutet sie ist wirklich mit auf der Liberty, und alle meine Hoffnungen sind dahin. Sie könnte verletzt sein oder Schlimmeres. Ich vergrabe mein Gesicht in meinen Händen und weine. Ich glaube nicht, dass ich schon jemals so verzweifelt war wie gerade in diesem Moment. Feuerbarts legt die Hand auf meine Schulter während mein Körper von Schluchzern geschüttelt wird.

„Hey, wir finden sie schon, Louis! Alles wird gut, versprochen!" Feuerbarts Worte sind für mich im Moment nichts als leere Phrasen. Woher soll er schon wissen, was passieren wird? Ich weiß, er meint es nur gut, aber jetzt gerade fühle ich mich einfach nur leer und ausgelaugt. Wie ein Schwamm, aus dem man alles Wasser herausgedrückt hat. Ich lasse meine Hände sinken, Diego schleckt mir liebevoll über die Wange. Ich atme tief ein und aus, die Tränen sind versiegt. Wahrscheinlich habe ich einfach keine mehr übrig.

Feuerbart reicht mir eine Hand und zieht mich zurück auf die Füße.

„Sandbart hat sie, ich weiß es!", platzt es schließlich aus mir heraus. In Feuerbarts entsetztem Gesicht sehe ich Wut, Schmerz und Entschlossenheit. Er spiegelt fast identisch meine aufkommenden Gefühle wider. Ich werde alles tun, um sie zu finden und zu mir zurück zu holen. Egal, wie hoch der Preis ist, ich bin bereit ihn zu bezahlen.

„Weißt du das auch wirklich ganz sicher?" Feuerbarts Frage bringt mich aus dem Konzept.

„Ich habe zwei von seinen Männern belauscht. Ich denke, dabei ging es um Eva. Hundertprozentig sicher weiß ich es nicht, aber ich bin mir sehr sicher, dass es so ist", stottere ich.

Ich versuche die aufkommenden Gefühle zurückzuhalten. Dieses Geheule bringt mich ja auch kein Stück weiter.

„Ich weiß genau, wer uns dazu sicher mehr sagen kann!", sagt er vorsichtig. Ich brauche einen Moment um zu verstehen, dass Feuerbart an mir vorbeischaut. Ich drehe mich um und entdecke Pietie, der gerade an Deck der Dragonfly geht. Dann gibt es für mich kein Halten mehr. Ich renne brüllend auf ihn zu und bekomme seine Füße am oberen Teil der Holzplanke zu fassen. Er kracht der Länge nach an Deck und stöhnt laut auf.

Er rollt sich auf den Rücken, um zu sehen, was passiert ist, doch ich gebe ihm keine Gelegenheit, wieder auf die Füße zu kommen. Ich stürze mich auf ihn und schlage einfach so fest ich kann auf ihn ein. Ich lege alle meine Verzweiflung und meine Wut in jeden einzelnen Schlag, der sein Gesicht trifft. Diego schwebt ein Stück über meinem Kopf und bellt aufgeregt. Ich bin kurz abgelenkt, und das gibt Pietie die Gelegenheit, mich mit einem gezielten Tritt in die Leiste von ihm herunter zu befördern. Ich krache auf die Holzplanke. Während der Schmerz durch meinen Körper zuckt, rapple ich mich sofort wieder auf, um erneut auf ihn loszugehen. Das Adrenalin, das durch meinen Körper schießt, lässt den ganzen Schmerz wie eine Kleinigkeit wirken. Doch auch Pietie hat es geschafft, wieder aufzustehen.
„Was ist in dich gefahren, du Spinner?" Während er spricht, spuckt er Blut. Außerdem läuft es aus seiner Nase wie ein kleiner Bachlauf. Gut so, denke ich bei mir. Und das war erst der Anfang.
„Du wagst es, mich das zu fragen?", brülle ich ihm entgegen und mache mich zum Sprung bereit. Doch jemand umklammert mich von hinten. Es ist Feuerbart. Seine Arme legen sich wie ein Schraubstock um meinen Brustkorb. Ich habe keine Chance.

„Lass mich sofort los!", fauche ich ihn an.
„Louis, sei vernünftig. So wirst du nie etwas erfahren", stöhnt er. Die Wut kriecht unter meiner Haut wie tausend kleine Ameisen. Ich will jetzt nicht vernünftig sein! Ich will einfach nur weiter auf sein blödes Gesicht einschlagen.
„Gut so, Feuerbart, bring ihn zu Vernunft. Der Rotzlöffel dreht ja völlig durch!", wettert Pietie. Das gibt mir den Rest. Ich lasse meinen Kopf nach hinten schnellen und höre Feuerbarts Schmerzensschrei und ein leises Knacken. Er gibt mich sofort frei und ich stürze die Holzplanke nach oben, nur mit dem Ziel, Pietie umzureißen und weiter auf ihn einzuprügeln, bis der Schmerz in meiner Brust endlich weg ist. Doch bevor ich ihn erreichen kann, bekomme ich einen Schlag auf den Hinterkopf und gehe zu Boden. Alles versinkt in Dunkelheit und ich höre Pietie kurz auflachen. Dann folgt ein zweiter Schlag und die Holzplanken erzittern, als auch er zu Boden geht. Ich höre noch Feuerbarts Stimme.
„Danke Steve!", sagt Feuerbart.
„Keen ding, Käpt'n!", antwortet der Koch. Dann bin ich weg.

19

Mein Schädel brummt als ich wieder zu Besinnung komme. Langsam öffne ich die Augen und erkenne mein Zimmer. Ich liege in meinem Bett und Diego hat sich neben mir auf dem Kissen eingerollt. Ich schaue mich um und entdecke schließlich Steve, der auf dem Sofa liegt und laut schnarcht. Die Öllampe neben der Zimmertür beleuchtet den Raum nur schwach, die Sonne ist schon untergegangen. Ich versuche mich aufzurichten und spüre dabei den Druck auf meinem Kopf nur noch stärker. Mit meiner Hand ertaste ich eine riesige Beule am Hinterkopf. Mir entfährt ein Seufzen, als ich sie berühre. Diego sieht mich aufmerksam an. Ich glaube er, ist böse auf mich. Oder er hat Mitleid, ich kann es nicht genau sagen. Ich lasse die Hand sinken und kraule ihn am Kopf. Sofort fängt sein Schwanz an aufgeregt hin und her zu wedeln und er versucht mir die Hand abzuschlecken. Der Vorteil an diesem kleinen Wesen ist, dass seine Gemütszustände nie lange anhalten. Nicht zum ersten Mal beneide ich ihn um diese wunderbare Fähigkeit. Ich würde gerade auch gerne meine Gefühle einfach abschalten.

„Sorry wegen deim Kopf! Is et sehr schlimm?" Steve schaut mich mit einem bedrückten Gesicht an. Es tut ihm wirklich Leid. Ich bin ihm dankbar, dass er mich gestoppt hat. Wer weiß, was mit Pietie oder mir passiert wäre, wenn er mich nicht aufgehalten hätte.

„Ist schon in Ordnung. Danke, dass du mich aufgehalten hast, bevor ich …" Ich traue mich nicht, es laut zu sagen, aber ich bin mir sicher, ich hätte versucht, Pietie totzuschlagen, wenn mich niemand gestoppt hätte. Wahrscheinlich wäre mir das nicht gelungen, aber ich hätte es definitiv versucht. Dieser schreckliche Gedanke jagt mir einen Schauer über den Rücken. Während ich leicht den Kopf schüttele, spüre ich meinen Herzschlag in meinen Schläfen pochen. Der Schmerz lässt die Umgebung vor meinen Augen verschwimmen.
„Nebe dir is Wasser un ne Tablette." Steve zeigt auf meinen Nachttisch. Ich versuche das Glas zu nehmen, doch durch meine verschwommene Sicht greife ich erst mal daneben. Ich schließe einen Moment die Augen und beim zweiten Anlauf bekomme ich das Glas zu fassen. Ich spüle die Tablette mit viel Wasser herunter.

Dann lasse ich mich wieder in die Kissen sinken und schließe die Augen. Der Schmerz zieht mich wieder in die Dunkelheit zurück. Hier gibt es nichts, ich habe das Gefühl zu schweben. Mein Kopf fühlt sich völlig leer an, nicht mal ein Traum schleicht sich in mein Bewusstsein.

„Hey Lou, wach uf! Is jetz ma gut mit Schlafen!" Steves Stimme lockt mich aus der Dunkelheit. Doch ich will noch nicht aus diesem geschützten Bereich heraus. Ich habe Gefallen gefunden an der Leere in meinem Kopf. Ich will nicht zurück zu meinen Gedanken und zum Schmerz über den Verlust. Hier in der Dunkelheit kann ich so tun, als wäre Eva immer noch bei mir, und muss mich nicht mit der Realität auseinandersetzen, dass sie bei Sandbart und Lenni ist und die zwei sie als Druckmittel gegen mich einsetzen.
Steve fängt rüttelt mich. Mir bleibt keine andere Wahl, als wieder in die Realität zurückzukommen.
„Ist ja gut, hör auf, mich so durchzuschütteln. Ich bin ja wach", seufze ich leise und stütze mich mit meinen Händen in eine aufrechte Position. Als ich die Augen öffne, sehe ich Feuerbart, der an meinem Bett ende steht und mich ansieht. In seinen Nasenlöchern stecken Stofftücher, die am Ansatz rot schimmern.

Ich fühle mich schuldig, da ich ihm das angetan habe, obwohl er mir nur helfen wollte.

„Feuerbart, es tut mir wirklich leid mit deiner Nase", murmele ich. Wenigstens hat der Druck in meinem Kopf nachgelassen. Ich schwinge die Beine über die Bettkante und stelle mich neben mein Bett. Diego setzt sich wieder auf meine Schulter und schleckt mir über die Wange. Dann gehe ich auf Feuerbart zu und strecke ihm die Hand hin, um mich noch mal ordentlich zu entschuldigen. Er ergreift sie und lächelt mich an.

„Mach dir keinen Kopf, ist nur ein bisschen angeknackst. Nichts, was nicht von alleine wieder heilen wird."

Zu meiner Überraschung zieht er mich in eine herzliche Umarmung. Ich erwidere sie nur zu gerne. Es fühlt sich gut an, dass er mir verzeiht und ich nicht alleine durch diesen ganzen Mist hindurch muss. Ich löse mich wieder von ihm und schaue ihn aufmerksam an.

„Wir haben Pietie in eine der Zellen gebracht", sagt er langsam. Alle Muskeln in meinem Körper spannen sich an, wenn ich Pieties Namen höre.

„Er ist vor ein paar Minuten aufgewacht, aber er will nur mit dir reden. Ich halte das jedoch für keine gute Idee. Du solltest auf keinen Fall mit ihm alleine sein!" Feuerbart sieht mich eindringlich an.

Ich denke, er könnte recht haben. Doch wir müssen erfahren, was er weiß.

„Na gut, dann gehen wir zusammen, und du hältst dich im Hintergrund. Mal sehen, was er mir zu sagen hat." Feuerbart denkt einen Moment über meine Worte nach. Ich glaube, er wägt das Für und Wider der Situation ab. Doch ich sehe nicht, dass wir eine andere Wahl hätten. Ohne Pieties Hilfe erfahren wir nicht, ob Eva wirklich bei Sandbart ist und was sie vorhaben. Feuerbart nickt schließlich und geht auf die Tür zu.

„Wir sind bereit loszufahren, egal, was er dir erzählt." Dann verschwindet er im Flur.

„Lou, ik wollt dir noch wat erzähln." Steve schaut verlegen zu Boden. Was kommt denn jetzt noch? Ich weiß nicht, ob ich noch mehr schlechte Nachrichten ertragen kann. „An dem Abend, als du den zwei hinterher bis, da is Eva auch weg. Sie is enfach los. Ik dachte, sie wär bei dir gewesn den Abend, doch als sie allene zurück kam, wusste ik, dass ihr nich zusammen wart. Ik hab vergessn, et dir vorher zu sagn. Tschuldigung!" Er schaut mir jetzt direkt in die Augen und ich sehe echte Schuldgefühle in seinen. Ich glaube zwar nicht, dass die jetzige Situation damit zusammenhängt, doch ich merke trotzdem einen leichten Stich in meinem Herzen.

Ob sie mir gefolgt ist und das Treffen auch beobachtet hat? Dann wäre sie doch nicht so leichtsinnig gewesen und weggelaufen, oder? Aber wenn sie nicht bei mir in der Gasse war, wo war sie dann? Ich merke wie meine Kopfschmerzen wieder zurückkommen.

„Steve, mach dir keine Sorgen. Wir werden sie finden, dann fragen wir sie wo sie war. Das Ganze hier ist nicht deine Schuld, sondern Pieties. Lass uns herausfinden, was er weiß." Während ich spreche lege ich ihm beruhigend eine Hand auf die Schulter. Was auch immer in dieser Nacht wirklich passiert ist, hat bestimmt nichts mit Steve zu tun. Ich verlasse mein Zimmer und mache mich auf den Weg zu den Zellen.

Ich bleibe neben Feuerbart an der Tür zu den Gefängniszellen stehen. Er legt seine Hände auf meine Schultern und sieht mich eindringlich an. Mittlerweile hat er die Tücher aus seiner Nase genommen. Die Blutung hat wohl nachgelassen.

„Louis, lass dich nicht aus dem Konzept bringen. Er wird sicher versuchen, dich zu reizen. Denk daran: Wir brauchen Informationen von ihm. Damit wir Eva befreien und diese Sache endlich beenden können!"

Er versucht aufmunternd zu klingen und ich nicke, auch wenn ich nicht weiß ob ich es wirklich schaffe mich nicht provozieren zu lassen. Im Moment spüre ich wieder diese tausend Ameisen, die unter meiner Haut hin und her rennen. Ich versuche mich zu beruhigen. Feuerbart schubst die Tür auf und lässt mich voran gehen. Pietie ist ganz hinten in der letzten Zelle. Er liegt auf der Matratze. Das ist der einzige Bereich, der durch eine kleine Öllampe erhellt wird. Feuerbart läuft zielsicher auf die Zelle zu und baut sich davor auf. Der Lichtkegel lässt sein Gesicht scheinbar in Flammen aufgehen. Sein Bart schimmert wie loderndes Feuer, was ihn bedrohlich wirken lässt. Ich folge ihm, halte mich jedoch noch einen Moment im Schatten auf.
„Feuerbart, ich sagte dir bereits, dass ich nur mit dem Jungen rede! Wirst du langsam senil, alter Freund?" Pieties Stimme klingt schaurig auf dem dunklen Flur. Ich bin immer noch damit beschäftigt mich zu beruhigen. Doch meine Beine und mein Mund scheinen ein Eigenleben entwickelt zu haben.

„Ich bin hier, was willst du mir sagen?", höre ich mich rufen, während ich in den Lichtkegel trete. Er schaut mich direkt an.

Sein Mund verzieht sich zu einem Lächeln, doch in seinen Augen sehe ich etwas anderes. Ist das etwa Angst? Ich kann es nicht sicher sagen.

„Da bist du ja endlich. Ich dachte schon, du hast dich heulend wie ein kleines Mädchen in dein Zimmer verkrochen." Er lacht gehässig und ich verberge das Zittern meiner Hände indem ich sie fest zu Fäusten balle.

„Wieso hat das solange gedauert, bis du endlich hier aufgetaucht bist? Hat der Koch dich fester erwischt als mich? Oder bist du einfach schwach?"

Sein gehässiges Lachen macht mich rasend, aber Feuerbart hat recht: ausflippen bringt mich nicht weiter. Wahrscheinlich gehört mich wahnsinnig zu machen auch noch zu seinem kranken Plan. Also muss ich weiterhin krampfhaft versuchen mich nicht darauf einzulassen, auch wenn es mir gerade furchtbar schwer fällt.

„Hör auf mit deinen Spielchen! Ich sitze wenigstens nicht in einer Zelle. Also erzähl mir endlich, was du weißt! Wo ist Eva? Was hat Sandbart wirklich vor?", blaffe ich ihm entgegen ohne dazwischen Luft zu holen. Es macht mich einfach rasend, dass er auch noch hier sitzt und mich beleidigt, obwohl ich ihn mit Leichtigkeit überrumpeln konnte und wenigstens ein paar gezielte Treffer landen konnte, bevor die anderen dazwischen gegangen sind.

Er ist mir auf keinen Fall überlegen, auch wenn er das denkt. Das Grinsen ist einem wütenden Ausdruck gewichen. Ich habe das Gefühl, dass er die Eisenstangen der Zelle durchbeißen würde, wenn es ihm die Möglichkeit gebe an mich heran zu kommen und mir den Hals umzudrehen. Ich halte seinem Blick stand, und er ist der Erste, der blinzelnd wegschaut. Ein kleiner Sieg für mich.

„Ich kann dir nichts sagen, bis ich endlich etwas zu essen bekomme. Habt ihr nicht auch furchtbaren Hunger? Steve kann uns doch bestimmt ein paar Sandwiches machen, oder? Feuerbart? Kümmere du dich doch darum, während Lou und ich hier unseren kleinen Plausch zu Ende führen." Feuerbart will schon etwas erwidern, als ich ihn an der Schulter zu mir herüber ziehe.

„Ich finde du solltest uns kurz alleine lassen. Es scheint, als ob er nur mit mir alleine reden will. Wenn das unsere einzige Chance ist, mehr zu erfahren, möchte ich sie auch nutzen. Bitte!" flüstere ich ihm zu und er denkt einen Augenblick darüber nach. Dann nickt er schließlich.

„Gut, ich hole etwas zu Essen für alle", sagt er feierlich und lässt uns zurück. Seine Schritte hallen von den Wänden wider und ich kann hören wie er die Tür hinter sich schließt. Wir sind alleine.

Ich wende mich wieder der Zelle zu und springe einen Schritt zurück, als ich sehe, dass Pietie ganz vorne an die Gitter getreten ist und mich anstarrt.

„Lou, wir haben nicht viel Zeit! Ich bin mir ziemlich sicher, Feuerbart wird uns nicht lange alleine lassen, und ich will nicht, dass er in diese Sache zu tief reingezogen wird. Er ist wie ein Bruder für mich, und ich habe einen sehr dummen Fehler gemacht", sagt er in einem nachdenklichen Ton. Das Ganze hier verwirrt mich gerade total. „Sandbart hat Lenni vor Monaten zu mir geschickt, als wir das letzte mal in Piemont waren. Ich habe mich auf ein Treffen mit ihm eingelassen, weil ich neugierig und dumm war. Ich wollte wissen, was er vorhat. So was wie ein Spion, weißt du? Auf jeden Fall hat er mir von dieser Legende erzählt und gesagt, dass du der Schlüssel zu diesem Schatz wärst. Du bist angeblich der Einzige, der diesen Schatz erreichen kann und diese Prüfungen besteht. Ich dachte mir, er reimt sich da etwas zusammen, also habe ich Feuerbart auf diese Legende angesprochen. Er hat mir bestätigt, dass er dasselbe vermutet. Doch er will dich nicht der Gefahr aussetzen." Pietie holt Luft. Das gibt mir die Gelegenheit kurz über seine Worte nachzudenken.

Pietie als Spion für Feuerbart? Das kann ich mir nicht vorstellen.

„Weiß Feuerbart von alledem?", flüstere ich ihm zu. „Nein, natürlich nicht. Wir haben Piemont kurz darauf verlassen, und die ganze Sache war erstmal vergessen. Dann hast du dieses Mädchen mit an Bord gebracht, und alles wurde anders, gefährlicher. Feuerbart wusste, dass sie eine Bedrohung für dich ist und dass früher oder später irgendjemand versucht, sie zu entführen, um dich zu dieser Grotte zu bringen. Er wollte sie beschützen, ein Auge auf sie haben. Genau wie ich und du. Ich bin euch zu den Archiven gefolgt, weil ich wusste, dass Lenni vorhatte, sie zu entführen. Doch dann ist irgendwas mit euch passiert, und sie ist weggelaufen. Ich habe sie in der Menschenmenge verloren. Später erzählte mir einer der Piraten von Sandbart, dass Lenni mit Eva zum Schiff gefahren ist und sie sich auf den Weg zur Grotte machen. Ich wusste nicht, was ich tun sollte, also bin ich sofort zur Dragonfly, um mit dir zu sprechen. Tja, den Rest kennst du ja." Er zeigt auf sein geschundenes Gesicht. Mir bleibt einfach nur die Luft weg. Was ist das denn für eine absurde Geschichte?

„Wieso sollte ich dir glauben? Ich habe dich mit Lenni und Sandbart vor dem Kinderheim gesehen, da klang das nicht wie eine Spionage-Aktion, sondern eher, als wolltest du ihnen behilflich sein", blaffe ich ihm entgegen.

„Ich weiß, dass es so aussieht. Aber du musst mir glauben! Ich habe alles versucht, um euch zu helfen. Fahrt zu der Grotte. Eva wird dort sein. Sie lassen sie am Leben, solange du diesen Schatz nicht übergeben hast. Ich weiß, du kannst diese Prüfungen überstehen, Louis, du bist der stärkste Junge, den ich kenne, und damit meine ich nicht deine körperliche Kraft, die nicht zu verachten ist, sondern deine innere Stärke. Du kannst das!"

Er lächelt mich aufmunternd an. Ich kann das alles immer noch nicht glauben. Mein Kopf schwirrt von dieser ganzen Geschichte. Doch er hat nichts zu verlieren, also warum sollte er mich anlügen? Ich muss dafür sorgen, dass wir zu dieser Grotte kommen, das ist jetzt erstmal das Wichtigste. Ich verlasse Pietie, der mir mit seinem traurigen Blick hinterherstarrt. Ich beeile mich, in die Kombüse zu kommen. Doch bereits im Flur stoße ich fast mit Feuerbart zusammen.

„Ich hab alles gehört und wir sind bereits auf Kurs!", flüstert er mir zu. In seinem Gesicht sehe ich dieselbe Traurigkeit wie bei Pietie gerade eben. Ich habe jetzt keine Zeit für ihre Geschichten, ich muss mich mental auf diese Prüfungen einstellen. Wer weiß, was mich erwartet.

20

Eva

Ich liege noch eine Weile neben Lenni auf dem Deck der Liberty. Wir betrachten stumm die Sterne, als ein schreckliches Piepen die ganze Umgebung erfüllt.

„Mist!" Lenni springt sofort auf die Füße. Ich tue es ihm gleich. Sofort herrscht ein wildes Durcheinander an Deck. Aus jeder Ecke kommen Piraten angelaufen und machen sich an den Seilen zu schaffen, die zu den Segeln führen. Ich rette mich an die Reling, um den Männern aus dem Weg zu gehen. Was hat das alles hier zu bedeuten? Was passiert jetzt? Ich klammere mich an das Holz und beobachte gebannt das ganze Schauspiel. Binnen Sekunden sind die Segel eingeholt und das Schiff steht still. Dann starren mich auf einmal alle an. Ich will mich schon rechtfertigen und sagen, dass ich nichts gemacht habe, als ich bemerke, dass sie gar nicht auf mich schauen, sondern an mir vorbei. Ich drehe mich langsam um. Mir klappt der Unterkiefer runter.

Aus dem Nichts taucht die Nase eines Flugzeuges auf. Es steigt immer höher, ich kann sogar die Fenster erkennen. Dann folgen die breiten Flügel mit zwei Turbinen, die einen ohrenbetäubenden Lärm von sich geben. Das Unglaublichste ist, dass der Airbus wieder verschwindet. Der vordere Teil ist bereits weg, und auch der Rest der Maschine taucht immer weiter ins Nichts, je höher das Flugzeug steigt. Ich kann gar nicht aufhören hinzusehen, auch als es schließlich ganz verschwunden ist, starre ich noch auf dieselbe Stelle. Ist das gerade wirklich passiert? Wo ist die Maschine hin? Doch dann fällt mir Louis' Geschichte mit der Wolkengrenze wieder ein. So habe ich mir das allerdings nicht vorgestellt. Das war der absolute Wahnsinn!

Wir setzen uns wieder in Bewegung. Als ich mich umdrehe, sind die meisten Piraten wieder verschwunden. Das Piepen hat endlich aufgehört. Lenni steht mitten auf dem Deck und sieht mich fragend an. Ich glaube, er hat etwas zu mir gesagt, doch vor lauter Begeisterung habe ich die Frage nicht mitbekommen. Ich ziehe die Augenbrauen hoch. Auf seinem Gesicht erscheint wieder dieses Louis-Lächeln. Ich kann nicht anders als mitzumachen. Es fühlt sich so befreiend an.

„Ich wollte wissen, ob alles okay ist bei dir?" Er kommt ein paar Schritte näher.
„Ja, alles super. Das war gerade der absolute Wahnsinn! Für was war dieses Piepen? Ist das so etwas wie eine Warnung? Wie oft passiert das?" Meine Neugier ist geweckt. Ich finde es total spannend, dass diese Flugzeuge einfach so hier vorbeifliegen, ohne etwas zu bemerken.

„Ähm, das Piepen ist wirklich ein Alarm. Meistens kommen zwei bis drei Flugzeuge durch die Wolken, wenn wir reisen. Kommt immer darauf an, wo wir segeln. Meistens versuchen wir, den Dingern aus dem Weg zu gehen." Er reibt sich mit der Hand am Hinterkopf, während er spricht. Schade eigentlich, ich hätte das gerne noch öfter gesehen. Doch ich kann verstehen, dass sie darauf wenig Lust haben. Es ist wahrscheinlich auch nicht ganz ungefährlich, wenn so ein Flugzeug hier auftaucht.
„Ist es auch schon mal passiert, dass ein Flugzeug in ein Schiff reingeflogen ist?", frage ich gespannt.
„Früher ist das oft passiert, aber heute haben wir modernere Geräte, die erkennen ein Flugzeug schon viel schneller. Außerdem fliegen die Erdenmenschen immer die gleichen Strecken, also segeln wir einfach mit genug Abstand drum herum.", antwortet er und zuckt dann mit den Schultern.

Das ist einer der Momente, in denen ich merke, wie fremd mir diese Welt ist. Wenn ich nicht von der Erde käme, müsste mir Lenni das alles gar nicht erklären.

„Wie funktionieren diese Geräte? Kann ich sie sehen?", frage ich ihn neugierig. Seine Augen werden kurz größer, für einen Moment scheint er panisch zu sein. Dann schüttelt er den Gedanken ab, und sein Gesicht wirkt wieder so normal wie vorher. Seltsam! Was das wohl zu bedeuten hat?

„Ja, klar. Komm mit ich zeig sie dir." Seine Antwort reißt mich aus dem Gedanken und er verschwindet sofort wieder. Ich laufe ihm hinterher zum hinteren Teil des Schiffes und dort die Treppe hinauf zum Steuerrad.

„Das hier ist die Brücke. So nennt man den Platz des Schiffes, an dem der Kapitän steuert und navigiert", erklärt Lenni langsam, als wir das obere Ende der Treppe erreichen. Sandbart steht mit dem Rücken zu uns vor einem großen Bildschirm, der aussieht wie ein Tisch. Darauf kann ich verschiedene Inseln erkennen. Es sieht aus wie eine dreidimensionale Landkarte, die sich von dem Tisch aus in die Höhe erstreckt. Ich erkenne verschiedene Inseln und Städte. Doch alles sitzt auf Wolken, es ist bestimmt die Karte des Wolkenreiches. Sie scheint riesig zu sein.

Das ist also dieses Ding, das ich beim Rundgang mit Louis auf der Dragonfly schon gesehen habe. Nach allem, was passiert ist, hatte ich es völlig vergessen.

„Was ist das?", flüstere ich Lenni zu. Er folgt meinem Blick.

„Das ist ein NULA. Ein Navigations- und Landkarten Archiv. Mittlerweile hat jedes Schiff so ein Ding. Damit kann man durch die Wolkenmeere reisen, ohne unvorhergesehene Probleme zu bekommen, wie Flugzeuge", antwortet er mit einem Augenzwinkern. Ich stupse ihm leicht in die Seite und muss schmunzeln, doch dieses NULA ist wirklich magisch anziehend. Ich gehe langsam darauf zu, da ich gerade nichts lieber möchte, als diese Inseln zu berühren. Doch bevor ich es erreichen kann, zieht Sandbart meine Hand unsanft nach hinten.

„He, nicht anfassen! Wir wollen das System doch nicht durcheinander bringen, oder?", sagt er langsam und umfasst dabei grob mein Handgelenk. Ich schüttele den Kopf, während ich unter seinem durchbohrenden Blick den Mut verliere zu sprechen. Er gibt meine Hand frei und dreht sich wieder dem NULA zu. Ich lasse leise meinen Atem entweichen, den ich angehalten habe.

„Schau mal, das NULA zeigt auch unsere aktuelle Route an. Diese kleine blaue Linie, das sind wir, und dahinten ist unser Ziel", murmelt Lenni neben mir – scheinbar völlig unbeeindruckt von der Situation gerade. Ich versuche mich darauf einzulassen, denn ich sollte mich wahrscheinlich besser nicht mit Sandbart anlegen. „Jetzt könnten wir kontrollieren, ob wir richtig fahren. Kannst du deine Hand mal bitte auf diese silberne Kugel legen? So als würdest du nach ihr greifen", fordert er mich auf und zeigt auf eine Kugel, die am Rand des NULA eingelassen ist. Zitternd strecke ich strecke meine Hand aus, greife schnell nach dieser Kugel. Die Karte beginnt zu leuchten. Ich spüre einen kleinen Pieks in meinen Fingerspitzen. Dann sehe ich eine feine rote Linie, die sich von der Kugel aus über die Landkarte schlängelt. Schließlich verbindet sie sich mit der blauen Linie. „Siehst du? Wir sind auf dem richtigen Weg", flüstert mir Lenni zu. „Du kannst jetzt loslassen.", weist er mich an und ich löse meine Finger von der Kugel. Beim Betrachten meiner Hand stelle ich fest, dass sie unversehrt aussieht.

„Wie ist das möglich?", hauche ich vor mich hin.

„Was meinst du?", fragt Lenni überrascht.

„Ich dachte, ich hätte ein Pieksen gespürt, bevor die rote Linie zu sehen war. Ich dachte, es wäre mein Blut", antworte ich fast tonlos.

Werde ich langsam verrückt?

„Ach so, das. Ja, das war dein Blut. Aber der Pieks ist so klein, dass man ihn im Nachhinein nicht sieht." Lenni lächelt mich freundlich an und ich bin kurz erleichtert, dass ich nicht Irre werde.

„Wozu braucht es mein Blut?", frage ich.

„Das NULA braucht etwas Persönliches von dem Ort, zu dem es dich bringen soll. Bei einer Insel ist das zum Beispiel Sand, dann wird die Linie gelb angezeigt. Bei Menschen oder menschlichen Zielen ist es meistens Blut."", antwortet er und hält meinem überraschten Blick dabei stand. Ich nicke einfach nur, irgendwie klingt das völlig absurd und doch habe ich es gerade gesehen. Wahrscheinlich funktioniert es wirklich so. Ich beobachte noch ein bisschen die Landkarte und die feine rote Linie die sich darauf bewegt. Als Lenni sich neben mir räuspert, zucke ich kurz zusammen.

„Wollen wir jetzt reingehen? Ich muss noch mal zu Sandbart, und du bist sicher müde. Es war ein anstrengender Tag." Er schaut mitfühlend. Mich überkommt eine entsetzliche Müdigkeit.

„Ja, ich will in mein Bett, für heute ist es genug", antworte ich gähnend. Ich finde mein Zimmer, ohne dass Lenni mir den Weg zeigen muss.

Er bleibt etwas entfernt von mir stehen und hält mir die Hand hin. Ich ergreife sie, obwohl ich diese Geste sehr verwirrend finde. Er zieht meine Hand an seine Lippen und haucht wieder einen zarten Kuss darauf.

„Ich wünsche dir eine gute Nacht, Eva." Mir fällt jetzt erst auf, wie dicht seine Wimpern sind, als er von unten zu mir hochsieht. Er gibt meine Hand frei, dreht sich um und geht davon. Ich versuche meinen Atem wieder zu beruhigen. Seine Berührung hat mich aus dem Konzept gebracht. Ich öffne meine Zimmertür und schlüpfe hinein. Es ist so leer und einsam hier drin, und stockdunkel. Ich drehe an der Öllampe, die neben der Tür hängt. Sie taucht den kleinen Raum in ein angenehmes Licht. Als ich mich ins Bett lege merke ich, dass ich noch mal ins Badezimmer muss. Lenni hat mir bei unserem Rundgang gezeigt. wo es ist. Ich gehe hinaus auf den schwach beleuchteten Flur. Hier ist alles ruhig. Gleich müsste ich an dem Zimmer des Kapitäns vorbeikommen, und dann sind es nur noch ein paar Schritte zum Bad. Als ich an der Tür zu Sandbarts Kabine vorbeikomme, sehe ich, dass sie einen Spalt geöffnet ist. Das Licht scheint auf den schmalen Flur. Ich bleibe neben der Tür in der Dunkelheit stehen und höre Lennis Stimme.

„Sie ist in ihrem Zimmer. Ich denke, sie schläft schon. Ich bin echt froh, wenn wir sie morgen endlich los sind. Ich halte dieses ganze Theater nicht mehr lange durch. Wenn ich noch länger so nett zu ihr sein muss, werde ich noch verrückt!" Mir bleibt die Luft weg. Lenni so reden zu hören macht mich wütend. Ich hatte eigentlich gedacht, dass er gar nicht so ein Arsch ist. Da habe ich mich wohl gehörig geirrt.

„Mach dir nicht ins Hemd, Lenni! Morgen sind wir an der Grotte, ab dann ist alles anders. Louis wird sie retten wollen, und unser Plan geht auf. Pietie sollte ihnen in diesen Momenten gesteckt haben, dass wir das Mädchen haben. Also werden sie kommen." Sandbarts Stimme ist voller Hass. Ich bekomme eine Gänsehaut.

„Gut, dann können wir sie endlich über Bord werfen", antwortet Lenni. Mein Herz schlägt mir bis zum Hals. Hat er das gerade wirklich gesagt? Ich hoffe, dass er das nicht ernst meint. Das kann er doch nicht ernst meinen. Sie wollen mich töten!

„Nein, wir brauchen sie lebend. Sie ist unser Druckmittel, um Louis in diese Höhle zu bringen, damit er mir den Schatz da rausholt. Er ist der Einzige, der das kann. Du hast die Legende doch selbst gelesen, nachdem du sie in den Archiven gestohlen hattest." Ein Quieken entweicht meiner Kehle. Dann laufe ich so schnell ich kann in mein Zimmer zurück. Die Tür schließe ich so leise wie möglich hinter mir.

21

Mein Kopf schwirrt von dem was ich gerade erfahren habe. Lenni hat also nie vorgehabt mich nach Hause zurück zu bringen und das Ganze hier war eine einzige Show. Dafür habe ich Louis zurückgelassen? Wie konnte ich nur so dumm sein, ihm zu vertrauen? Aber noch viel wichtiger ist die Frage, wie ich jetzt von diesem Schiff runterkomme, bevor wir die Grotte erreicht haben und Louis mit meiner Hilfe in diese Höhle gezwungen wird. Ich laufe in dem kleinen Zimmer auf und ab in der Hoffnung, dass mir eine bahnbrechende Idee kommt. Doch egal wie sehr ich mich anstrenge, mein Kopf ist wie leergefegt. Meine Gedanken kreisen nur darum wie blöd ich doch bin, dass ich diesem Schleimer geglaubt habe als er sagte er würde mich nach Hause bringen. Ich war auch noch so doof denen in die Hände zu spielen und habe sie bei ihrem Plan unterstützt. Ich weiß nicht, ob ich Louis je wieder unter die Augen treten kann. Das Ganze ist doch furchtbar peinlich! Um ihn zu beschützen, laufe ich direkt den Feinden in die Arme, damit sie mich als Köder für ihn benutzen können. Super, Eva, das hast du wirklich toll gemacht! Ich höre ein Klicken an der Tür.

Mein ganzer Körper versteift sich schlagartig. Zu meiner Überraschung ist es jedoch nicht die Türklinke, sondern der Schlüssel im Schloss. Ich laufe zur Tür und versuche sie zu öffnen. Keine Chance, sie ist versperrt. Ich hämmere dagegen, rüttele und schreie, doch es kommt keine Antwort. Na prima, soviel zu einem Fluchtplan. Ich lehne die Stirn gegen die Tür und versinke in völliger Verzweiflung. Ich werde dafür sorgen, dass Louis verletzt, vielleicht sogar getötet wird. Mein Schmerz nimmt mir die Luft zum Atmen. Ich lasse mich zu Boden sinken und schlinge meine Arme um die Knie. Im Moment kann ich sowieso nichts tun, also lasse ich mich in meiner Verzweiflung gehen. Sie nimmt den Druck von meinem Herzen und ich fühle mich ein bisschen besser.

Vor lauter Anstrengung merke ich gar nicht, dass ich wohl eingeschlafen bin. Ein lautes Poltern vor meinem Zimmer reißt mich in die Realität zurück. Ich reibe mir die Augen und springe auf die Füße. Ich habe immer noch eine Chance, ihnen zu entkommen, und ich will sie nutzen können, wenn es soweit ist. Vielleicht kann ich mich in der Grotte irgendwo verstecken, bis Louis mich dort findet. Dann hätten sie ihr Druckmittel verloren. Ich höre wieder das Klicken des Türschlosses und wappne mich für einen Angriff.

Meine Nerven sind bis zum Zerreißen angespannt.
Doch als sich die Tür schließlich öffnet bleibt mir die Luft weg. Lenni und zwei andere betreten gleichzeitig den kleinen Raum. Okay, gegen drei zu kämpfen könnte etwas schwieriger werden. Ich wäge ab, ob ich nicht einfach durch die Tür rennen kann, da schließt der eine Mann sie gerade.
Na prima, die Idee hat sich also auch erledigt.
„Ich weiß, dass du uns letzte Nacht belauscht hast. Du hast jetzt zwei Möglichkeiten. Entweder kommst du freiwillig mit, ohne Zicken zu machen, dann verspreche ich, dass dir nichts passiert, oder wir zerren dich hier mit aller Gewalt raus, und das wird schmerzhaft." Was heißt hier letzte Nacht? Das ist doch noch keine zwanzig Minuten her. Doch ein Blick zum Fenster genügt, um zu sehen, wie schlecht mein Zeitgefühl ist. Die Sonne geht bereits auf. Habe ich so lange geschlafen? Lennis gehässiges Grinsen unterstreicht seine Bosheit. Wie gerne würde ich ihm eine reinhauen! Sein dummes Angebot kann er sich in die Haare schmieren. Ich mache einen Schritt vorwärts und hole aus, um ihm eine Ohrfeige zu verpassen, doch er schafft es, meine Hand zu stoppen bevor sie sein Gesicht erreicht. Er hält mein Handgelenk fest umklammert und zieht mich ohne große Mühe zu sich heran.

„Du bist wirklich ein toller Wildfang. Ich wünschte, die Sache stünde anders, wir könnten wirklich eine Menge Spaß zusammen haben."
In seinen Augen kann ich ein kurzes Blitzen sehen. Niemals wäre das hier eine Option. Sein Anblick widert mich an, und von seiner furchtbaren Art will ich gar nicht erst anfangen. Was auch immer der sich einbildet, mit mir kann er das vergessen! Ich will meine Hand loszureißen, doch es funktioniert nicht. Er verstärkt seinen Griff nur noch mehr. Seine Fingernägel bohren sich in meine Haut.
„Ich habe keine Lust auf deine Spielchen, die Zeit läuft. Also los jetzt!" Er zieht mich hinter sich her. Seine Hand fühlt sich mittlerweile an wie ein Schraubstock. Er zerrt mich an Deck. Vor uns steht Sandbart und schaut durch ein Fernrohr. Ich sehe mich um. Wir haben an einem Steg angelegt, der zu einem großen Felsen führt. Ein schwarzes Loch bildet wohl den Eingang zur Grotte. Ich kann oben auf dem Felsen Grünzeug erkennen, das sich durch einen großen Spalt im Stein einen Weg zur Sonne bahnt. Wäre der Grund, hier zu sein ein anderer, würde ich das Ganze als schön bezeichnen.
„Da kommen sie ja, wie erwartet. Dein Louis scheint dich wirklich zu mögen, Kleine." Sandbart sieht mich mit einem herablassenden Blick an.

Ich kann gar nicht sagen, wie sehr ich mir gerade wünsche, dass ich ihm nicht so wichtig wäre. Dann wäre er in Sicherheit und ich wieder zu Hause, in meinem alten, tristen, kaputten Umfeld. Sandbart macht sich auf den Weg zur Holzplanke, die von der Liberty herunterführt und verlässt das Schiff.
„Los geht's, Püppchen." Lenni schaut mich nochmal an und zerrt mich dann ebenfalls zur Holzplanke und wir verlassen die Liberty. Ich erkenne die Segel der Dragonfly, die am Horizont immer größer werden.
Mein Herz macht einen Sprung bei dem Gedanken, Louis bald wieder zu sehen.

Ich muss mehrmals blinzeln, um meine Augen an das schwache Licht der Fackeln im Inneren des Grotteneingangs zu gewöhnen. Gegen das helle Sonnenlicht ist es hier stockdunkel. Nach ein paar Metern wird es wieder heller. Durch kleine Schlitze an der Decke bahnen sich die Sonnenstrahlen einen Weg ins Innere. Sie lassen das Wasser vor uns in den schönsten Grüntönen schillern. Wir laufen um den See herum, der sich genau in der Mitte befindet. Soweit ich sehen kann, gibt es nur den einen Eingang in die Grotte, durch den wir gerade gekommen sind. Lenni zerrt mich zu einem größeren Platz links neben dem Eingang.

Dort bleibt er stehen. Sandbart steht vor einem weiteren schwarzen Loch, das weiter in den Stein hinein führt. Das muss dann wohl die Höhle mit dem Schatz sein. Meine Knie werden weich. Louis soll da rein? Alleine? Das kann nur ein Scherz sein. Lenni gibt endlich mein Handgelenk frei und ich reibe gedankenverloren über die kleinen Abdrücke in der Haut, die seine Fingernägel hinterlassen haben. „Setz dich da hin und sei ruhig!", blafft er mir entgegen und ich gehorche. Was soll ich auch sonst tun? Abhauen, ohne dass Louis hier ist, ist wohl keine Option, und ein gutes Versteck scheint es hier auch nicht zu geben. Also muss ich auf das Unvermeidliche warten und hoffen, dass sich eine Gelegenheit zur Flucht ergibt, wenn die anderen da sind.

Ich habe das Gefühl, schon eine Ewigkeit hier zu sitzen, als Schritte von den Wänden der Grotte widerhallen. Ich starre zu dem Weg, den wir vorhin gegangen sind, und erblicke zuerst Louis Gesicht als er um die Ecke biegt. Dicht hinter ihm folgt Feuerbart. Sein Blick ist eisern und düster. Louis schaut sich auf dem Platz um und bleibt schließlich an meinem Gesicht hängen. Er schaut erleichtert.

Dann wendet er sich den anderen beiden zu, und sein Gesicht wird genauso düster wie das von Feuerbart.

„Ich freue mich, dass ihr endlich zu unserer kleinen Veranstaltung erschienen seid. Wir haben schon auf euch gewartet." Sandbarts feierliche Stimme lässt mich den Blick von Louis abwenden. Er lässt das hier wie eine fröhliche Party klingen, als wäre das hier ein freudiges Ereignis.

Ich kann dem Ganzen gerade nichts Fröhliches abgewinnen, und ich bin mir sicher da geht es nicht nur mir so. Ich beobachte Louis und Feuerbart, wie sie einen Schritt auf die anderen beiden zu machen und entdecke dabei Diego auf Louis Schulter. Er ist gerade dabei die zwei anzuknurren. Gut so, Kleiner! Feuere ich ihn gedanklich an.

„Hätten wir früher gewusst, was ihr vorhabt, wären wir sicherlich eher hier gewesen." Louis Stimme klingt heiser und unsicher. Er versucht die Situation noch einzuschätzen. Feuerbart tritt neben Louis und schaut wütend auf Sandbart und Lenni.

„Okay, Sandbart, lass uns das jetzt ein für alle Mal klären! Ich werde nicht zulassen, dass Louis diese Höhle betritt. Davon mal abgesehen, dass du dieses unschuldige Mädchen in diese Sache mit reinziehst. Von deinem kleinen Laufburschen hier will ich gar nicht erst anfangen. Also, du hast die Wahl.

Wenn du Louis haben willst, musst du erst an mir vorbei, oder du kommst zur Vernunft und lässt uns hier in Ruhe rausgehen und jeder segelt seiner Wege." Feuerbarts Stimme klingt ruhig und bestimmend. Ich bewundere ihn für seine Art, mit den Dingen umzugehen. Ich würde wahrscheinlich nur quieken, wenn ich jetzt irgendwas sagen müsste.

„Ich glaube nicht, dass du in der Position bist, Forderungen zu stellen, alter Freund. Außer, du möchtest das Leben des Mädchens aufs Spiel setzen. Ich würde gerne Louis' Meinung dazu hören." Er sieht Louis fragend an, ich kann seine Gefühle von seinem Gesicht ablesen. Gerade schlägt die Unsicherheit in pure Wut um. Ich habe Angst, dass Louis gleich auf Sandbart losgeht. Feuerbart legt ihm eine Hand auf die Schulter.

„Ich denke, Louis' Meinung tut hier nichts zur Sache. Ich lasse nicht zu, dass du ihn dazu zwingst oder das Mädchen tötest. Wie gesagt, dann musst du mich schon ausschalten, wenn du mit den zwei etwas alleine aushandeln möchtest." Kaum hat Feuerbart den Satz beendet, stürzt sich Lenni auf ihn. Ich springe auf die Füße, um zu ihnen zu laufen. Doch aus dem Augenwinkel sehe ich Pietie, der wie aus dem Nichts zu kommen scheint und brüllend auf die zwei zuläuft.

Ich fürchte erst, dass er auch auf Feuerbart losgeht, doch er reißt Lenni von ihm herunter. Louis ist genauso verblüfft wie ich.

„So war das nicht abgesprochen, Sandbart! Niemand sollte verletzt werden, das war die Abmachung!" Pieties dunkle Stimme hallt von den Wänden wider. Feuerbart steht wieder, doch er schwankt ein wenig. Sandbart sieht gelangweilt aus, und Lenni läuft auf und ab wie eine hungrige Raubkatze. Er schafft es, wieder an Pietie vorbei zu kommen, und stürzt sich erneut auf Feuerbart. Louis will dazwischen gehen, kommt jedoch zu spät. Lenni schafft es Feuerbart mit einem gezielten Schlag auf die Schläfe zu Boden zu reißen. Er schlägt völlig außer sich weiter auf ihn ein. Feuerbart versucht, ihn von sich herunterzuschubsen, doch er bekommt es einfach nicht hin. In dem ganzen Getümmel bekommt Louis einen Tritt in die Rippen und fliegt ein paar Meter weiter und landet dort krachend auf dem Boden. Er springt direkt wieder auf die Füße, doch Pietie hat sich Lenni schon gepackt und zerrt ihn erneut von Feuerbart herunter. Der strampelt und schreit wie ein Verrückter. Schließlich zieht Lenni ein Messer aus der Tasche, dreht sich zu Pietie um und versenkt es mit aller Kraft in dessen Hals.

Das schreckliche Gluckern des Blutes, das stetig in seiner Lunge ansteigt, erfüllt die ganze Umgebung. Pietie sinkt auf die Knie und gibt Lenni frei. Der zieht sein Messer aus dem Hals. Pietie versucht verzweifelt, seine Hände auf die Wunde zu drücken. Doch er hat keine Chance, das Blut aufzuhalten. Ich wende den Blick ab, ich kann das nicht angucken. Trotz allem, was er getan hat, hat er das hier nicht verdient. So einen Tod hat niemand verdient. . Ich fühle den unendlichen Schmerz in mir aufsteigen und pure Angst die sich langsam durch jede Zelle meines Körpers brennt. Lenni ist eindeutig irre. Wie konnte ich jemals denken, dass er vertrauenswürdig ist? Es wird still, unheimlich still.

Ich schaue wieder zu Pietie rüber und sehe Louis der neben ihm kniet und leise auf ihn einredet. Ich kann nicht hören was er sagt, aber ich glaube, er versucht ihm den Übergang zu erleichtern. Feuerbart liegt etwas weiter rechts von den beiden und bewegt sich nicht mehr. Ich denke, er ist bewusstlos. Auf einmal kann ich nicht mehr atmen, ich bekomme einfach keine Luft mehr. Ich sinke auf die Knie und versuche mich zu beruhigen, doch die Tatsache, dass jetzt niemand mehr zwischen Louis und der Höhle steht, außer mir, lässt die Panik nur noch weiter in mir aufsteigen.

„Das hätte alles nicht sein müssen, Louis, wenn du einfach gleich in die Höhle gegangen wärst." Louis' Blick löst sich von Pietie, der jetzt reglos auf dem Steinboden liegt. Er ist tot. Die Panik scheint mich aufzufressen, ich kann mich nicht mehr bewegen. Louis Blick ist hasserfüllt, als er langsam aufsteht und einen Schritt auf Sandbart zugeht. Seine ganze Hose ist durchtränkt von Pieties Blut und auch seine Hände sind rot. Er wischt sie an seinem T-Shirt ab. Im selben Moment ziehen mich Hände grob zurück auf die Füße. Lenni muss irgendwann hinter mich getreten sein.

„Halt dich zurück, sonst ist sie die Nächste!", brüllt er und Louis bleibt wie angewurzelt stehen. Er und schaut zu uns herüber und sein Blick ist voller Wut.

„Wenn du ihr auch nur ein Haar krümmst, mache ich dich fertig!", blafft er Lenni entgegen. Ich höre ihn hinter mir kichern. Der Druck seiner Hände auf meinen Schultern verstärkt sich.

„Geh jetzt in diese Höhle und bring mir den Schatz! Dann wird alles gut." Sandbarts Angebot klingt so, als hätte Louis eine Wahl, doch wir wissen alle, dass wir hier nicht lebend rauskommen, wenn er nicht geht. Ich bin mir noch nicht einmal sicher, dass wir hier rauskommen, wenn er den Schatz übergeben hat.

„Lass sie mit mir gehen. Dann hole ich diesen blöden Schatz." Sein Vorschlag klingt wie ein Flehen. Mir gefällt seine Idee, auch wenn ich Angst habe vor dem, was in dieser Höhle sein könnte. Aber wenigstens müsste ich dann nicht mit diesen Verrückten hier alleine sein. Sandbart denkt kurz über den Vorschlag nach, dann nickt er leicht. Ich brauche einen Moment, um zu realisieren, das dieses Nicken nicht Louis galt, sondern Lenni. Ein fester Schlag auf meinen Hinterkopf gibt mir die Bestätigung. Ich sinke langsam zu Boden. Vor meinen Augen verschwimmt alles und ich höre Louis schreien. Das Letzte was ich noch mitbekomme, sind Louis Worte.

„In Ordnung", ruft Louis, „ich gehe! Versprich mir, dass sie beide noch am Leben sind, wenn ich zurückkomme." Ich höre Sandbarts Antwort nicht mehr, denn ich sinke in endlose Dunkelheit. Alles wird schwarz und ich lasse mich davon treiben.

22

Louis

Es ist finster in der Höhle, nur ein paar Fackeln an der Wand beleuchten einen Stein in der Mitte. Hier verteilt sich ein furchtbarer Geruch, modrig, als ob etwas verwesen würde. Ich laufe langsam auf den Stein zu. Auf was habe ich mich nur eingelassen? Was ist, wenn ich es nicht schaffe die Prüfungen zu bestehen, von denen Pietie gesprochen hat? Komme ich hier überhaupt lebend raus? Und was machen sie mit Eva, wenn ich ihnen nicht bringe, was sich hier verbirgt? Mein Kopf schwirrt, ich atme tief durch. Ich muss es versuchen, ich kann das. Als ich die große Steinscheibe in der Mitte erreicht habe, verändert sich das Licht. Zischend entzünden sich Fackeln rundherum an den Steinwänden und beleuchten vier Holztüren, die in den Stein eingelassen sind. Über jeder Tür befindet sich ein Symbol, das in einer anderen Farbe aufleuchtet. Die Steinscheibe vor mir zeigt dieselben Symbole, die ebenfalls leuchten. Bei genauerem Hinsehen entdecke ich ein grünes Schwert, eine blaue Schriftrolle, ein rotes Herz und einen gelben Blitz. Neben den leuchtenden Symbolen sind Löcher im Stein.

Ich vermute, dass da irgendetwas reingehört. Und wahrscheinlich befindet sich dieses Etwas hinter der jeweils passenden Tür. Ich habe keine andere Wahl, als durch jede der Türen zu gehen und nachzusehen, was mich dahinter erwartet. Mein Herz schlägt mir mittlerweile bis zum Hals. Doch der stetige Schlag beruhigt mich mehr, als dass er mich in Panik geraten lässt. Irgendwie verrückt, doch ich habe das Gefühl, dass mich in diesem Moment die Panik nur noch verrückter machen würde. Ich versuche mich auf diese Aufgabe einzulassen und alle anderen Gefühle auszublenden. Das Adrenalin schießt durch jede Faser meines Körpers und lässt meine Ohren rauschen. Die Lichter an der Steinscheibe werden schwächer, nur das grüne Schwert leuchtet immer noch stark. Das heißt wohl, dass ich dort beginnen soll. Die Tür befindet sich direkt links neben dem Eingang, durch den ich gekommen bin. Ich stelle mich vor die Tür. Durch das Licht der Fackeln entdecke ich goldene Buchstaben, die ungefähr in der Mitte schimmern.

> *„Nur, wer **Mut** hat, wird bestehen.*
> *Der **Feigling** wird hier untergehen!"*

Na das klingt doch sehr aufmunternd. Ich umfasse die Türklinke und schließe die Augen, um meine Gedanken zu sortieren und meinen Herzschlag zu beruhigen. Doch sobald ich sie schließe, schießen mir Bilder von Pietie durch den Kopf, der blutverschmiert in meinen Armen liegt, oder von Eva, wie sie zusammengerollt auf dem Boden lag: Sie wirkte so leblos, so weit entfernt von mir. Ich hoffe, dass ich sie wiedersehe. Ich hätte sie küssen sollen! So oft habe ich darüber nachgedacht. Wie sich ihre Lippen wohl anfühlen? Ich werde das hier für sie überstehen, und wenn es nur für diesen einen Kuss ist. Langsam drücke ich die Klinke herunter und ziehe die Tür auf. Ein grelles Licht lässt mich blinzeln, ich kann nichts erkennen, der Raum ist nichts als weiß. Ich stolpere durch die Tür und sie verschließt sich direkt hinter mir. Erschrocken taste ich an der Tür entlang, doch die Türklinke ist verschwunden. Ich bin gefangen. Meine Augen gewöhnen sich langsam an das grelle Licht.

Ich bemerke erst jetzt, dass sich der Boden unter meinen Füßen verändert hat. Ich stehe auf einer grünen Wiese. Die Wiese scheint endlos zu sein. Wie ist das möglich? Es riecht hier sogar nach frisch gemähtem Gras. Über mir scheint die Sonne an einem wunderschönen, strahlend blauen Himmel.

In der Ferne entdecke ich einen Baum; in ihm steckt ein Schwert. Als ich einen Schritt darauf zu mache, fängt der Boden an zu zittern. Links und rechts von mir sehe ich wie die Wiese am Horizont wegbricht und nichts als schwarze Leere zurückbleibt. Ich fange an zu rennen, direkt auf den Baum zu, während das Nichts immer weiter auf mich zukommt. Ich laufe so schnell ich kann und erreiche mit letzter Kraft das Schwert. Als ich meine Hand um den Griff lege verändert sich die Umgebung. Es beginnt mit einem leisen Summen, bevor langsam alles um mich herum verschwimmt, wie Farben in einem Abfluss. Dann ist es für den Bruchteil einer Sekunde dunkel, bevor sich dann die neue Umgebung durch diesen Strudel wieder aufbaut. Das Ganze passiert so schnell, dass ich gerade zweimal blinzeln kann. Der Baum und die Wiese sind verschwunden. Ich stehe in einem schwach beleuchteten Raum, der Boden, die Wände und die Decke sind aus Stein. In meiner Hand liegt das Schwert. Es ist ziemlich schwer. Ich glaube, das ist das erste mal, dass ich überhaupt eines in der Hand habe. Ich drehe es hin und her und beobachte, wie sich das Licht in den grünen Smaragden am Griff bricht, als ein tiefes, kehliges Lachen durch den kleinen Raum dringt. Es hallt von den Wänden wieder und gibt dem Raum ein furchtbares Echo.

Ich drehe mich im Kreis, um die Person die zu dem Lachen gehört, auszumachen, doch es ist zu dunkel. Etwas kommt mir an der Stimme vertraut vor, ich bin mir nur nicht sicher, was. Plötzlich saust ein Schwert auf mich zu. Ich kann mich gerade noch nach links wegducken und schaue meinem Angreifer direkt in die Augen. Mir bleibt die Luft weg, als ich die vertraute Gestalt von Feuerbart vor mir stehen sehe. Doch irgendwas ist anders an ihm. Ich kann nicht lange darüber nachdenken, denn er holt schon zum nächsten Schlag aus und diesmal pariere ich den Hieb mit meinem Schwert. Das Klirren des Metalls erfüllt den ganzen Raum und gibt ein furchtbares Echo. Wieder verfällt er in dieses komische Lachen. Jetzt endlich bemerke ich auch, was an ihm anders ist. Seine Augen sind nicht so blau wie normalerweise, sie sind zwei schwarze Löcher, die mich unablässig fixieren. Ich weiß nicht, wer das ist, aber Feuerbart ist es nicht, auch wenn er so aussieht. Wieder saust das Schwert auf mich zu. Ich mache einen Hechtsprung nach rechts und rolle mich auf dem harten Boden ab, um dann selbst auszuholen und einen Gegenangriff zu starten. Als mein Schwert auf seines trifft, löst es sich in Luft auf, genauso wie Feuerbart.

Was zum Donner soll das? Ich drehe mich wieder suchend im Kreis, nur darauf wartend, dass der nächste Angreifer aus der Dunkelheit herausspringt.

In diesem Moment verändert sich wieder die Umgebung, und ich stehe erneut auf der Wiese. Sie ist so grün und unversehrt wie zu Beginn. Nur der Himmel ist nicht mehr so wie zuvor. Dunkle, tief hängende Wolken bedecken ihn jetzt vollständig. Erst jetzt bemerke ich, dass ich kein Schwert mehr in der Hand halte. Ein ohrenbetäubender Donner erschüttert die Umgebung. Ich muss mir die Ohren zuhalten. Schon fängt es an zu regnen – beziehungsweise zu schütten wie verrückt. Innerhalb von wenigen Minuten stehe ich knöcheltief im Wasser. Ich sehe mich auf der Wiese um, kann aber weder einen Unterstand noch eine Erhöhung entdecken. Mittlerweile ist das Wasser bis zu meinen Knien angestiegen.
„Hallo?", schreie ich so laut ich kann, doch es kommt keine Antwort. Eigentlich habe ich auch nicht wirklich mit einer gerechnet. Als das Wasser an meinen Bauch reicht, erscheint die Tür mitten auf der Wiese ungefähr fünfhundert Meter von mir entfernt, und sie hat eine Türklinke. Ich mache mich auf den Weg. Auf halber Strecke sehe ich einen grün leuchtenden Edelstein zu meinen Füßen.

Ich versuche danach zu greifen, doch das Wasser steht mir bereits bis zum Hals, und ich muss schwimmen. Um den Stein zu erreichen, bleibt mir nichts anderes übrig, als zu tauchen. Ich sauge so viel Luft ein wie möglich und gleite unter die Wasseroberfläche. Ich tauche immer tiefer in das kalte Wasser und spüre, wie mein Gesicht und meine Finger anfangen zu bitzeln. Auch meine anderen Körperteile werden steifer, und mit jedem Stück, das mich dem Stein näher bringt, wird es schmerzhafter und härter, voranzukommen. Mit letzter Kraft strecke ich die Hand nach dem Stein aus und schließe ihn fest in meine Faust.

Wieder ändert sich die Umgebung. Ich sitze auf hartem Stein und lehne mit dem Rücken an der Tür. Die Wärme der Raumes kriecht langsam in jedes Körperteil und erweckt meine Glieder wieder zu neuem Leben. Ich schnaufe immer noch von der Anstrengung. Langsam öffne ich meine Faust und betrachte den leuchtend grünen Edelstein. Er pulsiert, das grüne Licht flackert in einem steten Rhythmus, wie ein schlagendes Herz. Ich habe es geschafft! Dieser Gedanke schleicht sich langsam in meinen Kopf. Die erste Prüfung scheint bestanden zu sein und, soweit ich das sehen kann, bin ich unversehrt aus der Sache herausgekommen.

Ich rappele mich auf und drücke die Türklinke runter. Ich verlasse den Raum und finde mich in der Höhle wieder. Die Tür verschließt sich hinter mir und die Fackeln an der Wand erlöschen, genauso wie das Schwertsymbol über der Tür. Ich laufe auf die Steinscheibe in der Mitte zu. Das Schwert leuchtet hier immer noch genauso strahlend wie zuvor. Ich platziere den grünen Edelstein in dem Loch daneben. Der Stein pulsiert stärker, und eine feine grüne Linie schlängelt sich von ihm aus zum Schwert. Dann wird das Licht schwächer, und die blaue Schriftrolle leuchtet auf.

23

Ich suche den Raum nach der passenden Tür ab. Sie befindet sich auf der gegenüberliegenden Seite der Höhle. Als ich vor ihr stehe, versuche ich wieder, die goldenen Buchstaben zu entziffern. Diesmal sind jedoch keine in der Mitte der Tür. Stirnrunzelnd gehe ich einen Schritt zurück, um die ganze Tür anzusehen. Ich entdecke den Schriftzug letztendlich am oberen Rand der Tür.

> *„Bist du **schlau**, dann hast du Glück.*
> *Der **Dumme** gewinnt hier gar kein Stück!"*

Na gut, mal sehen, was da drin auf mich wartet. Ich drücke die Türklinke runter und ziehe die Tür auf. Als ich hindurch gegangen bin, verschließt sie sich hinter mir, und die Türklinke ist verschwunden. Der Raum ist klein und angenehm beleuchtet. An der Wand gegenüber ist eine weitere Tür. Ich laufe darauf zu. Dabei fällt mir auf, dass sie aus vielen kleinen quadratischen Platten besteht. Auf jeder scheint etwas abgebildet zu sein, jedoch nur Stücke aus einem Bild. Ich brauche einen Moment um zu erkennen, dass sie wohl alle zusammen gehören. Die Tür scheint eines dieser Schiebepuzzle zu sein, die ich als Kind oft gemacht habe. An denen bin ich oft verzweifelt.

Oben rechts ist die quadratische Lücke, also habe ich wohl richtig vermutet. Ich versuche, die Teile zu schieben, um alles richtig zu sortieren und das Bild zu enthüllen. Nach mindestens zehn Anläufen habe ich endlich einen Teil des Bildes richtig. Es ist ein Bild von Eva, Diego und mir. Von unserem ersten Frühstück an Deck der Dragonfly. Meine Gedanken schweifen einen Moment an diesen Augenblick zurück. Ich bin mir sicher, dass ich sie damals schon geliebt habe – eigentlich ab dem Moment, als ich sie auf der Wiese in ihrem Garten liegen sah. Doch ich hatte Angst, vor dem was passieren kann, wenn ich mich auf meine Gefühle einlassen würde. Die Geschichte von Evas Familie ist doch ein guter Beweis dafür, was passieren kann, wenn man alles in seine Gefühle investiert und dann verletzt wird.
Auf einmal ertönt ein furchtbares, lautes Tuten in dem Raum. Das Licht flackert rot, die Wände bewegen sich. Der Raum wird noch kleiner. Ich beeile mich, die letzten Scheiben richtig zu schieben, und schaffe es gerade, als die Wände bereits den Rahmen der Tür erreicht haben. Die Wände stoppen, als das Bild komplett ist. Es ist ein schönes Bild von uns. Ich gehe einen Schritt vorwärts, um es zu berühren. Da leuchtet es auf und löst sich dann in Luft auf, um einen schmalen Gang hinter sich frei zu geben. Ich laufe durch den Gang.

An seinem Ende steht ein einsamer Baumstumpf und darauf ein Glas mit einer durchsichtigen Flüssigkeit. Daneben liegt ein Zettel. „Trink das aus!", steht darauf. Ich nehme das Glas in die Hand und rieche erst mal daran. Zu meiner Überraschung ist es geruchlos. Vielleicht ist es ja einfach nur Wasser. Doch das Kribbeln meiner Kopfhaut lässt mich vermuten, dass es nicht so einfach ist. Na ja, ich komme wohl nicht weiter, wenn ich das Glas nicht austrinke. Ich setzte an und mache es mit einem Zug leer. Als ich das Glas zurück auf den Baumstumpf stellen möchte merke ich wie sich meine Sicht verändert. Mir wird mit einem Mal schwindelig, und vor mir sehe ich zwei Baumstümpfe. Ich blinzele hektisch, um meine Sicht wieder zu sortieren, doch es wird nicht besser. Ich taumele vorwärts und stütze mich schließlich auf dem Holz ab. Ich schaffe es, das Glas abzustellen, ohne dass es zu Bruch geht, und sehe, dass sich die Nachricht verändert hat. Jetzt ist nichts mehr auf dem Zettel zu sehen, als ein schwarzer Totenkopf. Ich fürchte, in dem Glas war nicht nur Wasser, sondern Gift.

Ein Licht fordert meine Aufmerksamkeit. Ich stolpere darauf zu und stehe in einem weiteren kleinen Raum. In der Mitte steht ein Tisch und davor ein Stuhl.

Ich wanke darauf zu und lasse mich auf den Stuhl fallen. Mein Atem kommt nur noch stoßweise. Ich habe das Gefühl, kilometerweit gerannt zu sein. Auf dem Tisch vor mir steht eine große Schüssel mit Wasser, davor liegen vier kleine Phiolen, die mit einer schimmernden Flüssigkeit gefüllt sind. Darüber liegen Karten mit den Buchstaben A bis D. Unterhalb liegt ein weißer Umschlag. Ich nehme ihn in die Hand und versuche ihn zu öffnen, doch der Umschlag zuckt wild hin und her, denn ich brauche einen Moment um zu verstehen, dass es meine Hände sind die zittern. Ich atme tief ein, in der Hoffnung, dass es mich etwas beruhigt. Aber seien wir ehrlich: Ich habe wer weiß was getrunken und könnte jeden Moment tot umfallen. Was zur Hölle soll ich nur tun? Ich bin echt nicht bereit, hier draufzugehen. Ich öffne schließlich den Umschlag. Darin befindet sich ein Zettel. Ich falte ihn auf und streiche ihn auf dem Tisch glatt.

Hallo Louis,
sicher weißt du, dass du kein Wasser getrunken hast, sondern das Gift von einem Griebelast.
Nur eine Antwort kann es geben,
die richtige Phiole schenkt dir Leben!

Oh, super! Noch etwas zu trinken. Ich habe wohl keine andere Wahl als dieses Rätsel so schnell wie möglich zu lösen. Ich spüre mein Herz, wie es immer schneller schlägt. Jeder Schlag hämmert von Innen gegen meine Rippen. Ich versuche mich auf das Papier zu konzentrieren.

Hier nun die Frage, gib gut acht,
Sie ist extra für dich gemacht:
Ein kleines Tierchen kennst du gut,
Es kann auch fliegen, und hat viel Mut.
Auch Stehen in der Luft gelingt.
Sag mir, welche Tiere das sind.

A Biene B Hummel C Libelle D Schmetterling

Damit habe ich jetzt gar nicht gerechnet: ein echtes Rätsel unter diesen Bedingungen. Als könnte ich mich jetzt auf irgendetwas konzentrieren, außer meinem unmittelbar bevorstehenden Tod. Ich lese mir dieses verrückte Gedicht noch einmal durch. Fliegen können diese Tiere alle, nur welches Tier davon kenne ich gut? Ich versuche mich zu konzentrieren. Da gelingt mir ein klarer Gedanke in all dem Nebel der in meinem Kopf herrscht. Die Dragonfly! Die Galionsfigur ist doch eine goldene Libelle.

Ich nehme die Phiole unter dem C in die Hand und drehe sie. Die schimmernde Flüssigkeit darin bewegt sich auf und ab. Die Schrift auf dem Papier verschwimmt. Erst denke ich, das Gift spielt mir erneut einen Streich, doch dann bemerke ich, dass sich neue Buchstaben und Wörter bilden.

Wenn das deine Antwort ist,
schütte den Inhalt in die Schale und nimm einen großen Schluck. Bedenke, dass die falsche Antwort dein Leben kostet!

Mit einem Knacken öffne ich die Phiole und gieße die Flüssigkeit in die Schale. Ich habe sowieso nichts mehr zu verlieren. Sobald das schimmernde Gel die Oberfläche erreicht, färbt sich das Wasser leuchtend blau. Meine Sicht wird an den Rändern schwarz. Ich tauche meine Hände in die Schale und führe sie zum Mund. Entweder ist das jetzt meine Rettung oder ich falle tot um. Ich denke erneut an Eva und die schönen Momente, die wir gemeinsam erlebt haben. Ich schließe die Augen und trinke. Als ich die Schale geleert habe, geht es mir langsam besser. Mein Herzschlag hat sich wieder normalisiert und auch das Schwindelgefühl ist verschwunden. Nur das Zittern ist unverändert. Ich versuche mich mit tiefen Atemzügen zu beruhigen.

Ich habe es geschafft, wieder eine Aufgabe überstanden. Ich sinke in den Stuhl zurück, als das Licht in dem Raum erlischt. Es ist stockdunkel und ich versuche irgendwelche Geräusche auszumachen aber es ist völlig still. Auf einmal geht das Licht wieder an, und alle Sachen sind vom Tisch verschwunden. Jetzt stehen dort drei Würfelbecher. Als ich aufsehe sitzt Lenni mir gegenüber und sein Gesicht ist zu einem schrägen Grinsen verzogen. Reflexartig spannen sich alle Muskeln in meinem Körper an und ich springe von meinem Stuhl auf – bereit, über den Tisch zu hechten und ihm eine reinzuhauen. Wie gerne würde ich ihm einen gezielten Schlag in seine blöde Visage verpassen. Ich setze gerade zu einem Sprung an, da fällt mir ein entscheidendes Detail ins Auge: Es ist nicht Lenni, der da vor mir sitzt. Genau wie bei Feuerbart mag diese Person zwar so aussehen wie Lenni, doch seine Augen sind schwarz und leer. Ich setze mich wieder und warte ab. Lenni, oder wer auch immer das ist, fängt an, die Becher mit der Öffnung nach unten auf dem Tisch zu platzieren. Ich glaube, ich weiß, was wir jetzt spielen. Einige von der Crew haben mir dieses Spiel mal an Bord der Dragonfly gezeigt. Ich glaube, sie nannten es Hütchenspiel. Lenni holt einen blauen Edelstein aus seiner Hemdtasche.

Das ist also der Preis, den es zu finden gilt. Er legt ihn unter den Becher in der Mitte.

„Du hast drei Versuche, um den Stein zu gewinnen! Falls du es nicht schaffst, wirst du die Konsequenzen tragen müssen." Seine Stimme ist viel dunkler, bedrohlicher als sonst. Spätestens jetzt ist klar, dass es nicht Lenni ist. Ich folge seinem ausgestreckten Arm, mit dem er auf die linke Seite des Raumes deutet. Dort erhellt ein Licht einen kleinen Holztisch, der nur ein paar Schritte von uns entfernt steht. Ich muss schwer schlucken, als ich die Werkzeuge darauf sehe. Dort liegt eine Säge mit scharfen Zacken, so etwas wie ein Bohrer –so einen habe ich schon mal beim Schreiner in Piemont gesehen – und zwei Geräte, die ich noch nie vorher gesehen habe. Das eine sieht aus wie ein Nussknacker, nur sind dort anstatt der Rillen zum Nüsse knacken zwei kleine Klingen. Das andere sieht aus wie ein Messer, doch anstatt einer Klinge hat es sehr viele Zacken an beiden Seiten und eine schmale Spitze. Ehrlich gesagt, ist es mir lieber, wenn ich nicht so genau erfahre, was man damit machen kann. Lenni hat sein Gesicht zu einer schauerlichen Grimasse verzogen. Er lässt keinen Zweifel daran, dass er mir nur zu gerne demonstrieren würde, was da auf seinem Foltertisch so alles herumliegt.

Doch diesen Gefallen will ich ihm nicht tun. Ich nicke, um klar zu machen, dass ich alles verstanden habe. Er bewegt die Becher auf dem Tisch hin und her. Dabei versuche ich, den Becher mit dem Stein zu verfolgen. Meine Gedanken wandern immer wieder zu diesem Holztisch hinüber und schließlich, in einem unbedachten Moment , auch meine Augen. Mist! Jetzt habe ich einen Zug verpasst. Lenni hört auf, die Becher zu verschieben. Ich tippe auf den rechten Becher, obwohl ich unsicher bin, ob der Stein darunter liegt. Lenni hebt breit lächelnd den Becher an.

„Noch zwei Versuche!" Seine Stimme trieft vor Gehässigkeit. Ich spüre, wie sich meine Muskeln wieder unter meiner Haut anspannen und versuche mich zu beruhigen. Er will mich nur provozieren und verunsichern. Doch in der Ruhe liegt die Kraft. Lenni hebt den linken Becher an, um mir zu zeigen, dass der Stein darunter liegt. Erneut beginnt er, die Becher zu vertauschen. Diesmal konzentriere ich mich besser und verbanne alle anderen Gedanken aus meinem Kopf. Mein Gehirn ist wie leergefegt. Alle meine Sinne sind jetzt auf diesen Becher mit dem Stein gerichtet. Lenni stoppt und schaut mich fragend an. Diesmal bin ich sicher, dass ich richtig liege, und tippe auf den Becher in der Mitte.

Noch bevor er ihn anhebt, weiß ich, dass ich richtig geraten habe. Seine Gesichtszüge haben sich verändert. Er guckt jetzt so, als hätte er in eine Zitrone gebissen. Ich hebe den Becher an und schnappe mir den Stein. Ich stehe mit einem Satz auf den Füßen, mein Stuhl fällt um. Doch bevor er den Boden erreichen, kann löst er sich in Luft auf. Genauso wie der Tisch und auch Lenni. An ihrer Stelle erscheint die Tür mit einer Türklinke. Ich gehe hindurch und bin wieder in der Höhle mit der Steinplatte. Ich lege den blauen Stein in die Kuhle neben der Schriftrolle und beobachte, wie sich die feine blaue Linie vom Stein aus zu ihr rüber zieht. Das Licht der Schriftrolle lässt nach, und das rote Herz leuchtet auf.

24

Eva

In meinem Kopf pulsiert ein dumpfes Dröhnen. Weit entfernt höre ich ein leises Tropfen, es klingt wie ein undichter Wasserhahn. Regelmäßig platscht das Wasser leise auf eine harte Oberfläche. Ich konzentriere mich darauf und fange an die Tropfen zu zählen. Doch der Druck in meinem Kopf zieht mich langsam zurück in die Dunkelheit und ich kann mich nicht dagegen wehren. Erbarmungslos zieht es mich weg von meiner Umgebung, und ich kann langsam Farben erkennen. Gesichter tauchen vor meinem geistigen Auge auf. Erst nur verschwommen, doch langsam werden sie deutlicher. Ich kann ihre Stimmen hören, wie sie aufgeregt miteinander diskutieren, doch ich kann sie noch nicht verstehen. Als ich sie endlich erkennen kann, bin ich entsetzt. Es sind meine Eltern, die sich an unserem Frühstückstisch unterhalten.
„Was ist das eigentlich für ein besonderes Ding da drin? Warum willst du es unbedingt haben?", fragt mein Vater. Doch es ist nicht seine Stimme. Sie klingt anders – rauer und mit schleimigem Unterton.

Irgendwas daran kommt mir bekannt vor, doch der Schleier des Schmerzes in meinem Kopf lässt die Erinnerung nicht zu.
„Zum hundertsten Mal: In alten Aufzeichnungen steht, dass es der Schlüssel zur Macht ist. Es ermöglicht mir die Herrschaft über das ganze Wolkenreich und macht mich zum mächtigsten Individuum, das es hier je gegeben hat." Das ist sicher nicht die Stimme meiner Mutter. Sie ist viel tiefer und vibriert in meinem Inneren. Sie verursacht mir eine Gänsehaut, die sich auf meinem ganzen Körper ausbreitet. „Dein Warum hat sich dann wohl damit auch geklärt." Meine Mutter schaut genervt zu meinem Vater herüber. Diese Szene wirkt surreal. Ich kenne dieses Bild, doch die Stimmen und die Unterhaltung passen überhaupt nicht dazu. Ich schaffe es aber nicht, einen klaren Gedanken dazu zu fassen. Ich will näher an dieses Geschehen heran. Doch mein Körper gehorcht mir nicht. Ich bin also nur ein stiller Beobachter. Langsam steht mein Vater von seinem Stuhl auf und räumt dabei die Teller weg.
„Was passiert aber genau, wenn du es endlich bekommst? Fängst du dann an zu leuchten oder wirst du dann größer? Was denn?" Seine Stimme klingt so genervt. Doch eigentlich lächelt er freundlich, dass ist total verrückt.

Meine Mutter verdreht lachend die Augen, bevor sie wieder spricht.
„Natürlich nichts von alledem. Zumindest steht davon nichts in den Aufzeichnungen. Der Schatz soll dem, der ihn bekommt, die Kraft geben, neuer Herrscher des Wolkenreiches zu werden. Was da genau mit mir passiert, wenn ich diesen Schatz benutze, werden wir sehen, sobald er aus dieser Höhle kommt und ihn mir übergibt." Die letzten Worte zischt sie nur noch leise vor sich hin. Ein tiefes Lachen füllt die Umgebung. Meine Eltern schauen zum Eingang der Küche, in dem ich gerade auftauche. Ich bin ungefähr zehn und hüpfe aufgeregt von einem Fuß zum anderen. Ich brauche einen Moment um zu realisieren, dass dieses Lachen von mir ausgeht. Das ist definitiv nicht mein Lachen.
„Du glaubst doch nicht wirklich, dass du diesem Schatz würdig bist, oder? Niemals wirst du dieser Legende gerecht werden, das kann nur er! Sonst wärst du jetzt da drin, und wir würden gar nicht hier sitzen", blafft die kleine Version von mir, meiner Mutter entgegen. Das ist total irre!
Langsam verschwimmt die Szene wieder und die Dunkelheit schleicht sich wieder vor mein Inneres Auge.

Doch die Stimmen bleiben erhalten. „Was weißt du denn schon? Ich werde dem ganzen würdig sein und dein kleiner Junge wird mir den Schatz freiwillig geben, wenn er weiß, was gut für ihn ist", kontert die tiefe, vibrierende Stimme. Dann folgen schnelle Schritte und ein lautes Aufstöhnen. „Ich denke, das dauert hier noch etwas. Da können wir keine Zuhörer gebrauchen und schon gar keine Besserwisser!", flüstert die raue Stimme.

„Ich warte ja nur, bis du endlich merkst, dass du dich für die falsche Seite entschieden hast! Dann kommst du bettelnd angelaufen, und ich werde mich an diesen Moment genau erinnern. Das verspreche ich dir", murmelt die Stimme, die gerade noch mir gehörte. Daraufhin folgt ein dumpfer Schlag, und irgendjemand geht ächzend zu Boden.

„Das wird nicht passieren", blafft die raue Stimme. Dann ist alles still und die Dunkelheit ergreift völlig Besitz von mir.

Als der Schmerz erneut ein wenig nachlässt, höre ich wieder die zwei Stimmen von vorhin. Mein Kopf lässt jetzt langsam wieder ein paar klare Gedanken zu und ich kann endlich die Stimmen zuordnen.

„Wieso können wir die zwei nicht einfach umbringen?" Das ist die raue, schleimige Stimme. Sie gehört Lenni.

„Weil wir dann unser Druckmittel verlieren, du Blödmann. Lass die Finger von den beiden! Wenn er uns den Schatz übergeben hat, kannst du mit allen machen, was du willst. Bis dahin lässt du dein Messer in der Tasche." Das ist Sandbarts tiefe Stimme. Die dritte Person ist dann sicher Feuerbart. Wahrscheinlich hat Lenni ihn wieder niedergeschlagen. Ich versuche erneut mich zu bewegen, doch sobald ich diesen Gedanken im Kopf für mich formuliert habe kommt der dröhnende Schmerz wieder zurück und bringt die Dunkelheit mit sich. Ich versuche sie willkommen zu heißen, um die furchtbaren Bilder zu verbannen die sich langsam in mein Bewusstsein schieben, Feuerbart zusammengesackt auf dem Boden. Diesen starken, souveränen Mann so zu sehen, ist einfach furchtbar.

Oder Pietie, leblos, umgeben von seinem eigenen Blut. Egal wie furchtbar er zu mir war, das hatte er nicht verdient. Als Letztes ist da noch ein Bild von Louis. Er liegt auf dem Boden, er ist blass und atmet nicht mehr. Der Schmerz erfasst mich wie eine eiserne Faust. Ich möchte schreien, seinen Namen zu rufen, weinen. Doch ich kann mich nicht rühren. Die Dunkelheit ist mir nun ein willkommenes Übel.

Sie zieht mich weg von diesem furchtbaren Bild und schenkt mir Ruhe. Bei ihr gibt es keinen Schmerz, keine Angst und keine Gedanken. Hier bin ich zufrieden und ich lasse mich von ihr davon tragen.

25

Louis

Die Tür mit dem Herzsymbol befindet sich links von der ersten Tür, durch die ich gegangen bin. Ich atme nochmal tief durch, bevor ich mich auf den Weg zu ihr mache. Auch auf dieser Tür steht einer dieser aufmunternden Slogans in goldenen Buchstaben.

> *„Ein **reines Herz** ist, was man will,*
> *Denn ohne **Liebe** wär es still!"*

Irgendwie habe ich das Gefühl, dass mir der Inhalt dieser Prüfung am wenigsten gefallen wird. Ich ziehe sie trotzdem auf und gehe hindurch. Jetzt aufzugeben hat auch keinen Sinn. Als sich die Tür hinter mir geschlossen hat, blendet mich ein heller Lichtblitz. Ich taumele einen Schritt zurück und laufe gegen irgendwas. Erschrocken drehe ich mich um und sehe einen Mann, der mich böse anschaut.
„'Tschuldigung", murmele ich. Als ich mich umsehe, erkenne ich den Marktplatz von Piemont. Überall um mich herum stehen die Stände, doch sie sind leer. Der ganze Platz ist menschenleer.

Der Mann von gerade ist auch verschwunden. Was mache ich hier? Ich gehe ein paar Schritte auf die Mitte des Platzes zu, da höre ich einen spitzen Schrei. Er kommt aus der gegenüberliegenden Richtung. Ich laufe los, um die Person zu finden, die anscheinend Hilfe braucht. Kurz bevor ich am Ende des Platzes angekommen bin, fällt mein Blick auf eine Gruppe Männer. Sie sind zu viert und muskelbepackt. Sie stehen um eine kleine Frau herum und schubsen sie hin und her.
„He, ihr da! Lasst die Frau in Ruhe!", brülle ich ihnen zu Kaum habe ich die Worte ausgesprochen, kommen die Männer auf mich zu. Ich kann einen kurzen Blick auf die Frau werfen. Es ist Rosa! Sie wischt sich vorsichtig mit ihrem Ärmel das Blut von der Nase. Der größte der Männer baut sich nun vor mir auf und versperrt mir die Sicht. Ich versuche mich zu beruhigen. Wenn dieser Raum genauso ist wie die anderen, war das gerade nicht wirklich Rosa, sondern wieder nur eine dieser komischen Gestalten, und die Kerle vor mir lösen sich auch gleich in Luft auf. Trotzdem spüre ich den Stich im Herzen. Rosa ist wie eine Mutter für mich, ich könnte es nicht ertragen, wenn ihr etwas zustoßen würde …

Meine Gedanken treffen wieder auf die Realität, als ich die Fingerknöchel dieses Typen auf meinen Kiefer krachen höre. Der Schlag reißt mich mit einem Mal von den Füßen und der Schmerz pulsiert in meinem Kopf. Ich lande unsanft auf dem harten Pflastersteinen und versuche direkt wieder aufzustehen. Ich merke wie ich schwanke, mein Kopf surrt. Ich sehe lauter Blitze vor meinen Augen zucken. Den nächsten Schlag kann ich abwehren. Meine Faust landet mitten auf der Nase des Angreifers. Unter der Kraft meiner Faust, höre ich den Knochen knacken. Er taumelt rückwärts und sofort schießt das Blut aus seinen Nasenlöchern. Ich spüre, dass ich mich nicht mehr auf den Beinen halten kann, doch ich gebe alles, um länger stehenzubleiben als er. Mit seiner Hand wischt er sich das Blut ab und sieht mich direkt an. Auch seine Augen sind schwarz. Er lächelt schief und löst sich dann auf, genauso wie seine Kumpane. Ich sinke zu Boden und spüre eine Hand auf meiner Schulter. Ich weiß wem die Hand gehört ohne hinzusehen. Trotzdem drehe ich den Kopf – nur um sicherzugehen, dass mir mein Gehirn keinen Streich spielt. Rosa lächelt mich an und verschwindet. Sie sah unversehrt aus. Ich schließe die Augen, um mich zu sammeln.

Rosa ist nichts passiert, das alles hier ist nur Illusion – bis auf den Schlag, der fast meinen Kiefer gebrochen hat. Der wirkte ziemlich echt. Aber Rosa geht es gut, es geht ihr gut. Ich muss mir diesen Satz mehrmals vorsagen, um ihn endlich zu glauben.

Als das Surren in meinem Kopf endlich nachgelassen hat, öffne ich die Augen. Vor mir steht Eva. Ich springe auf die Füße und laufe einen Schritt auf sie zu. Erst dann bemerke ich ihren Gesichtsausdruck. Unaufhörlich laufen ihr die Tränen über die Wangen. Sie schluchzt. Als ich vor ihr stehe bemerke ich das Blut an ihren Händen und ihrer Kleidung. Ich berühre ihr Gesicht, nehme ihre Hände und untersuche sie nach Verletzungen. Sie scheint unversehrt, doch wem gehört das Blut?
„Eva, was ist passiert?", flüstere ich.
„Es tut mir furchtbar leid, ich konnte nichts tun", presst sie heiser hervor.
Sie schaut an mir vorbei, und ich drehe mich langsam um. Ich habe das Gefühl, als hätte ich meinen Körper verlassen. Die nächsten Momente beobachte ich das Geschehen nur noch von Außen. Ich sehe mich selbst, wie ich auf die Knie sinke und spüre die Verzweiflung wie eine Faust die mein Herz zu zerdrücken droht.

Als ich Diego leblos auf dem Boden sehe und Sandbart, wie er sich mit einem blutverschmierten Messer über ihn beugt, packt mich die Verzweiflung. Sandbart wischt das Blut grinsend an seinem Hemd ab. Ich spüre die Tränen, die heiß über mein Gesicht laufen und merke wie plötzlich meine Trauer in blanken Hass umschlägt. Die Wut verteilt sich warm und elektrisierend in meinem ganzen Körper, wie Feuer. Ich springe auf und stürze mich auf Sandbart. Er weicht nicht zurück, doch als meine Hände ihn berühren müssten, gleiten sie einfach hindurch. Ich kann mich gerade noch abfangen und rolle mich auf einer weichen Oberfläche ab. Sofort rappele ich mich wieder auf. und bemerke, dass ich auf einer Wiese stehe. Es ist ein herrlicher, sonniger Tag. Als ich mich umdrehe entdecke ich Eva, die lachend auf der Wiese tanzt und Diego der fröhlich bellend um sie herum schwebt. Sie entdecken mich und er kommt schwanzwedelnd auf mich zu. Ich schließe ihn fest in die Arme und er schleckt mir über die Nase. Dann fliegt er zurück zu Eva, die sich mit einem Luftkuss verabschiedet, ehe sich die Beiden auflösen.

Was ist das hier nur für ein kranker Mist? Ich glaube nicht, dass ich noch so eine Aktion vertrage.

„Es geht allen gut, die spielen hier nur mit deinem Kopf, Louis. Du hast es fast geschafft. Bald ist alles vorbei!" Na toll, jetzt spreche ich schon mit mir selbst. Ich glaube, so langsam werde ich verrückt. Ich drehe mich im Kreis, um die Umgebung nach der nächsten Katastrophe abzusuchen. Etwas weiter entfernt spielen zwei Jungen im Gras. Ich laufe auf sie zu. Als ich näher komme bemerke ich, dass sie mit Murmeln spielen. Das habe ich früher auch immer gerne gespielt. Irgendwas an dieser Situation kommt mir unheimlich vertraut vor, wie von einem alten verblasstem Foto. Auf einmal haut der braunhaarige Junge dem schwarzhaarigen eine runter. Ich glaube, er war gerade dabei zu verlieren. Der Junge muss ihn ziemlich heftig erwischt haben, ich sehe das Blut an der Stirn herunterlaufen.

„Mama!", schreit er mit einem lauten Schluchzen. Da taucht eine Frau auf, sie kommt mir so bekannt vor.

„Louis, mein Schatz, was ist denn passiert?", fragt sie liebevoll.

„Lenni hat mich gehauen!" Das Schluchzen wird immer lauter, und dicke Tränen kullern über das kleine Gesicht.

„Lenni, du sollst deinen Bruder nicht schlagen!", ermahnt sie den braunhaarigen Jungen.

Mir wird eiskalt, ich taste an meinen Kopf und spüre die vertraute Narbe direkt unterhalb meines Haaransatzes. Der kleine Junge bin ich! Mir bleibt die Luft weg. Die Frau ist also meine Mutter. Und Lenni ist mein Bruder? Das kann nicht sein, oder? Ich kann kaum Luft holen als die Szene vor meinen Augen verschwimmt. Ich schließe die Augen um meine aufkommende Übelkeit zu unterdrücken. Lenni mein Bruder? Das wäre der absolute Hammer. Als ich die Augen wieder öffne sehe ich Schmitt, den Leiter des Kinderheims, in dem ich aufgewachsen bin. Er unterhält sich mit jemandem, doch es ist zu dunkel, um die Person zu erkennen.

„Ja, Louis wird nicht erfahren, dass er einen Bruder hat. Wir werden das streng vertraulich behandeln, wie ausgemacht. Haben Sie auch an ihren Teil der Abmachung gedacht?" Die Person übergibt Schmitt ein Säckchen mit Geld. Wieder verschwimmt das Bild, und Lenni steht vor mir. Er lächelt. Ich starre ihn mit offenem Mund an.

„Hallo Bruderherz! Ich habe etwas, das du brauchst." Er hält mir den roten Edelstein entgegen. Ich sehe das Licht in ihm pulsieren. Ich schaffe es nicht, etwas zu sagen, geschweige denn, meine Füße zu bewegen. Lenni schaut mich immer noch an. Er rührt sich kein bisschen.

Nach einer gefühlten Ewigkeit, in der wir uns einfach nur angestarrt haben, schaffe ich es endlich wieder, Befehle meines Gehirns auszuführen. Ich gehe einen Schritt auf ihn zu und nehme den Stein an mich.

„Danke", bringe ich noch heraus, als er mich freundlich anlächelt und sich auflöst. An seiner Stelle erscheint die Tür, und ich kann endlich hier raus. Das war wirklich mit Abstand die schlimmste Tür. Bis jetzt! Denn eine Tür liegt ja noch vor mir. Ich begebe mich erneut zu der Steinscheibe und platziere mein Mitbringsel an der richtigen Stelle. Wieder schlängelt sich eine feine Linie von dem Stein zum passenden Symbol. Das Licht lässt nach, der Blitz fängt an zu leuchten.

26

Die letzte Tür, das letzte Mal hindurchgehen und nachsehen, was mich erwartet. Ich kann mir nicht vorstellen, dass es noch schlimmer kommen kann. Trotzdem muss ich meine letzten Kraftreserven mobilisieren um mich auf den Weg zu ihr zu machen. Ich erkenne schon von weitem den goldenen Schriftzug, er leuchtet richtig.

*„Ein **wahrer Krieger** ist man dann,*
*Wenn man **Außen** und **Innen** verbinden kann!"*

Das glorreiche Finale!, schießt es mir durch den Kopf. Ich hoffe einfach nur, dass es schnell vorbeigeht. Der Raum hinter der Tür ist groß und hat hölzerne Wände. Er erinnert mich ein bisschen an den Speisesaal der Dragonfly, nur dass hier keine Tische stehen. Direkt vor mir erscheint das Schwert, das ich ganz zu Beginn schon aus dem Baum gezogen habe. Ich nehme es in die Hand. Auf der anderen Seite des Raumes erscheint ein Mann. Er ist ganz in schwarz gekleidet, eine dunkle Kapuze verdeckt sein Gesicht. In seiner Hand hält er ein ähnliches Schwert wie ich. Brüllend kommt er mit erhobenem Schwert auf mich zugestürmt.

Ich versuche seinem Angriff auszuweichen und hole selbst aus. Er kann den Schlag abwehren und wieder ertönt das vertraute Geräusch von Metall auf Metall. Wir beide schaffen es, die Schläge des jeweils anderen zu parieren. Nach weiteren Attacken verlässt mich langsam die Kraft. Ich versuche mit letzter Kraft einen Schlag von der Seite und erwische ihn mit der Klinge am rechten Unterarm. Mein Schwert verursacht einen langen, tiefen Schnitt. Ich spüre den Schmerz allerdings überdeutlich in meinem Arm. Ich lasse das Schwert fallen. Das Blut verteilt sich auf dem Boden und bildet eine Pfütze. Was ist das denn? Hat er mich etwa auch erwischt und ich habe nicht richtig aufgepasst? Als ich meinen Angreifer anschaue ist die dunkle Kleidung verschwunden. Ich sehe in mein eigenes überraschtes Gesicht. Ich bewege meine Hand, um zu sehen, ob es mein Gegenüber mir gleichtut. Die Bewegung ist völlig synchron. Was ist das hier für eine verrückte Show? Ich mache einen Schritt nach vorne, um mein zweites Ich anzufassen, das ist so bescheuert. Ich strecke meine Hand aus. Sie trifft auf eine harte Oberfläche. Es ist also ein Spiegel, ich habe mit meinem Spiegelbild gekämpft. Mein Spiegel-Ich zwinkert mir zu und verschwindet. Der Spiegel färbt sich tiefschwarz.

Alles ist auf einmal schwarz. Ich kann überhaupt nichts mehr sehen. Es wird kalt, richtig kalt. Ich spüre, wie warm mein Atem auf einmal an meinem Lippen ist, wenn ich ausatme. Die klirrende Kälte erfüllt meine Lungen und breitet sich in meinem Körper aus. Ich versuche mich zu beruhigen und meinen Körper auf das Nötigste herunterzufahren. Ich merke, wie Mein Herz schlägt langsamer, meine Atmung wird ruhiger und gleichmäßig. Dann breitet sich Wärme in meinem Bauch aus. Sie verbreitet sich, mit jedem Herzschlag. Langsam und gleichmäßig wandert sie in jede Faser meines Körpers. Diese Wärme verwandelt sich in ein angenehmes Kribbeln in meinen Fingerspitzen und in meiner Fußsohle. Ich fühle, wie ich neue Kraft schöpfen kann daraus und ich bin mir sicher, dass ich die ganz dringend brauche. Ich fühle mich, als würde ich von Innen heraus strahlen. Vor mir erscheint ein Licht, es beginnt ganz klein und wird dann immer heller. Schließlich erhellt es den gesamten Raum. Ich stehe inmitten von lauter Ebenbildern und alle starren mich mit erhobenen Schwertern an. Auch ich halte das Schwert wieder in der Hand. Das scheint also das Finale zu sein: ein Kampf auf Leben und Tod mit mir selbst. Da kann ich ja nur gewinnen, denke ich voller Ironie.

Ich erhebe das Schwert und mache mich bereit für den ersten Angriff. Ich schließe die Augen und spüre noch einmal die Wärme, die immer noch stetig durch meinen Körper fließt.

Ich öffne die Augen gerade rechtzeitig, um dem ersten Hieb auszuweichen. Ich rolle mich über den Boden und schlage mit meinem Schwert zurück. Binnen Sekunden das Gewitter los. Ich habe das Gefühl, dass alle gleichzeitig auf mich einstürzen. Ich versuche alle so gut es geht abzuwehren. Doch es bleibt die Angst, dass ich mich selbst verletze, wenn ich ihnen etwas tue. Schließlich kann ich es nicht mehr verhindern und mein Schwert bohrt sich in den Bauch eines meiner Klone. Erschrocken weiche ich zurück und betaste meinen Bauch, doch nichts, ich bin immer noch unversehrt. Das lässt ja schon mal hoffen. Der Klon fällt zu Boden und löst sich auf, noch ehe er den Untergrund erreicht hat.
Na schön, das hier funktioniert also irgendwie anders. Ich stürze mich auf die anderen Klone. Einer nach dem anderen geht zu Boden und löst sich auf. Als der letzte besiegt ist, lasse ich mich völlig erschöpft auf die Knie fallen. Meine Arme fühlen sich bleischwer an, ich werfe das Schwert achtlos in den Raum. Hoffentlich ist das jetzt endlich vorbei. Meine letzten Kraftreserven sind aufgebraucht.

Ich bin müde, unendlich müde.

„Louis, du hast es geschafft!
Doch sei gewarnt, der Schatz ist nicht für jeden gedacht. Wenn der Falsche ihn bekommt, wird die Welt ins Chaos stürzen. Nun geh und erlange deinen Lohn, du bist des Schatzes würdig."

Die Stimme kommt aus dem Nichts und ich brauche einen Moment um die Worte zu verstehen. Das heißt also, ich habe diese Tortur endlich hinter mir? In mir steigt ein Glücksgefühl auf, ich habe es geschafft. Oh, Mann, ich bin einfach nur froh, dass es vorbei ist. Ich stehe auf und mache mich auf den Weg zur Tür, die vor mir aufgetaucht ist. Direkt davor liegt der letzte Stein. Sein gelbes Licht pulsiert langsam und gleichmäßig. Ich nehme ihn mit in die Höhle. An der Steinplatte angekommen, lege ich ihn an seinen Platz. Die gelbe Linie erscheint zwischen dem Blitz und dem Stein. Als sich die zwei verbunden haben, fängt die ganze Platte an zu leuchten. Von den vier Symbolen aus schießt jeweils ein farbiger Strahl in die Höhe. Ich stolpere ein paar Schritte zurück, und mein Blick folgt den Strahlen an die Decke. Dort werden sie von einem gläsernen Dreieck gebrochen und lassen den ganzen Raum in hellen Farben schillern.

Dieses Ding ist mir vorher gar nicht aufgefallen, ich war wohl zu sehr auf die Sache konzentriert. Umso schöner ist jetzt dieser Anblick in dieser sonst so tristen Umgebung.
Das Zittern der Steinplatte fordert meine Aufmerksamkeit. In der Mitte löst sich ein Teil des Steins und schwebt ein Stück nach oben. Beim näheren Hinsehen entdecke ich einen Hohlraum in dem Stein. Darin ist ein kleines Glasröhrchen, nicht größer als meine Hand, und darin befindet sich wiederum ein Pulver. Es schillert in allen vier Farben. Ich stecke es mir in die Hosentasche.

„Louis, vergiss nicht, dass der Falsche Furchtbares anstellen kann mit diesem Pulver!"

Da ist sie wieder, diese unsichtbare Stimme. Ich verstehe die Warnung, aber ich weiß nicht, was ich machen soll. Sandbart wird Eva töten, wenn er nicht bekommt, was er will. Ich glaube nicht, dass er sich auf einen Handel einlassen wird.

„Du musst einen Weg finden!"

Als gestaltlose Stimme aus dem Nichts ist das auch leicht zu sagen. Ich muss mir etwas einfallen lassen.

27

Eva

Ich fühle den harten Fels unter mir und es ist kalt, furchtbar kalt. Alles ist schwarz. Ob überhaupt noch jemand hier ist? Vielleicht haben sie mich einfach liegen lassen. Ich spitze die Ohren um irgendwelche Geräusche wahrzunehmen. Weit entfernt höre ich Lennis Stimme.
„Er ist schon viel zu lange da drin. Ich glaube nicht, dass er es schafft. Du hättest mich da rein schicken sollen." Er klingt trotzig und genervt.
„Halt den Mund! Du wärst niemals lebend wieder da raus gekommen, du Schwachkopf. Dein Bruder ist der den die Legende vorhergesehen hat." Auch Sandbart klingt angespannt. Ich glaube, er traut seinen eigenen Worten selbst nicht. Die Frage ist nur: Von wem reden die zwei? Ich wusste nicht, dass Lenni einen Bruder hat. Ob der genauso schmierig und manipulativ ist wie er? Diesmal gelingt es mir, die Augen zu öffnen. Ich schaue mich um – aber nur so weit, dass ich möglichst keine größeren Bewegungen mache, damit sie nicht merken, dass ich wach bin. Der Schlag auf den Hinterkopf hat eine schmerzhafte Beule hinterlassen.

Mir gegenüber liegt Feuerbart an der Wand zusammengekauert. Über seinem rechten Auge klafft eine blutende Wunde. Mir dreht sich der Magen um. Durch konzentriertes Atmen meinen Magen zu beruhigen. Für solche Anfälle habe ich jetzt wirklich keine Zeit. Ich versuche meinen Kopf noch etwas zu drehen und erkenne Pieties leblosen Körper auf dem Boden. Wie ein Wasserfall stürzen die Bilder auf mich ein. Der Kampf von Feuerbart und Lenni, Pieties Rettungsversuch, Lenni mit dem blutverschmierten Messer und Louis, der in diese Höhle gehen sollte.

„Louis!" Der Schrei ist raus bevor ich mich zurückhalten kann. Ich stehe wackelig auf den Füßen.
„Na sieh an, wer da wieder wach ist!" Lenni kommt langsam auf mich zu, sein Gang ist vorsichtig und bedrohlich. Er erinnert mich an einen Löwen auf Beutezug.
Ich versuche mich auf den Beinen zu halten und seinen bohrenden Blick zu ignorieren.
„Hey, lass sie in Ruhe!" Feuerbarts Stimme lässt Lenni herumfahren. Auch er ist wieder auf den Beinen.
„Na prima, alle sind wieder erwacht! Rechtzeitig zum großen Finale! Wir warten nur noch, bis mein liebster Bruder endlich wiederkommt.

Solange solltet ihr euch wieder hinsetzen, sonst könnt ihr euch gleich zu Pietie gesellen." Ich lasse mich wieder auf den Boden sinken. Feuerbart kommt auf mich zu und lässt sich neben mir nieder. Er öffnet seine Jacke ein Stück, und Diego streckt seine Schnauze heraus. Feuerbart legt seinen Finger an den Mund. „Psst!" Ich streichele Diego kurz über den Kopf, bevor Feuerbart seinen Mantel wieder schließt. „Mach dir keine Sorgen, Louis wird es schaffen", flüstert er mir aufmunternd zu.

„Wer ist Lennis Bruder?", frage ich. Der Schlag auf meinen Hinterkopf war wohl doch stärker als gedacht, denn in meinem Kopf klingt es so, als ob Louis und Lenni Brüder wären und das kann doch nicht sein, oder? Feuerbarts Gesichtsausdruck beantwortet meine Frage, ohne dass er etwas sagen muss. Sie sind wirklich Brüder. Warum hat Louis mir das nicht erzählt?

„Louis weiß nichts davon", beantwortet Feuerbart meine Gedanken. Wie kann er nicht wissen, dass er einen Bruder hat? Und warum weiß Feuerbart Bescheid? Im Moment ist mir das jedoch ziemlich egal, solange er lebend aus dieser Höhle wieder rauskommt. Dann kann er mir diese Frage vielleicht selbst beantworten. Ich starre gedankenverloren auf den schwarzen Höhleneingang. Lenni läuft davor auf und ab.

„Kannst du jetzt mal aufhören mit dem Mist? Du gehst mir auf die Nerven!" Sandbart wirkt ziemlich angespannt. Vielleicht zweifelt er mittlerweile selbst an seinem Plan und bereut, dass er Louis gezwungen hat, die Höhle alleine zu betreten.
„Wie stehen unsere Chancen hier rauszukommen?", frage ich Feuerbart.
„Ehrlich gesagt, habe ich keine Ahnung, wie wir das machen sollen, Kleines. Wir haben keine Waffen, und ich weiß nicht genau, in welcher Verfassung Louis sein wird. Außerdem bin ich mir nicht sicher, was passiert, wenn Sandbart den Schatz endlich in der Hand hat. Also stehen unsere Chancen ziemlich schlecht. Wir haben da zu viele Wenns und Abers."
Sein Lächeln soll mich aufmuntern. Doch es ist nicht ehrlich. Es erreicht seine Augen nicht. Ich kann mir nicht vorstellen, dass das hier jetzt das Ende sein soll.
„Nein, es muss einen Weg geben, die zwei zu überlisten. Damit wir gemeinsam mit dem Schatz verschwinden können. Wenn er denkt, wir würden ihm alles kampflos überlassen, irrt er sich gewaltig." Feuerbart klopft mir auf die Schulter.
„Jetzt weiß ich, warum Louis sich in dich verliebt hat: Du hast Feuer im Blut und das Herz am rechten Fleck, Kleines." Ich werde rot.

Louis in mich verliebt? Wie kommt er denn darauf? Ich bin mir zwar sicher, dass er mich mag, aber dass er in mich verliebt sein soll? Die tausend Schmetterlinge tanzen wieder meinem Bauch.

„Verliebt?", hauche ich.

„Aber sicher, Kleines, das habe ich schon in dem Moment gesehen, als ich dich kennengelernt habe. Louis hat es da wahrscheinlich selbst noch nicht gewusst, aber seine Blicke waren eindeutig. Tja, ich kenne ihn besser, als er weiß."

Ich kann nicht anders als zu lächeln, mein Herz macht einen Sprung ehe es direkt wieder in eine endlose Dunkelheit zurückfällt. Was mache ich nur, wenn er nicht wieder zurückkommt? Ich würde alles dafür geben, ihm noch einmal in die Augen zu sehen. Eine gefühlte Ewigkeit sitzen wir beide da, jeder in seine Gedanken vertieft. Dann blickt Feuerbart angespannt zum Höhleneingang. Louis stolpert heraus. Wir springen beinahe synchron auf und machen einen Schritt vorwärts. Lennis Blick lässt uns in der Bewegung einfrieren.

„Wenn ihr hier rüberkommt, steche ich ihm das hier sofort zwischen die Rippen", zischt er uns an und dreht sein Messer in der Hand. Ich schaue ihn mit großen Augen an. Er macht sicher keine Scherze. Louis ist sichtlich mitgenommen.

Seine Augen sind blutunterlaufen, an seinem Arm klafft ein blutender Schnitt. Auf seiner Wange zeichnet sich ein großer Bluterguss ab der in verschiedenen Blautönen schimmert. Was ist da drinnen nur mit ihm passiert? Ich muss den Drang unterdrücken, zu ihm zu gehen und seine Wunden zu verarzten. Ich will nichts sehnlicher, als ihn in den Arm nehmen. Er sieht sich suchend in der Grotte um. Als er uns beide entdeckt, erscheint Erleichterung auf seinem Gesicht. Ich versuche ihn aufmunternd anzulächeln und spüre dabei wie mir eine Träne stumm über die Wange rollt. Er lebt – und das auch noch weitgehend unversehrt!

„Schön, dich wiederzusehen, Louis. Wie ich sehe, hast du die Prüfungen wohl bestanden. Nun gib mir bitte, was mir gehört." Sandbarts Gesicht ist zu einem gehässigen Lachen verzogen. Ich würde ihm am liebsten eine reinhauen. Ich spüre, wie Feuerbart seine Hand auf meine Schulter legt.

„Noch nicht, Kleines, unsere Chance wird kommen.", flüstert er mir verschwörerisch ins Ohr.

28

Louis

Sie ist hier und sie lebt, das ist im Moment das Einzige was mich wenigstens etwas beruhigt. Selbst Feuerbarts Gesicht zu sehen beruhigt mich wieder etwas. Ich spüre wie mein Herz Purzelbäume schlägt beim Gedanken an sie. Sandbarts Worte reißen mich in die Realität zurück und ich versuche mich auf meine Aufgabe zu konzentrieren. Seit ich dieses Glasröhrchen aus der Steinscheibe genommen habe, fühlt es sich an, als wäre ich zehn Kilo schwerer geworden. Dieser Schatz wiegt zu schwer für mich, und ich habe keine Ahnung wie ich es verhindern soll, dass er dem Falschen in die Hände fällt.
Ich versuche mich zu konzentrieren, wir brauchen Zeit um einen Plan zu koordinieren. Das werde ich schon irgendwie hinbekommen.
„Was ist das denn für eine Begrüßung, wenn man dem Tod gerade mehrmals von der Schippe gesprungen ist? Ich hätte etwas Festlicheres erwartet."
Meine Stimme klingt überraschend gelassen, obwohl mir mein Herz bis zum Hals schlägt. Ich muss dafür sorgen, dass Eva hier unversehrt rauskommt. Egal wie!

„Natürlich konnten wir in dieser Zeit keine Parade organisieren für dich. Dafür haben wir netterweise dafür gesorgt, dass deine Begleiter nicht draufgehen. Allerdings können wir das auch ganz schnell ändern! Wenn du nicht sofort rausrückst, was Sandbart gehört!" Lennis Worte sind voller Hass. Ich kann immer noch nicht glauben, dass wir verwandt sind. Wir sind uns einfach so überhaupt nicht ähnlich.

„Na, na, Lenni, wir wollen doch unseren Freund hier nicht verärgern. Louis, pass auf, es tut mir wirklich leid, dass du solche Umstände hattest. Aber es wäre unheimlich freundlich von dir, wenn du jetzt einfach den Schatz übergeben könntest. Wenn du es tust, ohne Probleme zu machen, verspreche ich dir, dass du und deine Freunde gehen könnt, ohne dass euch etwas passiert." Sandbart spricht ganz ruhig, doch in seiner Stimme schwingt ein bedrohlicher Unterton mit. Ich kann ihm nicht trauen. Ich suche Feuerbarts Blick und erhoffe mir seine Hilfe. In seinen Augen sehe ich die Entschlossenheit, die auch ich brauche. Feuerbart schaut zu seinen Füßen. Vor ihm liegt ein kleiner Felsbrocken, der sich von der Wand gelöst hat. Ich nicke unmerklich und schaue dann zu Lenni. Als ich Feuerbart erneut anschaue, nickt er. Also steht der Plan.

Ich hoffe, es funktioniert und ich kann Sandbart überwältigen. Der Überraschungseffekt könnte uns dabei helfen.

„Louis, ich verliere langsam die Geduld." Sandbart macht einen Schritt auf mich zu.
„Jetzt!", brülle ich, und hole mit aller Kraft aus. Ich platziere einen gezielten Treffer in Sandbarts Gesicht. Im Augenwinkel beobachte ich wie Feuerbart Lenni mit dem Stein niederschlägt und sein Messer an sich nimmt. Sandbart taumelt ein paar Schritte rückwärts und hält sich seine blutverschmierte Nase.
„Was zum Donner...?", ruft er überrascht. Ich baue mich vor ihm auf, bereit für den nächsten Schlag. Da fängt er an zu lachen, es klingt gehässig und hallt von den Wänden der Grotte wieder. „Glaubst du wirklich, du hättest eine Chance gegen uns, Bürschchen? Du hast es nicht anders gewollt, du wirst dir noch wünschen, mir den Schatz gegeben zu haben!", keucht er mir entgegen.
Ich hole aus, um ihm meine Faust erneut in seine furchtbare Visage zu schlagen. Doch ich werde am Arm zurückgezogen. Ich krache mit dem Rücken auf den Steinboden und einer von Sandbarts Leuten beugt sich über mich. Immer mehr Männer aus seiner Crew treten aus den Schatten.

Ich versuche, meinen Angreifer abzuschütteln und richte mich wieder auf. Feuerbart ist auch in einen Kampf mit einem der Männer verstrickt. Er versucht gezielte Treffer mit Lennis Messer zu platzieren. Ich höre das Stöhnen des Mannes, als Feuerbart es schafft, die Klinge in sein Gegenüber zu stechen. Er geht blutspuckend zu Boden. Weiter hinten sehe ich Eva wie sie auf einen der Leute einprügelt, sie platziert einen gezielten Tritt zwischen seine Beine und er sinkt stöhnend auf die Knie. Ich kann mir einen gewissen Stolz nicht verkneifen, sie kommt auf jeden Fall alleine zurecht.
Ein Brüllen hinter mir fordert meine Aufmerksamkeit. Mein vorheriger Angreifer hat es geschafft, sich vom Boden hochzurappeln, und läuft mit ausgestreckten Fäusten auf mich zu. Ich weiche aus und ziehe ihm dabei das Bein weg. Er rutscht mit dem Gesicht voran über den Steinboden. Er kommt wutschnaubend zurück auf die Füße und funkelt mich zornig an. Sein Gesicht ist übersäht mit kleinen, blutenden Kratzern. Er gibt einen markerschütternden Schrei von sich, holt weit aus und zielt auf mein Gesicht. Ich wehre seinen Angriff ab, realisiere aber zu spät, dass es mein verletzter Arm ist. Der Schmerz durchzuckt meinen ganzen Körper und jagt mir die Tränen in die Augen.

Ich taumele ein paar Schritte rückwärts und sehe den nächsten Schlag zu spät kommen. Er trifft mich in den Magen. Mit einem Mal ist alle Luft aus meinem Körper entwichen. Ich sacke zu Boden und verfalle in ein trockenes Würgen und Husten. Ich muss so schnell wie möglich wieder aufstehen, sonst bin ich ein leichtes Opfer. Ich höre sein gehässiges Lachen und raffe mich auf. Ich kann einigermaßen stehen, ohne zu wanken. Ich mobilisiere meine Kräfte für einen letzten gezielten Schlag. Ich muss ihn zuerst treffen, sonst falle ich wahrscheinlich um und stehe nicht mehr so schnell wieder auf. Er grinst mich selbstgefällig an.

„Noch nicht genug, Kleiner?", fragt er. Mein Atem kommt stoßweise, aber ich verberge es so gut ich kann. Ich schüttele den Kopf. Sein Gesicht verzieht sich zu einer wütenden Fratze. Er macht zwei schnelle Schritte auf mich zu, ich weiche seinem Schlag aus. Meine Faust landet auf seiner Nase. Sofort schießt das Blut heraus. Ich nutze den Überraschungseffekt, um ihm noch einen Tritt in die Rippen zu verpassen. Er geht zu Boden und bleibt schwer atmend liegen.
Ich drehe ihm den Rücken zu, um zu sehen wie es den anderen ergeht. Feuerbart bearbeitet gerade zwei Kerle gleichzeitig.

Ich laufe zu ihm um ihn zu unterstützen. Auf halbem Weg sehe ich Eva, wie sie gerade mit einem Stein auf ihr Gegenüber zielt. Wie konnte ich nur glauben, dass ich sie beschützen müsste? Im Moment wirkt sie auf jeden Fall überlegen. Ich erkenne Diego, der sich am Bein des Mannes festgebissen hat und der ihn gerade versucht abzuschütteln. Ich erreiche den Mann, der links von Feuerbart ausholt, um ihm einen Schlag in die Seite zu verpassen. Ich greife seinen Ellenbogen und ziehe ihn von den Füßen. Er bleibt auf dem Rücken liegen. Ich schlage mit aller Kraft in seinen Magen. Ein lautes Stöhnen lässt alle Luft aus ihm entweichen. Er dreht sich zur Seite, um sich lautstark zu übergeben. Ich drehe mich angewidert weg, bevor mir auch noch übel wird.

„Hört sofort auf oder ich breche ihr das Genick!", hallt es durch die Höhle. Ich gefriere zu Eis als ich seine Stimme hinter mir höre. Wie in Zeitlupe drehe ich mich um und sehe Sandbart, der hinter Eva steht und ihr die Hand um ihre Kehle gelegt hat. Eva schaut mich mit weit aufgerissenen Augen an. Für den Bruchteil einer Sekunde ziehen die verschiedenen Möglichkeiten in meinem Kopf vorbei. Doch kein klarer Gedanke oder Plan bildet sich in meinem Gehirn, ich starre sie einfach nur entsetzt an.

29

Eva

Es geht alles so schnell: Louis' Schrei und Feuerbart, der den Stein vom Boden nimmt und auf Lennis Hinterkopf schlägt. Louis Faust trifft Sandbarts Gesicht. Blut schießt aus seiner. Feuerbart nimmt sich Lennis Messer und stellt sich direkt vor mich. Kurz darauf erfüllt Sandbarts Lachen die Grotte. Es hallt schaurig von den Wänden wider, sodass ich das Knirschen hinter uns erst gar nicht höre. Feuerbart schnellt herum und sein Blick wird düster. Ich mache auf dem Absatz kehrt und schaue in die Finsternis. Ein Mann tritt aus der Dunkelheit und verzieht sein narbiges Gesicht zu einer gruseligen Fratze, während er langsam auf mich zukommt. Bevor Feuerbart auf ihn losgehen kann, lösen sich zwei weitere Gestalten aus der Dunkelheit und stürzen sich auf ihn. Ich versuche, mir alle Tricks ins Gedächtnis zu rufen, die uns bei dem einen Selbsthilfe-Kurs beigebracht wurden, den ich in der Schule belegt habe. Einfach mache ich es ihm auf keinen Fall. Diego und ich sind ein gutes Team. Schließlich fällt unser Angreifer der Länge nach auf den harten Steinboden und bleibt dort reglos liegen.

Mir bleibt jedoch nur ein kurzer Augenblick der Freude. Louis und Feuerbart kämpfen mit den anderen zwei Männern. Louis reißt einen der beiden von den Füßen. Ich mache mich auf den Weg, um ihnen beizustehen. Doch ich werde von hinten gepackt. Ich versuche mich mit aller Kraft zu wehren doch ich kann nicht sehen wer mich da packt oder wo die Person ist und so treffen die meisten Schläge nichts als Luft.

„Hör auf so zu zappeln, du kleines Miststück!" Sandbarts tiefe, kehlige Stimme erreicht mein Ohr und ich versuche mich nur noch mehr gegen ihn zu Wehr zu setzen. Doch ich habe keine Chance. Er legt einen Arm um meine Taille und fixiert damit gleichzeitig meine Arme. Die andere Hand legt er mir um den Hals. Ich kann mich nicht mehr bewegen. „Hört sofort auf, oder ich breche ihr das Genick!", bellt er den anderen zu und sie hören sofort auf. Ich suche Louis' Blick und sehe die Panik in seinen Augen. Ich habe Angst, schreckliche Angst. Louis geht einen Schritt auf uns zu, im selben Moment drückt Sandbart mit seiner Hand fest auf meine Kehle, dabei entfährt mir ein leises Wimmern. Ich spüre wie meine Luftröhre zusammengedrückt wird. Alles wird schwerer: atmen, schlucken. Ich fühle mich total verloren.

„Na na, willst du wohl stehenbleiben!" Sandbarts Stimme wird leiser, bedrohlicher. Louis hält in der Bewegung inne. „So ist es brav. Nun gib mir endlich diesen Schatz. Dann können wir alle nach Hause gehen." Seine Hand lockert sich wieder etwas. Gierig sauge ich die Luft in meine Lunge. Louis schaut von mir zu Feuerbart, der immer noch souverän und zufrieden aussieht. Außer der klaffenden Wunde an seiner Schläfe scheint er keine größeren Schäden davongetragen zu haben.

„Wenn du wirklich glaubst, dass ich dir den Schatz einfach so gebe, musst du verrückt sein. Ich bin mir sicher, dass du uns sowieso nicht gehen lässt." Louis' Stimme zittert zwar, aber er wirkt trotzig und stark. Seine Körperhaltung ist angespannt, und ich kann die Armmuskeln unter seinem Shirt tanzen sehe. Seine Hände sind zu Fäusten geballt, und er hat ein paar offene Stellen an den Fingerknöcheln. Ich glaube auch nicht, dass Sandbart uns hier einfach herausspazieren lässt, nur weil er dann endlich bekommen hat, was er wollte. Blöderweise verstärkt er aber wieder seinen Griff um meinen Hals, und ich merke, wie die Ränder meines Sichtfeldes langsam schwarz werden. Louis versucht wieder ein paar Schritte vorwärts zu gehen, was Sandbart dazu veranlasst, ein paar Schritte zurückzuweichen.

„Wenn du es so willst!", zischt er direkt neben meinem Ohr. Ich versuche wieder, Louis' Augen zu fixieren und lege alles, was ich ihm gerne noch sagen würde, in diesen vielleicht letzten Blick. Eine einzelne Träne läuft mir über die Wange, als seine Augen schließlich meine finden. Ich löse mich von seinen Augen und nehme jedes kleine Detail seiner Erscheinung in mich auf. Das alles passiert binnen weniger Sekunden. Mein Sichtfeld ist nur noch ein kleiner Kreis, umgeben von purem Schwarz. Meine Atemzüge sind nur noch stockend und flach, sie bringen kaum noch Luft in meine Lunge. Ich bin nicht sicher, ob mir mein Gehirn einen Streich spielt, als ich schließlich wieder an Louis Gesicht hängen bleibe. Seine Lippen formen ein stummes „Achtung"und ich versuche mich auf seine Worte zu konzentrieren, doch sie ergeben für mich im Moment keinen Sinn.

Es ertönt ein schriller Pfiff. Ich werde nach hinten gerissen. Die Hand um meinen Hals verschwindet, und ich knie keuchend und nach Luft schnappend auf dem Boden. Vor meinen Augen tanzen lauter Lichtblitze. Ich krabbele zu einem große Felsen und lehne mich dagegen. Langsam nimmt die Welt um mich herum wieder Farben an, und die Lichtblitze verschwinden.

Die Geräusche werden klarer und ich erkenne die Crew der Dragonfly, die sich gerade auf die anderen stürzt. Steve steht mit einer großen gusseisernen Pfanne über Sandbart. Der liegt am Boden und atmet ganz schwach. Feuerbart, Louis und noch zwei von der Crew kümmern sich um die restlichen Leute. Ich beobachte das Treiben und versuche dabei wieder normal zu atmen. Jeder Atemzug hinterlässt ein furchtbares Brennen in meinem Hals. Alles andere an mir scheint unversehrt, zumindest vermute ich das. Ich fühle mich furchtbar schwach, immer wieder schrecke ich hoch, wenn sich meine Augen langsam schließen. Ich habe furchtbare Angst einzuschlafen und diese ganzen letzten Momente nochmal zu durchleben. Außerdem will ich natürlich sehen, was passiert. Steve hat sich mittlerweile auch in das Getümmel gestürzt und schlägt mit der Pfanne auf einen der Männer ein, der keuchend zu Boden geht.

Ich muss einfach Grinsen, da es wirklich verrückt ist, dass gerade der Koch eine Pfanne als Waffe dabei hat. Allerdings kann er wohl gerade damit souverän umgehen.

Nachdem schließlich der letzte von Sandbarts Männern zu Boden gegangen ist, hallen Jubelrufe durch die Grotte. Diego hat sich auf meinem Schoß zusammengerollt und schleckt mir über die Hände.

Wir haben es geschafft, Louis lebt, wir alle leben! Langsam schleicht auch das letzte Adrenalin aus meinem Körper, und ich werde noch müder. Ich stehe auf, und Diego macht sich auf den Weg zu Louis, um sich dort auf seinen Stammplatz zu setzen. Louis wird gefeiert von seinen Leuten. Feuerbart schließt ihn fest in die Arme. Ich beobachte das Ganze etwas abseits. Ich gönne ihm diesen Moment und kann auf seinem Gesicht die Freude sehen. Er scheint überglücklich und vor allem erleichtert zu sein, dass es endlich vorbei ist. Was er wohl in dieser Höhle durchmachen musste? Ich hoffe, dass er nachher auf der Dragonfly bereit ist, mir alles zu erzählen. Dann treffen seine Augen endlich meine, und mit schnellen Schritten durchquert er den Weg zwischen uns.

Kurz vor mir bleibt er stehen und mustert mich von oben bis unten. Ich tue es ihm gleich. Ihn wieder zu sehen macht mich unendlich froh. Er ist weitestgehend unversehrt. Nichts was nicht die Zeit und eine ordentliche Dusche wieder hin bekämen. Vorsichtig tastet er mit seinen Fingerspitzen meinem Hals entlang. Ich vermute, dass Sandbarts Hände einen Abdruck hinterlassen haben. Seine Berührung schickt einen angenehmen Schauer durch meinen Körper. In seinen Augen sehe ich jedoch nur Schmerz und Wut.

„Louis ich ...", mir bleibt die Luft weg, als er sich auf einmal ganz nah vor mich stellt. Seine linke Hand legt er auf meine Taille und mit der rechten streift er mir eine lose Haarsträhne hinters Ohr. Sein Blick ist so intensiv. Diese Augen! Wie oft ich mich schon in ihnen verloren habe! Mittlerweile weiß ich genau , was es bedeutet, wenn die Leute sagen: „Die Augen sind das Tor zur Seele." Bei Louis trifft das zu. Wenn man ihn kennt, sieht man, was in ihm vorgeht, mit nur einem Blick in dieses wunderschöne helle Grün.

„Eva, ich bin so froh, dass du hier bist. Dass du lebst. Die ganze Zeit konnte ich nur an dich denken", haucht er ganz nah an meinem Gesicht. Über seine Augen huscht ein dunkler Schatten, als würde ihm eine schreckliche Erinnerung einfallen. Ich lege meine Hand an seine Wange und seine Augen finden wieder meine. „Ich liebe dich", seufzt er. Seine Lippen berühren meine. Dieser Kuss ist alles, was ich immer wollte, besser noch, als ich es mir jemals erträumt hätte. In meinem Kopf explodiert ein Feuerwerk, lauter bunte Farben tanzen vor meinem inneren Auge, und die Welt um uns sowie die letzten Stunden sind schlagartig vergessen. Jetzt gibt es nur noch ihn und mich, er liebt mich und ich liebe ihn.

„Hey Schatz ... Eva?" Viel zu schnell endet dieser Moment. Die Stimme klingt so vertraut, aber nicht hier, diese Stimme gehört zu meinem alten Leben, dem Leben, in dem Louis nicht existiert. Irgendetwas stimmt hier ganz und gar nicht. Louis' warme Umarmung ist verschwunden, ich spüre nur noch Kälte. Ich bin nicht mehr in der Grotte, die Geräusche hier sind anders, ich höre Vögel und ... Autos? Hier gibt es keine Autos. Mich überkommt ein schreckliches Gefühl.

„Louis!" Schreiend öffne ich die Augen. Panisch schaue ich von links nach rechts. Wo bin ich? Das Gesicht meiner Mutter taucht vor mir auf, sie sieht mich erschrocken an. Was ist hier los? Wieso bin ich nicht mehr da, wo ich gerade noch war?

„Alles okay, Schätzchen? Ich bin gerade nach Hause gekommen und habe dich gesucht. Du warst nicht in deinem Zimmer. Da habe ich dich hier auf dem Rasen entdeckt. Was machst du hier draußen? Bist du schon die ganze Nacht hier?" Sie mustert mich von oben bis unten. Ob alles okay ist? Natürlich nicht, Mutter. Eben war ich noch in meinen ersten Kuss vertieft, und jetzt sitze ich hier auf dem Rasen. Was ist nur passiert? Wo ist Louis? Gerade stand er noch vor mir, ich spüre seine Lippen immer noch, unseren Kuss.

Kann es sein, dass ich das alles nur geträumt habe? Das ist der erste Gedanke, der mir durch den Kopf schießt. Nein, das kann nicht sein. Oder doch? Ich begreife gar nichts mehr. Das kann nicht alles ein Traum gewesen sein. Irgendwas oder irgendwer muss mich hierher gebracht haben. Und Louis ist immer noch dort, ich muss zurück. Ich versuche aufzustehen und kippe direkt nach vorne über. Meine Mutter legt einen Arm um meine Taille. „Schätzchen, mach langsam! Brauchst du einen Arzt?" Sie streicht mir besorgt über den Kopf, wie früher immer, wenn ich krank war. Das ist alles zu viel für mich. Ich kann die Tränen nicht zurückhalten und vergrabe mein Gesicht an ihrer Schulter. „Schhhh! Es ist doch alles okay. Du hast bestimmt nur schlecht geträumt." Hab ich das wirklich? „Komm, wir gehen rein!" Meine Mutter schiebt mich sanft ins Haus und setzt mich auf das Sofa. „Ich mache uns einen Tee. Dann kannst du mir alles erzählen." Nein, das kann ich nicht, du würdest mich für völlig bescheuert halten, wahrscheinlich sogar zu einem Psychiater schleppen! Außerdem muss ich erst einmal herausfinden, was hier los ist und wie ich wieder hier gelandet bin. Ich glaube, ich drehe gleich durch.

Was soll ich meiner Mutter erzählen? Für die Wahrheit bin ich noch nicht bereit. Ich brauche Zeit, einen Moment ganz für mich. Ich stehe vom Sofa auf und gehe ins Badezimmer. Ich betrachte mich im Spiegel und erkenne keinen Unterschied zu vorher. Selbst mein Hals ist unversehrt, ich hätte gedacht, dass Sandbarts Angriff Spuren hinterlassen würde. Ich wasche mir mein Gesicht und setze mich auf den Rand der Badewanne. Ich spüre wie mich auf einmal pure Verzweiflung überkomm. Ich glaube nicht, dass ich diese ganze Geschichte geträumt habe, dafür war alles zu real. Viel zu real. Aber wie bin ich wieder hier gelandet, und warum? Ich stütze mein Gesicht in meine Hände und lasse den Tränen freien Lauf. Wenn das alles nur ein Traum war und Louis nicht wirklich existiert, werde ich sicherlich durchdrehen. Ich rutsche am Rand der Badewanne auf den Boden und höre, wie etwas klimpernd auf den Fliesen landet. Ich öffne die Augen und schaue durch meine Finger hindurch. Dabei entdecke ich das Amulett, dass Rosa mir geschenkt hat. Es glänzt im Neonlicht der Deckenlampe. Ich nehme es in die Hand. Es ist wirklich da. Das ist mein Beweis, dass ich wirklich mit Louis zusammen war. Jetzt muss ich nur noch herausfinden, wie ich zu ihm zurückkommen kann.

Epilog

Ich starre stur geradeaus in die entstandene Leere in der gerade noch Evas Gesicht war. Nach allem, was in den letzten Stunden passiert ist, kann ich es kaum glauben, dass ich ihre Wärme spüren durfte. Ich habe allen Schmerz und alle Zweifel der letzten Stunden und Tage in jenen Kuss gelegt. Als meine Lippen auf ihre trafen, überschlugen sich meine Gedanken. In diesem Moment zählten nur noch wir und nichts anderes mehr. Alles schien in weite Ferne gerückt zu sein. Wir waren alleine in dieser Grotte, in diesem Moment.

Doch jetzt bin ich wirklich alleine und kapiere immer noch nicht, wie das passieren konnte. Ich blinzele hektisch, nur um zu überprüfen, ob mir meine Augen vielleicht einen Streich spielen. Doch sie taucht nicht wieder auf. Alles ist plötzlich anders, ihre Wärme ist verschwunden und auch ihre Lippen. Verwirrt schaue ich mich in der Höhle um. Doch mein Blick trifft nur auf ebenso verwirrte Gesichter. Wie kann das sein? Feuerbart und Steve starren zu der leeren Stelle, an der Eva gerade noch stand. Was ist passiert?
„Eva?" Ich rufe ihren Namen, doch es kommt keine Antwort. Ich spüre, wie die Panik in mir aufsteigt.

Ich kapiere nicht, wie jemand, der mir gerade noch so nah war, auf einmal verschwinden kann. Das ist doch überhaupt nicht möglich! Feuerbart und Steve kommen zu mir.
„Was ist passiert? Wo ist sie hin?" Feuerbart schaut erst mich und dann Steve an. Er scheint genauso verwirrt zu sein wie ich. Eigentlich sollte mich das beruhigen, allerdings macht es mich wahnsinnig, dass selbst Feuerbart offenbar keine Ahnung hat. Schließlich weiß er sonst eigentlich alles.
„Wat war dat denn? Grad war se noch da un dann ... puff!" Steve begleitet seine Worte mit einer Geste, die aussieht, als würde etwas explodieren. Auch so etwas, was mich wirklich nicht sonderlich beruhigt, sondern die Panik noch mehr ansteigen lässt. Die beiden suchen die Grotte ab, doch sie haben dabei wenig Erfolg. Ich kann die Unsicherheit in ihren Augen sehen und ich bin mir sicher sie sehen die gleiche auch bei mir.

Wir müssen sie suchen, wir müssen herausfinden was mit ihr passiert ist, hallt es durch meinen Kopf.
„Wir teilen uns auf und suchen sie", schlage ich vor, und die zwei nicken zustimmend. Feuerbart und Steve machen sich auf den Weg zum Ausgang der Grotte, um dort und draußen nachzusehen.

Ich gehe zum Eingang der Höhle und will mich gerade hinein begeben, als mich ein Geräusch hinter mir stoppt. Ich drehe mich langsam um und schaue in die gehässigen Augen meines Bruders. Den habe ich ja total vergessen und ehrlich gesagt, wäre es für ihn vielleicht besser gewesen liegen zu bleiben. Die Wut auf ihn durchspült mich in einer einzigen Welle und ich stürze mich auf ihn. Er scheint überrascht von meinem Ausbruch und ich schaffe es ihn umzureißen. Wir landen auf dem harten Stein. Ich sitze auf ihm und schlage einfach zu. Er schafft es, mich mit einem festen Tritt von sich runter zu befördern.

Ich lande unsanft ein paar Meter von ihm entfernt auf dem Rücken. Der Schmerz durchzuckt meinen Körper wie ein Blitz, alle Luft entweicht aus meinen Lungen, und ich brauche einen Moment um wieder atmen zu können. Zu meinem Pech ist er schneller auf den Beinen und beugt sich über mich um meine Hände zu fixieren. Mit seiner freien Hand fängt er an meine Kehle zuzudrücken. Ich winde mich unter ihm, doch ich schaffe es nicht mich zu befreien. Die Ränder meines Sichtfeldes fangen an schwarz zu werden, als ich immer weniger Luft in meine Lungen bekomme.

„Ich weiß, wo sie ist. Mal sehen, wer sie zuerst findet. Das Spiel beginnt, Bruderherz." Das ist das Letzte, was ich höre, bevor alles in absoluter Dunkelheit verschwindet. Ich falle in die Leere. Dort gibt es keine Sorgen, keine Gedanken, keinen Schmerz, nur die blanke Angst. Was macht er mit ihr, wenn er sie zuerst findet? Ich muss sie beschützen, ich muss sie zurückholen. Doch zuerst muss ich einen Weg aus dieser Dunkelheit finden.

Danksagungen

Natürlich gilt mein erster Dank, Dir lieber Leser/liebe Leserin. Du hast meine Geschichte zu dir geholt und meine Figuren in dein Leben, vielleicht sogar in dein Herz gelassen. Ich kann nicht mal in Worte fassen, wie viel mir das bedeutet. Ich danke Dir sehr und hoffe, dass sie Dich auch zukünftig begeistern werden.

Direkt danach gilt mein Dank, Agnieszka J. Sie war die Erste, die mit mir gemeinsam, in das Wolkenreich eintauchen durfte und hat mich auf dieser Reise tatkräftig unterstützt und wundervoll begleitet. Ich danke Dir, dass Du an mein Projekt geglaubt hast!
Als nächstes möchte ich meinem „Partner in Crime" danken, meinem Ehemann Markus. Er war derjenige, der mit viel Aufmerksamkeit die Geschichten angehört, meine unzähligen Gedankengänge verfolgt und meine Nörgeleien ertragen hat. Danke, dass Du immer für mich da bist! Dann möchte ich natürlich auch meinen Testlesern danken. Sie waren die ersten, außerhalb meiner „Sicherheitszone", die das Wolkenreich betreten durften und hielten sich glücklicherweise weder mit Lob, noch mit Kritik zurück. Eure Anmerkungen haben das hier erst möglich gemacht und ich bin Euch dafür wirklich dankbar! Ich bedanke mich bei meinem Neffen und

meiner kleinen Nichte, die mir für zwei Figuren ihre Namen geliehen haben. Ich hoffe, dass Ihr irgendwann diese Geschichten lest und stolz darauf seid, ein kleiner Teil davon zu sein.

Zudem möchte ich nicht versäumen, den Verlag Oetinger34 hier zu erwähnen. Ihr habt es mir ermöglicht, mein Projekt voranzutreiben und Kontakte zu knüpfen, die ansonsten bestimmt niemals zu Stande gekommen wären. Ich bin gerne ein Teil der Community und freue mich auf alle Projekte, die ich auf dem Portal noch erstellen und verwirklichen kann. Vielen Dank dafür!

Der letzte Dank gilt allen, den ich dieses Buch bereits gewidmet habe. Ich bin mir sicher, dass diejenigen wissen, dass sie gemeint sind. Ihr seid mein sicherer Hafen, mein Fels in der Brandung. Viele Höhen wurden durch euch ermöglicht und Tiefen erst erträglich. Ich bin jeden Tag dankbar, dass es Euch gibt und freue mich unendlich, dass ihr ein Teil meines Lebens seid!

Eure

Carina

Leseprobe

Die Legenden des Wolkenreiches
Der Zwist der ungleichen Brüder

Prolog

Alles ist schwarz! Das ist mein einziger Gedanke. Ich schwimme in einem Ozean aus vollkommener Leere. In meinem Kopf höre ich nur das Echo einer Stimme, sie ruft leise meinen Namen. Da erscheint ein Licht. Es beginnt erst ganz klein und wird schnell immer größer. Es blendet mich und trifft mich schließlich wie ein Fausthieb.

Ich sehe mich selbst an einem Strand stehen. Ich habe meinen Kopf in den Nacken gelegt und die Augen geschlossen. Auf meinem Gesicht liegt ein zufriedenes Lächeln, ich bin Glücklich. Etwas entfernt erkenne ich ein Mädchen, es hat langes dunkles Haar das in der Sonne tanzt während sie fröhlich auf und ab springt. Ihre Augen sind eine Mischung aus hellem braun und grau. Sie schauen mich aufmerksam an. Ich kenne sie, doch ich weiß nicht woher. Diego hat sich gerade im Sand eingebuddelt es guckt nur noch sein Schwanz heraus. Ich höre mein eigenes Lachen als ich ihn aus dem kleinen Sandhügel herausziehe. Das Mädchen kommt auf uns beide zu, ich schaffe es gerade noch Diego auf meine Schulter zu setzen bevor sie sich schwungvoll in meine Arme wirft. Sie streckt mir ihren Kopf entgegen und wir küssen uns. Erst ganz vorsichtig und dann leidenschaftlicher.

Dieser Moment zieht mich in meinen Körper zurück, die Bilder der letzten Stunden stürzen auf mich ein. Der Kampf mit Sandbarts Männern, die Prüfungen der Grotte, Lenni und seine Drohung und natürlich „Eva!". Ich reiße die Augen auf während ihr Name, immer noch von den Wänden wiederhallt. Feuerbart beugt über mir und schaut mich besorgt an. Seine Lippen bewegen sich, er sagt irgendwas, aber ich verstehe kein Wort. Meine Gedanken sind immer noch an diesem Strand, wie glücklich wir da wirkten. Doch hier inmitten dieser kalten Steinwände, wirkt alles einfach nur erdrückend und furchtbar. Sie ist weg, das sind die Worte die mir in den Kopf schleichen, sie kommen von der hintersten Ecke meines Gehirns nach vorne gekrochen und bringen eine große Leere mit sich. Ich versuche mich auf Feuerbart zu konzentrieren um endlich zu verstehen was er mir sagt. „Louis, was ist passiert? Wir haben überall nach ihr gesucht und als wir zurück kamen lagst du hier auf dem Boden und Sandbarts Männer waren weg." Feuerbarts Gesicht sieht so alt aus er ist in den letzten Stunden, um zehn Jahre gealtert, oder sieht er schon immer so aus? Mein Gehirn schafft es nicht einen klaren Gedanken zu fassen.

„Lenni!" Das ist das einzige Wort das ich irgendwie aus meinem Mund bekomme. Meine Stimme ist nur ein krächzen. Wahrscheinlich sind das die Folgen von Lennis Angriff. Jedes Schlucken verursacht ein brennen in meinem Hals. „Komm lass uns hier raus gehen. Wir fahren mit der Dragonfly los und versuchen Eva zu finden." Feuerbart zieht mich an einer Hand auf die Füße. Doch ihr Name versetzt mir einen Stich. Lennis Worte schleichen durch mein Unterbewusstsein, „Ich weiß wo sie ist, mal sehen wer sie zuerst findet. Das Spiel beginnt, Bruderherz.", wir müssen sie auf jeden Fall vor ihm finden.

Wir verlassen die schwarze Grotte und treten in die letzten warmen Sonnenstrahlen. Feuerbart und Steve stützen mich beim Laufen, da ich während der ersten Schritte mehrmals gestolpert bin. Mein Körper ist einfach noch nicht im hier und jetzt angekommen. Aber ich muss so schnell wie möglich wieder auf die Beine kommen, ich muss sie als erstes finden, ich will sie wieder bei mir haben. Ich will ihre Wärme zurück und dafür bin ich bereit alles zu geben.

1

Eva

Als ich die Augen öffne liege ich in meinem Bett. Ich bin bei meiner Mutter zuhause, diese Woche ist sie dran. Die letzten zwei Wochen, war ich bei meinem Vater, diese verrückte Idee hatte ich als sie sich scheiden ließen. Ich wollte mich von keinem der beiden trennen, wahrscheinlich wollte ich eher keinem vor den Kopf stoßen. Ich strecke mich nochmal aus, bevor ich die Decke zurück schlage und aus dem Bett krabbele. Meine Gedanken kreisen um den seltsamen Traum von letzter Nacht. Alles wirkte so real und doch so verrückt. Ich war in einer ganz anderen Welt zwischen den Wolken und dieser Junge, Louis hieß er glaub ich, er war mir so vertraut. Doch das alles war einfach nur komisch, als wäre ich wirklich dort gewesen und doch verblasst die Erinnerung daran immer mehr wie ein längst vergangener Traum. Ich schüttele den Kopf um meine Gedanken zu sortieren. Heute ist wieder Schule und wenn ich mich nicht beeile, komme ich zu spät zu Mila.

Wir treffen uns immer an der alten Eisdiele, die ist zwei Straßen von der Schule entfernt, um den neusten Klatsch und Tratsch auszutauschen bevor wir auf dem Schulhof allen anderen begegnen.

Ich kenne sie schon ewig, seit dem Kindergarten sind wir befreundet und bis jetzt sind wir unzertrennlich. Ich putze mir schnell die Zähne und ziehe mich an. Als ich vor meinem großen Spiegel stehe um ein letztes Mal mein Aussehen zu kontrollieren, fällt mein Blick auf die Kette die ich um den Hals trage. Es ist ein grüner, herzförmiger Saphir der von feinen goldenen Fäden gehalten wird. Das Amulett ist wunderschön und kommt mir unheimlich vertraut vor, als hätte es eine Bedeutung, doch ich kann mich nicht erinnern welche. Ich berühre es mit meinen Fingern, in der Hoffnung, dass die Gedanken klarer werden, doch es passiert nichts. Ich lasse meine Hand sinken und nehme meine Schultasche vom Schrank. Es ist Zeit los zu gehen. Was auch immer diese Erinnerung ist, sie wird mir bestimmt irgendwann wieder einfallen. Das Haus ist leer, wie immer ist meine Mutter schon zur Arbeit. In der Küche liegt mein Frühstück.

Sie hat mir ein Brötchen mit Marmelade geschmiert, das sie das immer noch macht obwohl ich es in meinem Alter auch selber könnte, zeigt mir wie besorgt sie um mich ist. Ich packe es ein und verlasse das Haus.

Auf dem Weg zum Treffpunkt mit Mila schleichen sich immer wieder Bilder aus dem Traum in meinen Kopf. Dieser Louis, er war so vertraut, noch nie habe ich mich jemandem so nahe gefühlt und dieser Kuss. Ich bin so in Gedanken, dass ich fast die rote Ampel übersehe. Erst das Hupen des Autos lässt mich zusammenzucken und reißt mich zurück in die Realität. Der Mann hinter dem Steuer des schwarzen Wagens zeigt mir den Vogel und regt sich furchtbar über mein Verhalten auf. Außerdem brüllt er noch ein paar sehr unangemessene Worte. Oh Mann, dieser Spinner! Ist der einzige Gedanke den ich im Kopf habe und trotzdem merke ich wie ich am ganzen Körper zittere. Das hätte auch schief gehen können. Ich warte bis es grün wird und überquere die Straße. Vorne an der Ecke sehe ich Mila, ihre kurzen blonden Haare wehen leicht im Wind und sie strahlt mich schon von der Ferne an. Ihre blauen Augen sind umrandet von dicken schwarzen Linien und sie trägt viel zu viel Make-Up für meinen Geschmack.

Ich meine die Jungs fahren voll auf sie ab, aber ich finde mit etwas weniger sieht sie viel besser aus. Aber ich mische mich da nicht ein, wir haben vor einem halben Jahr ausgemacht das ich nichts darüber sage und sie mich im Gegenzug auch in Ruhe lässt da ich mich so gut wie nie schminke. Als ich bei ihr angekommen bin, umarmen wir uns herzlich. Das ist irgendwie unser Ding geworden. Ich finde es ganz schön, wir kennen uns einfach schon so lange, eigentlich ist sie für mich wie eine Schwester und nicht nur eine Freundin.

„Na, wie geht es deiner Mutter so? Hast du sie überhaupt zu Gesicht bekommen? Und was hast du am Wochenende noch so gemacht mit deinem Vater und der Stiefschlange?" Da ist der altbekannte Redewasserfall. Sie zwinkert mir zu als sie Silkes Spitznamen erwähnt. Silke ist die neue Freundin meines Vaters und Mila hat sie so getauft. Sie lebt selbst bei ihrer Mutter und ihrem Stiefvater, der ist nicht immer so nett zu ihr. Allerdings muss ich sagen dass sich Silke wirklich Mühe gibt. Ich denke mir wäre es einfach lieber gewesen wenn es mit meinen Eltern funktioniert hätte und sie sich nicht getrennt hätten.

„Meine Mutter habe ich nicht gesehen und das Wochenende war ganz ok, nichts Besonderes. Und bei dir?" Ich weiß genau das sie mir irgendwas erzählen will, ich sehe es ihr an. Außerdem bin ich gerade nicht so gesprächig, die Gedanken an den Traum der letzten Nacht schleichen sich langsam wieder aus meinem Unterbewusstsein.

„Ok, also ich war am Samstag auf dieser Party von Steffen die war der absolute Hammer! Es gab nicht nur Bier und gute Musik, sondern auch noch einen echten Skandal!" Meine Neugier ist geweckt, die Partys von Steffen laufen meistens aus dem Ruder. Sie sind schon Legendär an unserer Schule. „Du kennst doch Miriam, diese kleine, dürre, Unscheinbare, aus der D. Sie hat sich mit Tobi, dem nebenbei bemerkt süßesten Typen aus der C, im Bad eingeschlossen. Sie sollen da total rumgeknutscht haben und gefummelt. Zumindest erzählt er das so rum. Da wird bestimmt was Wahres dran sein, denn wirklich angeben kann er damit ja eigentlich nicht, wenn du mich fragst." Mila schüttelt verachtend den Kopf. Wirklich spannend finde ich das jetzt nicht, wenn die zwei sich gefunden haben ist das doch schön für sie.

Natürlich würde ich mich nicht auf einer Party im Bad einschließen, aber ich kann verstehen wie es ist jemanden unbedingt küssen zu wollen und nur darauf zu warten dass er den ersten Schritt macht. Sofort erscheint wieder das Gesicht von diesem Louis aus meinem Traum, vor meinem Geistigen Auge und tausend Schmetterlinge tanzen in meinem Bauch. Für ihn würde ich sogar diese - Nicht im Bad einschließen Regel- sausen lassen, ich erschrecke selbst davor welche Richtung meine Gedanken nehmen doch es ist ja eigentlich nur ein Traum und dort ist alles erlaubt.

„Erde an Eva, alles klar bei dir?" Ich habe gar nicht bemerkt, dass wir schon vor dem Schulhof stehen. Mila sieht mich verwirrt an, ich versuche es mit einem Lächeln. „Ja klar, ich habe nur über deine Story nachgedacht." Nicht ganz gelogen wenigstens. Sie nickt kurz und hakt sich bei mir unter. Wir schlendern gemeinsam über den Schulhof und betreten die Schule. Ich habe keine Ahnung ob ich es schaffe mich auf den Unterricht zu konzentrieren, wenn sich ständig dieser Traum wieder von hinten an mich heranschleicht. Vielleicht lenkt mich aber auch der Alltagstrott ein bisschen davon ab.

Mila begleitet mich noch zu meinem Raum und wir verabschieden uns an der Tür. Ich habe jetzt erst mal Wirtschaft und sie hat Kunst. Wir verabreden uns für die Pause auf dem Schulhof an unserer vertrauten kleinen Ecke im hinteren Teil. Sie liegt etwas abseits von dem Trubel. Dort können wir meistens ungestört Reden. Ich schaue ihr noch einen Moment nach bevor ich die Klasse betrete.

2

Louis

Der erste Tag neigt sich dem Ende zu und wir kommen einfach nicht voran. Ich glaube ich werde noch Wahnsinnig. Das Schiff scheint sich extra langsam zu bewegen, eigentlich habe ich das Gefühl das es mich ärgern will. Wahrscheinlich ist es dagegen das wir sie erreichen. Oh Mann, ich werde verrückt. Jetzt bin ich schon sauer auf ein Schiff. Die Crew macht auch einen weiten Bogen um mich seit ich wieder an Bord bin und meine alte Kraft zurückerlangt habe. Nur Steve und Feuerbart trauen sich an mich ran und reden mit mir. Ich glaube im Moment bin ich nicht wirklich eine tolle Gesellschaft, selbst Diego hält Abstand. Wenn ich sie nur schon wieder bei mir hätte, dann wäre alles wieder gut. Die Angst um Eva droht mich noch in den totalen Wahnsinn zu treiben. Ich kann weder schlafen noch essen. Alle Gedanken kreisen nur noch um sie und Lenni. Die Angst sticht mich wie tausend kleine Nadeln. Was ist wenn Lenni ihr etwas antut? Kann dieses blöde Schiff nicht etwas schneller fahren?

Ein Tag, nur noch, ein Tag dann sind wir endlich bei ihr zu Hause, dann sehe ich sie hoffentlich wieder.

„Louis, kommst du etwas essen?" Feuerbart steht neben mir. Ich spüre wie sich meine Hände in das Holz der Reling gekrallt haben, als ich sie jetzt löse tut es furchtbar weh. Ich habe keine Ahnung wie lange ich schon hier gestanden habe. Die Zeit vergeht für mich nur noch in einem trüben Nebel. Ich glaube das kommt davon, dass ich nicht mehr geschlafen habe, seit ich in der Grotte wieder zu mir gekommen bin. „Louis?" Feuerbart räuspert sich neben mir und legt seine Hand auf meine Schulter. Ich zucke zusammen und schaue ihn entsetzt an. Ich weiß gar nicht warum ich so wütend bin, aber ich kann es nicht steuern, es ist als hätten sich alle meine Gefühle selbstständig gemacht.

„Nein, ich will nichts essen! Ich will das wir jetzt endlich ankommen!", blaffe ich ihn an, wie gesagt, ich will das eigentlich gar nicht, doch ich kann es nicht verhindern. In seinen Augen kann ich erkennen, dass er versucht sich zu beherrschen. Unter normalen Umständen hätte er mir für diese Frechheit wahrscheinlich den Kopf gewaschen. Doch er hat Mitleid mit mir, was mich nur noch wütender macht.

„Lass mich einfach in Ruhe und sorg dafür das wir endlich ankommen." ich wende mich von ihm ab, doch ich bemerke noch im Augenwinkel seinen traurigen Blick. Sofort spüre ich einen erneuten Stich im Herzen. Ich will ihn nicht verletzen, doch im Moment kann ich einfach nicht anders. Er seufzt laut und geht dann davon. Schon bin ich wieder alleine mit dem wirren Strudel meiner Gedanken und des unaufhaltsam näher kommenden Wahnsinns. Ich starre auf die Wolken in der Ferne, die Sonne hat mich mittlerweile auch verlassen. Ihre letzten Strahlen tauchen den Horizont in verschiedene Rottöne. In der Ferne erkenne ich eine Person, sie kommt schnell näher, indem sie über die Wolken hüpft. Das geht doch gar nicht! Ist der erste Gedanke der mir durch den Kopf geht, während ich auf die Person starre. Ich glaube meine Augen spielen mir einen Streich. Als das Gesicht plötzlich direkt vor meiner Nase stoppt, stolpere ich mehrere Schritte Rückwärts und lande auf meinem Hintern. Mit offenem Mund sehe ich in das Gesicht von Pietie. Er steht außerhalb der Reling und starrt mich an. Ich versuche mich zu konzentrieren um die Verbindung zwischen meinem Kopf und meinem Mund wieder herzustellen.

„Wa.. Was?" ist das einzige, dass ich stottern kann. In diesem Moment geht Pietie einen Schritt vorwärts und betritt das Deck der Dragonfly. Doch er läuft einfach durch die Reling hindurch. Ich schließe ganz fest die Augen, das kann doch nur eine Halluzination sein. Ich öffne sie wieder und erschrecke fast zu Tode, weil Pieties Gesicht direkt vor meinem ist, unsere Nasenspitzen berühren sich. Ich rutsche ein paar Meter nach Hinten und spüre schließlich den Mast in meinem Rücken.

„Hallo Lou, es ist schön dich wieder zu sehen. Hast du mich vermisst?", er sagt das mit so einer Überzeugung und Freude in der Stimme, dass mir die Kinnlade runter klappt. Er ist hier und er spricht sogar. Ich glaube jetzt bin ich offiziell verrückt.

„Du bist Tod!" Mein Hirn hat es geschafft die Verbindung herzustellen, wenigstens das funktioniert wieder. „Wie? Ich meine Warum, äh, was machst du hier?" ich kann es einfach nicht in klare Worte fassen, das alles ist zu viel für mich. Ich bin vollkommen durcheinander. Er lächelt mich an und schaut sich dann an Deck um. Doch wir sind alleine, außer mir sind alle beim Essen. Schließlich dreht er sich wieder mir zu.

„Ich bin nur wegen dir hier Lou. Ich soll dir etwas sagen und dann darf ich endlich Ruhe finden. Sie haben das Gefühl, ich könnte dir diese Nachricht am besten überbringen. Keine Ahnung wieso, aber ich will endlich hier weg, weißt du?" er sagt das ganz ruhig und ehrfürchtig. Doch ich verstehe nur Bahnhof.

„Wer sind die? Was sollst du mir sagen?" Ich spüre ein Kribbeln am ganzen Körper. Es ist nicht angenehm, eher so als würde gleich etwas Furchtbares passieren.

„Ich soll dir sagen, dass du sie nicht finden wirst wo du sie suchst. Sie sagten:

Das Mädchen kommt erst dann zurück wenn er erfüllt sein wahres Glück. Die Legenden musst du suchen gehen, die passen zu dir, dann wirst du es sehen. Dein Schicksal in der Wolkenwelt ist größer als du dir vorgestellt. Erst wenn du dein Schicksal anerkannt, wird Sie dein sein, und ihr lebt Hand in Hand.

Somit habe ich meine Aufgabe erfüllt. Ich wünsche dir wirklich das du es schaffst Lou. Ach noch etwas, kannst du Feuerbart bitte ausrichten, dass es mir leid tut, ich wollte ihn nicht enttäuschen und er war mir wirklich wichtig.

Vielleicht sehe ich ihn ja irgendwann wieder und wir können uns versöhnen." In seinen Augen glitzern die Tränen. Ich spüre auch einen dicken Kloß in meinem Hals. Langsam beginnt er sich aufzulösen, doch in meinem Kopf sind noch zu viele offene Fragen.

„Wer sind die?" versuche ich ihm noch nach zu rufen, obwohl ich schon nicht mehr auf eine Antwort hoffe. „Sie sagen, dass du das selbst herausfinden musst. Viel Glück Lou und gib nie die Hoffnung auf." Dann ist er verschwunden und ich starre in die Leere. Ist das gerade wirklich passiert, oder spielt mir mein Gehirn einen Streich weil ich so lange nicht mehr geschlafen habe? Ich stemme mich an dem Mast nach oben. Ich muss mit Feuerbart darüber reden, außerdem will ich Pietie den Gefallen tun, ihm die Nachricht auszurichten. Ich spüre wie ich schwanke, während ich mich in Richtung Speisesaal begebe. Mehr als vierundzwanzig Stunden ohne Essen und Schlaf machen sich jetzt doch bemerkbar. Ich fühle mich wie einer dieser Betrunkenen auf dem Marktplatz in Piemont. Bestimmt sehe ich von außen genauso aus. Ich stolpere den Gang entlang und muss mich dabei mehrmals an der Wand abstützen.

Nach einer gefühlten Ewigkeit, stehe ich vor der Tür zum Speisesaal. Ich reiße sie auf und stürze hinein. Sofort verstummt die Geräuschkulisse im Raum und alle starren mich an. Ich muss wirklich furchtbar aussehen, in all den Gesichtern sehe ich aufrichtiges Mitleid. Das macht mich noch Irre. Ich versuche die Wut darüber zu unterdrücken und sehe mich nach Feuerbart um. Er sitzt auf seinem gewohnten Platz am hinteren Ende des Tisches. Er beobachtet mich misstrauisch.

„Ich muss mit dir reden!" murmele ich und Feuerbart nickt. Langsam steht er von seinem Platz auf und kommt zu mir rüber.

„Lass uns in mein Zimmer gehen", flüstert er mir zu, als er mich schließlich erreicht hat. Er schiebt mich vor sich durch die Tür und den Gang entlang. Als die Tür zum Speisesaal ins Schloss fällt höre ich die Anderen aufgeregt flüstern. Ich muss den Drang unterdrücken zurück zu gehen und sie anzuschreien. Ich weiß es wäre falsch, sie können schließlich auch nichts für diese Situation, aber ich bin einfach Sauer auf Alles und Jeden. Feuerbart öffnet die Tür zu seiner Kajüte und macht einen Schritt zur Seite damit ich hindurchgehen kann.

Ich lasse mich direkt in den Sessel am Schreibtisch fallen und beobachte Feuerbart wie er langsam um seinen Schreibtisch herum geht und ebenfalls Platz nimmt. Dann schaut er mich fragend an. „Ich habe mit Pietie gesprochen!" Ich sage es ganz langsam, nicht weil ich glaube er würde mich sonst nicht verstehen sondern, weil ich es einfach selbst noch nicht glauben kann. Doch in seinem Gesicht erkenne ich keine Regung, weder Zweifel noch Spott. Er scheint mir wirklich zu glauben. Oder er weiß mehr darüber. „Was wollte er von dir?" Seine Frage bestätigt meine Vermutung, er ist kein bisschen überrascht. Was mich ehrlich gesagt nur noch mehr verwirrt, warum erzählt er mir solche Sachen nicht? Allerdings hätte ich ihm wahrscheinlich noch nicht mal geglaubt. Ich habe es vor ein paar Minuten mit eigenen Augen gesehen und glaube es ja jetzt noch nicht wirklich. „Er sollte mir von irgendjemandem etwas ausrichten. Sie haben ihn geschickt mir zu sagen: *Das Mädchen kommt erst dann zurück wenn er erfüllt sein wahres Glück. Die Legenden musst du suchen gehen, die passen zu dir, dann wirst du es sehen. Dein Schicksal in der Wolkenwelt ist größer als du dir vorgestellt. Erst wenn du dein Schicksal anerkannt, wird Sie dein sein, und ihr lebt Hand in Hand.*

Ich weiß nicht was ich damit anfangen soll. Also wollte ich mit dir darüber reden." Feuerbart sieht mich aufmerksam an. Er scheint darüber Nachzudenken was er mir sagen soll, oder kann.

„Ich denke wir müssen die Legende finden die zu dir passt.", murmelt er. Mehr zu sich als zu mir. Er ist aufgestanden und läuft nun hinter seinem Schreibtisch von links nach rechts und reibt sich dabei nachdenklich seinen Bart.

„Feuerbart, was hat das alles zu bedeuten? Rede mit mir, Bitte.", meine Worte sind nur noch ein leises flehen. Ich bin auf einmal furchtbar müde und erledigt. Ich kann jetzt nicht mehr klar denken. Ich will jetzt endlich Antworten.

„Ich denke du weißt was das bedeutet, du kannst nur keinen klaren Gedanken mehr fassen. Da du es Vorziehst als Gruselgestalt durch die Welt zu ziehen. Du siehst furchtbar aus und du brauchst dringend Schlaf. Dann kannst du auch wieder klarer sehen. Leg dich ein paar Stunden hin und wir besprechen das ganze nochmal später. Bis dahin werde ich ein paar Sachen nachlesen. Vielleicht habe ich dann schon ein paar Antworten für dich."

Er sieht mich freundlich an und ich muss sagen das, dass Wort Schlafen in mir ein kleines Hochgefühl auslöst. Ich muss mich wirklich ausruhen. Wenn Eva mich so sieht, rennt sie wahrscheinlich eher schreiend weg anstatt mir in die Arme zu laufen. Ich nicke und stehe von dem Sessel auf. An der Tür halte ich einen Moment inne, als mir die Bitte von Pietie wieder in den Sinn kommt. Ich drehe mich nochmal zu Feuerbart um. „Pietie hat mich gebeten, dir zu sagen, dass es ihm leid tut was passiert ist. Er wollte dich nicht enttäuschen und du warst ihm wirklich wichtig. Er hofft, dass ihr euch irgendwann wieder versöhnen könnt." Feuerbart nickt leicht, als ich fertig gesprochen habe. Ich sehe ihm an, dass ihn Pieties Worte treffen, doch ich will ihn darüber nicht ausquetschen. Nicht jetzt wo in meinem Kopf sowieso nur noch Matsch ist. Ich verlasse Feuerbarts Kajüte und durchquere den schmalen Flur zu meinem Zimmer. Die Tür steht offen, als ich sie erreiche. Ich habe sie extra für Diego offen gelassen, damit er rein und raus kann wann er will. Im Moment scheint er irgendwo unterwegs zu sein. Das Zimmer ist leer. Ich werfe mich auf mein Bett und schließe die Augen. Ich heiße die Dunkelheit willkommen die mich umfängt und sinke in einen tiefen, traumlosen Schlaf.

Wie es weiter geht, erfahrt ihr in:

Die Legenden des Wolkenreiches
Der Zwist der ungleichen Brüder

©privat

Geboren und aufgewachsen in dem wunderschönen Rheinland-Pfalz, lebt Carina Raedlein auch heute noch unweit des Rheins und genießt dort die schönen Landschaften, beim Spaziergang mit Ehemann und Hund. Die Idee zu ihrem Debütroman "Die Legenden des Wolkenreichs - Das Geheimnis der schwarze Grotte" kam ihr schon viele Jahre vor dem eigentlichen Erscheinen des Buches. Mittlerweile schreibt sie fleißig, an den zwei fortführenden Bänden, sowie an weiteren Projekten die in Zukunft erscheinen sollen.
Neugierige und Fans, können auf Twitter (@raedleincarina), Facebook (Carina Raedlein) oder auf der Website (www.carinaraedlein.de) alle News und Informationen nachverfolgen.